美國郵筒

張北海◎著

國家圖書館出版品預行編目資料

美國郵簡／張北海著 . -- 初版 . -- 臺北市；麥田出版；
家庭傳媒城邦分公司發行，2006〔民 95〕
面：　公分 . --（麥田文學；186）

ISBN 986-173-015-X（平裝）

855　　94022853

麥田文學 186

美國郵簡

作　　者　張北海
發 行 人　凃玉雲
出　　版　麥田出版
城邦文化事業股份有限公司
100 台北市中正區信義路二段 213 號 11 樓
電話：886-2-23560399　傳真：886-2-23519179、886-2-2351-6320
發　　行　英屬蓋曼群島商家庭傳媒股份有限公司城邦分公司
104台北市中山區民生東路二段141號2樓
E-mail：cs@cite.com.tw
劃撥帳號：19833503
英屬蓋曼群島商家庭傳媒股份有限公司城邦分公司
香港發行所　城邦（香港）出版集團有限公司
香港灣仔軒尼詩道 235 號 3 樓
電話：25086231　傳真：25789337
E-mail：hkcite@biznetvigator.com
馬新發行所　城邦(馬新)出版集團【Cite (M) Sdn. Bhd. (458372U)】
11, Jalan 30D / 146, Desa Tasik, Sungai Besi,
57000 Kuala Lumpur, Malaysia.
電話：603-90563833 傳真：603-90562833
印　　刷　盛詮印刷股份有限公司
初版一刷　2006 年 1 月 1 日

售價：360元
ISBN 986-173-015-X

目次

聞北海先生笑拒談酒事有贈

鄭愁予

「先生，您飲酒半生有何益處？」
山人一笑　答了百鳥的喧問
問者以美婦居多
啘囀之意山人不去甚解
山人從北海來
紐約市峰高壑險
澗谷響著車馬流水
風雷洞府　彩虹有時來渲染
一切都隔在玻璃外
「先生，您號北海是否海量無邊？」
不免舉杯齊唇

把微笑遮著一半
山人從北海來
視松風與波濤為一物
用中指輕撚著清酒冰塊
正如天清月明
山中海上同一明月
飲酒亦是飲冰
賞丸月而揮目千里
閉目咂飲則如鯨吸滄海
先生不理「量」為何意

「先生，聽說有人勸您戒酒哩！」
應之以長身而起
酒事修成一身道骨
山中海上遊玩世界
著作隨緣卻無需等身

勸者以康富為由
飲者的笑紋不置可否
不飲酒則自由安在
又焉有文藝之風流

原載《中國時報》人間副刊，民國八十一年（一九九二）六月三十日

序

阿城

一九八六年到美國之後，我才有機會看到香港出版的《七十年代》月刊（後來改名為《九十年代》，並在九十年代停刊），讀了一期就成為張迷，不是張愛玲的「張」，而是張北海的「張」。之後我讀《七十年代》，主要是為了張北海的文字。我覺得李怡先生總是將張北海的專欄文字放在幾乎是期刊卷首（卷首當然是李怡先生的主編卷首語）的位置是過於擔心了，不管張北海的文字夾在哪裡，像我這樣的張迷，總要先找到張北海，讀，之後，再讀其他。這一年的冬天我在紐約認識了張北海。張北海稱我為this guy，我在美國體會到此稱之意後，覺得張北海才可真正被稱為this guy。這個稱法很口語，意思是——就像當初張北海向我解釋，「怎麼說呢……」在美國，中文期刊較難溯往，彼時當下，不知如何尋找《七十年代》舊刊以索讀張北海的過往文字（在美國，要學會用過即棄，否則垃圾很快就會等身，我從前消費時代的中國大陸到美國，過了一個月才痛改良習，將自己救贖出來，曉得美國浪費資源之甚）。詢之朋友，陳丹青說，張北海？我是看他的文章懂紐約的。此愈激發我篤志尋找張北海的文字。八七年，蒙張北海送他的《美國：六個故事》（台北圓神一九八五年版）給我，張北海自作的序，序的開頭寫道：

一九一七年，當歐戰正打得火熱的時候，美國作家孟肯（H. L. Mencken），為了讓讀者在聖誕節稍微高興一下，不要每天都在報上看有關戰爭和死亡的消息，便在他的專欄上寫了一篇完全虛構的故事，半開玩笑但板著臉地記載洗澡盆從英國傳到美國的歷史。然而這篇幽默作品一出來就被所有人當做是有根有據的事實。孟肯本人一開始也覺得蠻好玩，但沒有多久就感到事情有點嚴重，發現美國人什麼都信，就又在他的專欄上正式反駁他一手造成的禍害。可是一點用處也沒有，之後十幾年中，全國各地報紙雜誌轉載了不下五十來次，甚至於列入了好幾本參考書，連美國國會都辯論這個「美國澡盆史」。

之後張北海說，他寫的美國的六個故事，雖然不是孟肯的澡盆史，但也不必較真，主旨是，故事說得好聽不好聽。這正是我喜歡張北海文字的第一義。讀兩千年前太史公的《史記》，說陳涉反秦之前，在地裡幹活，大概常說些天下大事，別人笑他，他就感嘆，你們這些小家雀兒，怎麼能夠知道鴻雁的志向呢？這是信史嗎？不知道，但歷史活動起來了，好聽了。八八年又得張北海送的《人在紐約》（台北當代版），自作前言。前言裡說有人問他為什麼老是寫這些玩意兒，張北海在短短的前言結束時寫道，因為我喜歡。還有，因為我人在紐約。如果有人問太史公為什麼寫刺客列傳，老人家可能的回答之一是，因為我喜歡。有人問為什麼紐約又叫大蘋果，回答是Why not？如果有人懷疑有沒有一句頂一萬句的那一句，我覺得「為什麼不呢」就是。九〇年張北海的《美國郵簡》校樣，是台北三三書坊寄來的，原因是張北海讓我為他這本書寫個序。我一直都認為張北海的書不必再有什麼人來嘮叨些什麼，何況此書前面仍有張北海自己的前言。我勉為其難，大致說了一下翻譯文體對現代中文的意義，因為這是我喜歡和看重張北海文字的第二義。九二年張北海的《美國美國》（台北麥田版），恢復了只有張北海自作前言。九四年張北海的《天空線下》（台北麥田版），張北海自作前言，另有人作序。我想我可以從此恢復輕鬆閱讀張北海的習慣了。為作序而讀張北海，我有壓力，原因？怎麼說呢？這回好了，難題再次降臨，我要為台北麥田版的張北海文集寫序了。這個序寫來實在難，用了一年多的時間，數次寫完，數次毀棄，不是因為喜歡而寫得矯情，就是因為，總之，怎麼說呢……唉，張北海this guy！我常常尋思我為何迷張北海的文字，總結為，我在張北海的文字中，總能發現我自己思維中的空白點。我想這應該是我之所以迷張北海的文字的第三義，也是最重要的一義。三義是分說，沒辦法，語言是線性的，其實三義是揉在一起的。這就是張北海的風度。風度不可學，學來的不是風度。風度不會被榨乾，所以張北海可以永遠寫下去。也因此，我迷張北海的文字的根本原因，在於迷其風度。常常隨手翻一下張北海的贈書，說起來都是多年前的了，文中的知識掌故早已熟悉，卻仍然讀得高興，就是因為會再次面對張北海的風度。因此這次結集張北海的文字，對我這樣的張迷，歡喜是不必多說的。

不過，這次結集，還包括張北海的一部小說，《俠隱》，絕對值得一說。不記得是九六年還是九七年，也許都不對，總之，我在台北遇到張北海。張北海說他剛去了中國大陸的重慶還有其他什麼地方，為的是寫本抗日戰爭時期的小說。我當下就說好，好的意思是這下肯定會有好看的書讀了。當然我還有好奇。之後，就是他寫的小說《俠隱》（二○○○年台北麥田版）。這幾乎是我見過的張北海的文字中第一次非第一人稱的文字，剛開始有點不習慣，但讀到第二行就適應了。因為知道張北海去過重慶，我本以為故事會發生在抗日戰爭時的重慶，不料開篇而且通篇即在我很熟悉的北京，細節精確，我甚至可以為有興趣的讀者作導遊，只可惜北京現在完全變了，只能神遊了。我又以為是中日武人格鬥，不料開篇而且通篇舖展開的，國際、國家、民間的複雜關係令人驚異，其中個人武功能力展現得又合理又不可思議，是那種貼骨到肉的質感，不涉此前武俠小說一目十行的陳詞。果然好看。後來張北海向我提到曹雪芹寫《紅樓夢》用的「第三人稱全知」（third personomniscient）的寫法。張北海的說法，源自《紅樓夢》第二十九回「享福人福深還禱福　癡情女情重愈斟情」。這一回說的是鳳姐動員了榮國府上下到清虛觀打醮，張道士欲為賈寶玉提親，之後賈寶玉又挑了個類似史湘雲貼身戴的赤金點翠麒麟，都引起林黛玉的醋意，兩人回去後心口不一地拌嘴：

……那寶玉心中又想著：「我不管怎麼樣都好，只要你隨意，我便立刻因你死了也情願。你知也罷，不知也罷，只由我的心，可見你方和我近，不和我遠。」那林黛玉心裡又想著：「你只管你，你好我自好，你何必為我而自失。殊不知你失我自失。可見是你不叫我近你，有意叫我遠你了。」如此看來，卻都是求近之心，反弄成疏遠之意。如此之話，皆他二人素習所存私心，也難備述。如今只述他們外面的形容。……

曹雪芹表明了作者的全知，又以「如今只述他們外面的形容」退回第三人稱，實在是恐怕看官誤讀了寶、黛此刻的內心真實，生出盲點，忍不住撩開邊幕親自說上兩句。《紅樓夢》是作者披閱十載，將真事隱去，做假語村言，卻仍然有作者表白的衝動，令我們驚訝。《俠隱》粗看是第三人稱，其實是以第三人稱主角李天然的視點去看其他，因而張北海在描寫「外面的形容」時，不去敘述任何李天然不在場的情況，它們由其他第三人稱的角色說出。這是「第三人稱主觀」的寫法，都是第三人稱，但是作者只對第三人稱的李天然全知，換言之，李天然有盲點。這樣的寫法有何作用？我想一是可以造成懸念，因為有所不知，俠的故事需要懸念，「第三人稱全知」的方法就難了，全知，我們就作壁上觀了，看著英雄入虎口。所以二，是我們自然會站在英雄這一邊，以他的愛恨情仇來面對這個強權不義的世界，最後，我們不得不與英雄同樣感慨：還有可能嗎？面對強權不義的世界，我們的極端會寄托給俠，反之，我們就交給笑話和譏諷。後者，我們可以在張北海的專欄裡得到，那是他的風度之鹽；想不到的是，張北海在他的小說裡給我們提供了前者。張北海的父親當年潛在北京，負有國民政府的特殊任務，又與抗日將領張自忠將軍友情甚篤，小說的歷史質感豐厚，當然非張北海不再有第二人選。第三人稱主觀的寫法，讓虛構的俠義恩仇如同親歷，二十九軍的敗退，古都的淪陷，則漸次顯出老北平的消逝，和，俠的終結的主題。是的，俠的終結。即使不討論《俠隱》的寫法，只「俠的終結」這一主題，已是中國武俠小說的新局，顛覆性的新局。更像寓喻，個人償還了正義之後，俠不得不隱起來，而強權與不義，如「西直門大街上滾滾煙塵，一輛接一輛的日本運兵車，滿蓋著黃土，像股鐵流似的，在血紅的夕陽之下淹沒過去。」有任何武俠小說給過我們這等的意象，讓我們逼視強權不義嗎？在武俠飛來飛去的時代裡，《俠隱》讓我想起一位行為藝術家的作品：所有參展的行為藝術都準備好了，展覽的前一夜，最後一個藝術家說，我的作品是明天開始拆展覽館的地板。其他的人都瘋了，那你讓我們到哪兒去開始我們的作品?!因此我看重張北海的這部《俠隱》，是因為它顛覆了以往的武俠小說。在舊武俠小說的作者都成了大師之後，總要有新人抖擻一下吧？想不到竟是張北海這傢伙！

自序

這套作品集是我多年來的部分寫作累積。非小說各篇取自我為海內外報刊撰寫的特稿和專欄。小說是一部現代武俠。

這些文章大部分都曾以單行本發行，現僅省略少數失去意義的幾篇，同時增添若干未曾結集的近作。而在編排上，則盡量按文章問世的時序做了調整。作品集前四卷因而與原始同名單行本內容不完全吻合。

此外，各篇均保持原作文本的完整性。即使發現幾處不當措辭或生僻用語，也未曾改動。至於外國譯名，由於華文世界從未有過公認標準，這裏也就沒有改用海內外任何一地的習慣譯法。

舊作再版算是一種肯定。因此，今天麥田仍有信心和興趣以作品集的形式來確認這些文章，令作者感激之餘，更無比榮幸。

但是除了向發行人涂玉雲和主編林秀梅致意之外，我要特別感謝夏陽，是他特許使用的畫作，及張樹新的設計，給予封面此一奪目的光彩。而作品集的內容，更有幸因阿城的序而出色生輝。而作者本人，則有緣與鄭愁予一篇詩作同在。

重讀自己的舊作，相當於重新認識自己。記得我曾在一篇早期前言裏，試圖回答讀者一個問題，「為什麼寫這些玩意兒？」我當時的直覺反應是，因為我喜歡，而且人在紐約。

但那是多年前的自己看自己和自己的寫作。現在人長了幾歲，作品之中多了部小說，哪還能如此瀟灑地自我解說、如此輕鬆地向讀者交待嗎？

或許不能。或許還能。

我大概算是所謂的偶爾知其然、更偶爾知其所以然的那種人。這種人最好通過詩人的慧眼來看其人其文：

酒事修成一身道骨
山中海上遊玩世界
著作隨緣卻無需等身

那麼，在作品集出版前夕，當昨日今日讀者再次問起的時候，我還能像多年前的自己那樣看自己和自己的寫作，那樣瀟灑地自我解說，那樣輕鬆地向讀者交待嗎？

有詩有證，或許還能。

美國郵簡

曼哈頓故事

一

很多很多年以前，當我第一次來紐約的時候，有天早上我去逛華盛頓方場公園。我好像是站在噴水池附近，突然聽到後面有人用英文喊，「Mr. Chang！」我覺得奇怪，回頭一看，發現是一個一副學生打扮的年輕黑人，右肩掛了一個小帆布包，左手拿著一疊唱片，滿臉笑容地向我走過來，而且繼續用英文問我，「張先生，你不記得我了嗎？」

我看了他幾秒鐘，抱歉地搖搖頭，「我們是在什麼地方見過面？」

「你忘了？張先生，我們在哥大一起上過課……」然後他又立刻接下去，「當然，我上了不到兩個星期就離開了……不過，張先生，這不重要，重要的是，我終於灌了一張唱片，我的第一張……」他用右手抽出一張遞給了我，「看老交情份上，買一張吧，才五塊五……」

自從他一提他和我在哥大一起上過課，我就知道他在唬人。等到他把唱片抽出來的時候，我實在忍不住地笑了，告訴他這是我第一次來紐約，我是在洛杉磯唸書，沒有上過哥大，根本連哥大都沒有去過。他也笑了。可是我又實在忍不住地問他，「你怎麼想到用『張先生』而不是『李先生』來試你的運氣？還有，你怎敢冒險說是我們在哥大同班？」

「哦，我聽我一個中國朋友說，中國人大半都姓張，當然，姓李的也不少，姓王的也不少，可是聽說加起來也比不上姓張的多……所以，你看，猜中的機會大一點……不過，也許你有道理，提哥大也許有點冒險……誰曉得……怎麼樣？買張唱片吧，雖然，我必須向你坦白，不是我唱的……」

我沒有買，不過我給了他一塊錢，感謝他沒有叫我「王先生」。等他離開之後，我還是感到有點受騙了。他可能根本不是靠胡吹老交情賣唱片賺錢，而是靠猜對了是中國人，再猜對了姓張姓王姓李姓趙之後，等著對方，比如像我，給他一塊還是五毛來混。

那天下午我去了中央公園，在音樂臺附近，又聽到他的聲音，只不過他這次叫我「王先生」。我回頭盯住他看。他向我微微一笑，但突然臉色一變，大聲罵我，「你真小氣，剛才有個姓李的，真的買了我一張唱片。」說完扭頭就走，走了幾步又回過頭大喊，「而且李先生真的唸過哥大！」

第二次再來紐約（沒有，再也沒有碰過他）已經是好多年後的事了，因為有了一份九到五的正式工作，等於是定居，日出而作，日入而息，生活上了軌道的人是不太會有什麼奇遇的。所以下面兩個曼哈頓故事，不是我的親身經歷。一個發生在我的朋友身上，不過，還是讓我先講發生在我一個朋友的朋友身上的那個小小故事吧。

二

我的朋友住在新澤西，他的朋友也住在那一帶。有一次，他們夫婦開了他們那部全新豪華的卡迪萊克來曼哈頓，打算好好地吃頓晚飯，再去看場百老匯，說不定再去消夜。餐館也訂好了，戲票也買好了。他們進城之後將車停在時報廣場附近一家室內地下停車場。那個時候大概是下午六點左右。夫婦二人輕輕鬆鬆地吃完了牛排，慢慢邊走邊逛到戲院，就差不多快八點要開幕了。

可是在音樂劇才開始不到半小時，還沒有到中場休息的時候，丈夫突然覺得身體不太舒服。二人決定還是先趕快回家，看是不是需要去醫院。他們急忙去取車，可是發現看守人一拖再拖，就是不將車子從地下車場開出來。他們是老紐約，也聽過不少在曼哈頓停車的故事，比如說，裏面有人利用停車這段時間將車開出去兜風，還有人搬家送貨，還有人做起野雞車生意等等。總之，他們給拖了差不多快半小時，平常也許還會再等，可是這次是有人有病，太太終於忍不住了，叫了街上巡邏的警察。這位警察就命令停車場看守人帶他們一起去按號碼車牌找車。

一直找到地下第二層，才發現他們那部全新豪華的卡迪萊克已經給半解體，整個汽車引擎已經給拆下來了，車旁正有兩個人用小起重機安裝一個又舊又銹的老引擎。連這位紐約警察都搖頭嘆息。

三

我有一個美國同事，是哈佛法學院畢業的。前一陣子我們一起喝酒的時候，他告訴我他最近的一次遭遇。

他說他不久前曾經想換一份工作，換一個環境，所以花了一些時間整理了一下他這些年來的工作資料，預備找一個專門負責編寫履歷表、介紹信的公司或者個人來替他辦這件事。他發現竟然有公司要價三四百元，實在太貴。查報紙、打電話之後，終於找到一位女士，只收五十元。這位打字小姐在電話上約他第二天下午將所有的有關資料文件帶去她工作地點面談。

他於是按照地址找到了。使他感到有點驚訝的是，這位只收五十元打字的女士的公寓座落在曼哈頓上東城的高級住宅區，還有警衛門房閉路電視。他想也許是富家女大學生想賺點零用錢。上了電梯，找對了公寓房間，發現開門的是一位其漂亮無比的年輕女人，打扮得極其時髦，化妝得極其時髦，一點女大學生、哪怕是富家女大學生的樣子也沒有。他有一剎那的懷疑，但想到這是曼哈頓，他還是進去了。

那位女士先給了他一杯冰香檳，然後就認真地談關於他的學歷、履歷、謀求什麼樣子的職位和收入的工作的詳細情況。經過幾次非常含蓄的暗示，他才慢慢了解到他剛才那一剎那的懷疑是有理由的。這位年輕貌美、風度打扮俱佳的少婦，果然是一位高級應召女郎。他說如果不是因為那天下午他真有事，他真想留下來。不過他說他不得不佩服這些高級應召女郎的手腕高明，以負責編寫履歷登廣告，先在電話上就已經初步調查清楚了對象的條件、背景和經濟能力。合適的、有可能的，見面約談，再來一次當面審查。合格的、條件好的、沒有危險的，才予以暗示。當然，等到談她真正的職業的交易的時候，代價就不是五十而是五百了。

文以載道。所以這三個曼哈頓故事無可避免地傳達了各自的啟示和教訓。一、姓李而又唸哥大，別在路上買自稱是你老同學向你兜售的唱片。二、住在新澤西而又開卡迪萊克，別來曼哈頓吃飯看秀。要來的話，也別開車。這是普遍真理：情願整部車在新澤西被偷，也不情願引擎在曼哈頓給掉包。三、如要找人編寫打你的履歷，祝你好運。

應召女郎

去年紐約警察查封了一家以導遊伴遊為招牌的高級應召站，被逮捕起訴的老闆娘還是美國名門閨秀，最早乘「五月花」帆船來這塊新大陸的移民後裔。她手下的應召女郎「應召」一次至少上千美金。即使在美國，即使在紐約，這也不是一個小數目。

不過，現在先不談這件事。讓我先介紹一位奇人，因為待會兒我要向各位講他很早以前寫過的一篇談應召女郎的文章。

這位奇人名叫哈利．戈爾登（Harry Golden），在二十世紀初生長在曼哈頓下東城的猶太區，市立大學畢業，幹過旅館店員、教師、記者，但他是以遷居美國南部的北卡羅萊納州之後，自編自寫自發行一份報紙，才於二次大戰前後聞名全國。這份報紙叫做《卡羅萊納的以色列人》（*The Carolina Israelite*）。銷路雖然只有一萬四千份，但訂戶和讀者，除了當地的居民之外，都是全國各大小報紙的編輯、宗教領袖、政界名人。

說《卡羅萊納的以色列人》是份報紙，也許有點牽強。它每月出版一次，每次十六頁，沒有

「新聞」，國際、國內、社會、社交，什麼新聞都沒有，只有過一次訃聞，而且晚了將近兩千年，是關於凱撒大帝於紀元前四十四年被人暗殺的記載和評論。

除了讀者投書之外，每份報紙全由戈爾登一人寫稿，大約每月一萬五千字到兩萬字左右。雖然報紙每月才出一份，而且經常不能如時出報，可是他倒是每天都寫稿，寫完一篇就丟進一個大木桶裏，等到該出報的時候，再從大木桶裏面找文章。那他到底寫些什麼呢？可以說是什麼都寫，但全都和人和人生和人性有關。

他這十六頁的報紙沒有什麼版不版。他的作業方式是，先將非常簡單而且沒有插圖的廣告排好，然後就一篇篇，或者應該說一段段，有長有短的文章接著順排下去。他後來在這些文章的選集的序裏說，有些讀者想要找合他們胃口的文章先看，但一點用也沒有。這些讀者唯有從報紙第一頁左上欄第一行看起，一直看到最後一頁最後一行才有可能找到合他們胃口的文章。

所以說，他寫的一篇篇，或一段段文章，長的大約三千來字，短的只有二十來字，等於是他的私人日記和筆記，是他憑著他本人的猶太傳統，加上他生長成長在美國的經驗和感受，再以他在文、史、哲方面的學識為基礎，來觀察、評論美國、美國社會和美國人。不論你幾歲，在看他的東西的時候，你總覺好像是在聽你所敬仰的長輩，以幽默精采的文筆，在向你訴說社會和人生。他這本選集叫做《只有在美國》（*Only in America*），一九四八年初版，到一九五九年一共再版了十一次。我是大約十二年前買的這本書，如果我的老朋友發現我這十幾年比較成熟了的話，那至少一部分原因是《只有在美國》。我剛才說要講給你們聽的那篇關於應召女郎的文章，就收在這本選集裏。不過，我不想翻譯，以後如有機會和時間，我要將整本書翻出來，所以現在讓我將他的文章重新講給你們聽。

他說最近（大概指的是四十年代）報紙上關於應召女郎的報導都在強調「應召」一次的代價。有些讀者非常震驚地發現，竟然有人出到一百至五百美元來交換一夜的「娛樂」。他說讓我們回到紀元前四十一年，看看埃及女王克麗奧佩屈拉（Cleopatra）的故事。

這是凱撒大帝被刺殺之後沒有幾年。暗殺凱撒的一派，布魯特斯和加西亞斯（Brutus and Cassius），和替凱撒報仇的一派，渥太維斯和馬克・安東尼（Octavius and Mark Anthony）展開了一場內戰。當時世界那個地區的一些大小獨立國家可慘了。當然，羅馬每次打內戰它們都慘，因為它們要站邊，而且希望站對了邊。可是在凱撒大帝被殺之後發生的內戰，它們全猜錯了。當然這也難怪。後來成為羅馬帝國第一任皇帝奧古斯都大帝（Emperor Augustus）的渥太維斯當時才十七歲。馬克・安東尼又是一位漂亮無比的花花公子，每天在羅馬跟舞女們混。所以，每個人都看好親手刺殺凱撒大帝的布魯特斯和他的同志加西亞斯。因為這兩個人都是著名的大官大將。這還有錯嗎？哈，這寶就押錯了！年輕的渥太維斯和漂亮的安東尼把這兩位老將名將打得落花流水。江山已定，開始分贓。於是渥太維斯和安東尼和另一個不甚了了的另一派就著手三分凱撒打出來的天下。

安東尼分到的是羅馬王國的東方。分到了之後，他就開始收稅和罰款。好小子，打內戰的時候你們居然不看好我，還出兵出錢支持布魯特斯。安東尼不只是漂亮，也很聰明。他絕不一次要一大筆，破壞了那個小國的經濟和生產力。他是每年要，要得你剛好能喘口氣，好繼續生產，讓他明年再要。他這樣一國一國、一城一城的收下去，一直收到埃及王國，他所分到的領土之一。該支持過布魯特斯的女王克麗奧佩屈拉掏錢了。

馬克・安東尼的大軍來到了塔瑟斯（Tarsus，在今天土耳其的南部），然後下召令給埃及女王，命她前來朝拜。

克麗奧佩屈拉來是來了，可是是按照她自己的時間和方式來的。看過《埃及豔后》這部湊成依麗莎白・泰勒和李察・波頓好事的電影的人就有個概念了。就在安東尼坐在塔瑟斯大會堂的寶座上乾等的時候，我們這位凱撒大帝的老情人，豔美絕世、熱情如火的女王卻乘著一艘紫帆、銀槳、金船身的豪華遊船，樂手們吹著笛，女奴們跳著舞，而克麗奧佩屈拉女王本人，則一身愛神維納斯的打扮，懶洋洋地半依半靠在金傘之下的絲絨墊上，在塔瑟斯附近的一條大河上悠哉遊哉地遊河。

好，當塔瑟斯市民聽到有這麼回事的時候，全城的人都到河邊看好戲去了。沒有多久，羅馬大將、埃及君主馬克・安東尼，發現大會堂裏只剩下他一個人坐在寶座上。他手下的衛士、女奴、他的羅馬大軍，也全都去河邊看戲去了。安東尼獨自一人在那坐了半天，也不見有人回來，只聽到外面市民的歡呼。於是乎安東尼也只好跑出去看看。就在此時，遊船靠岸（時間算得剛好），岸邊的人群讓出一條路給安東尼。他威武地走到船邊，先訓這位埃及女王，說她來晚了，遲到。然後命令她立刻下船去大會堂和他共商國家大事。克麗奧佩屈拉，啊！我們這位女王豔后，就用她那極其柔美甜蜜的聲音說，就是談國家大事，與其跑到冷冰冰的大會堂談，在我這艘其舒適無比的遊船上談，不是也行嗎？不是更好嗎？羅馬大將安東尼只好上船，而且一晚也沒下船。第二天，安東尼將腓尼基、敘利亞、塞浦路斯、阿拉伯半島等等，也就是說，他分到的全部屬地，全部賞給了埃及女王克麗奧佩屈拉。

應召女郎？這才叫做「應召」女郎！

有它也不是，沒有它也不是

不，我指的不是性、愛或婚姻，我指的是紐約地下鐵。

這個已經有八十二年歷史，縱橫紐約市地下、地面和上空兩百多英里，一天二十四小時運載三百五十多萬名乘客，擠起來像沙丁魚罐頭，熱起來像個烤箱，吵起來比警笛還要刺耳，難聞起來就不必說了，舉目之下，全點綴著「地下藝術品」，人多了怕偷，人少了怕搶，還算準時，相當安全（至少不常聽說撞車），非常方便，也不太貴，有的時候你咒罵它，有的時候你也不敢去坐它，但一旦它停頓了下來，像一九八〇年的大罷工，你才發現少不了它……唉，這就是紐約的地下鐵。

對本地大多數居民來說，地下鐵是日常生活的一部分，就像上工下班、吃喝拉撒睡一樣理所當然。而且它又是紐約市一大特徵，比自由女神、帝國大廈這類象徵都更與市民發生更密切的關係。全世界沒有幾個大城有如此與人民生活息息相關的特徵。要有的話，可能是威尼斯的運河（蘇州的已經失去作用了）。但是我所能想到的，大概只有洛杉磯。就是說，紐約少了一個地下鐵，差不多等於洛杉磯少了它那市內高速公路系統。紐約就不是紐約、洛杉磯也就不是洛杉磯了。

有它也不是。這還不止是指摸清路線、換車轉車，夠你搞上一陣的；也不止是指一入地下鐵車站，你所有的感官就開始受到騷擾，而是指，即使乘地下鐵所可能出現的所有麻煩你全都接受了，你也很難，不論什麼時候，會有一個真正愉快的地下鐵旅程。

而它的影響還不止於此。即使你下定決心不坐地下鐵，你也是因為它的不是而做出的決定。無論是為了避免乘地下鐵而搬到上工下班步行可到的附近，還是情願多花點時間乘公共汽車，或多花點錢坐出租汽車，這都仍然是因為它的不是而造成的結果。

對遊客來說，坐一次地下鐵好比冒一次險。運氣好的話，沒有給偷、給搶、給人推下站臺，那光是坐上十幾站，所見、所聽、所聞，即足以使得他得到一種刺激感。回到原居地之後可以和親戚朋友同事吹上三天三夜——啊呀！真可怕！啊呀！真髒！啊呀！真危險！——就好像他下過一次地獄而生還一樣。

這都不去管它，因為他是遊客，就是要嚐一下他一貫熟悉的生活之外的經驗。好評壞評對紐約居民來說不大重要，也沒有人在乎。（「唉！他住在明尼蘇達，懂什麼！」）

可是對來紐約定居的人來說，老紐約就有義務向他好好交代一下紐約地下鐵了。首先讓他明白一個最基本的道理，那就是，不是歸不是，但沒有它也不是。

然後再慢慢讓他學走、學跑、學坐、學趕……

儘管紐約地下鐵系統不是全世界第一個（是倫敦，一八六三年），也不是全美第一個（是波士頓，一八九七年），但紐約地鐵卻是全世界最龐大、最複雜、最方便的地下鐵路系統。他有二十三條路線，相比之下，第二大的巴黎只有十六條，倫敦九條。你只要給剛來紐約的人看一下這裏的地下鐵路線圖就夠他頭痛的了，五顏六色的不同路線，快車站、慢車站、可以轉車的交叉站。猛然一看，真會讓人以為是什麼尖端儀器的平面圖。

這還不說，紐約地鐵系統有兩百多路線英里。而如果你把一去一返、快車慢車，全算進去，那不算服務維修路線，不算車場，它有七百多軌道英里（一條十英里長的路線為十個路線英里，如果這條路線有四條軌道，兩條對開的快車和兩條對開的慢車，那這條十個路線英里就有四十個軌道英里）。然後在這七百多英里軌道上一天二十四小時不停地滾動著六千多輛列車，佔全世界地鐵列車總數的五分之一，其輛數比全美鐵路系統（Amtrak）還高出三倍以上。即使考慮到每天平均有四分之一的列車要在車場維修，那仍然有四千多輛在服務，在兩百六十多個地下車站、一百六十個高架車站，每天吞吐著三百五十萬名乘客。

所以說，不能一下子就讓剛來的人熟悉這個系統。說實話，即使在這裏住上一陣，也不見得就真正認識這個地下鐵。我在紐約住了總有十幾年了，可是至少有一半路線我從來沒有坐過。其實，大部分居民也都是這樣，都只是熟悉自己每天上下班、去常去的百貨公司，或是去幾個老朋友家的幾條路線。而且即使是這少數幾條路線，也只是從其中某一站到某一站而已。萬一坐錯了車、下錯了站、坐過了站，就算對老紐約來說，也就像遊客一樣的迷糊、一樣的驚愕、一樣的害怕。

住在像紐約這樣一個大城一陣之後，除了少數極端人士之外，你就會發現你對它的要求，不知不覺地就隨著你的耐性的增高而減低。不論我們多麼不喜歡，但紐約地下鐵的髒、亂、悶、擠、臭好像都被我們接受了，至少被容忍了，甚至於在接待外地來的朋友的時候，也未嘗不是不得意地指出，「你看，多髒、多亂、多悶、多擠、多臭！」好像不髒、不亂、不悶、不擠、不臭，就不算是紐約地鐵一樣，也就好像沒有帶外地朋友看到真正紐約一樣。

所以說，就紐約地下鐵的髒、亂、悶、擠、臭來說，我們的耐性越來越高，我們的要求越來越低，而且高到低到可以開玩笑的地步。但有一件事是不能開玩笑的，那就是地下鐵的安全與犯罪。

沒有人會說紐約的地鐵沒人管，而是管不勝管。本來是個獨立單位，現直屬紐約市警察總局的交通警察（Transit Police，負責交通系統安全的警察，而不是 Traffic Police，負責指揮交通的警察），儘管因一九七五年紐約經濟危機而大裁員，今天仍有兩千五百多人。即使光拿這些交通警察與全國各大小城市的警察人數比，也排在第十二位。問題在於他們一天二十四小時要巡邏兩百多路線英里、七百多軌道英里的地下鐵和四百二十個地鐵車站；而乘客，也就是他們需要保護的人，則每天平均高達三百五十萬，換句話說，他們等於要照顧一個一直流動不息、有三百五十萬人口的「都市」。

而又因為這個「都市」在紐約的地下，所受的待遇就和其他一般三百多萬人口的都市不大一樣。無論紐約地鐵發生任何刑事案件，無論是一個神經病把一個年輕女孩兒推下一行列車正要進站的站臺，還是一個地鐵乘客拔槍射傷搶劫他的四個小男孩兒，都立刻傳遍全紐約，也立刻傳遍全國（蘇聯固然也報導，不過那是另一個問題了）。就算紐約交通警一再解釋，地鐵兇殺只佔所有地鐵犯罪極小一部分，過去幾年來一直在每年二十起左右，可是對紐約乘客來說，這仍然是令人心驚膽跳的現實。就算這不到兩打的兇殺案在任何一個三百五十萬人口的都市之中都不能算是太高的紀錄，可是對紐約地鐵乘客來說，也絕不可能因而感到自慰和安心。紐約地鐵乘客可能耐性高、要求低，但絕不阿Q。

根據交通警的資料，絕大多數犯罪都是非暴力案件，而且是發生在下午下班到晚上九點這段時間。所犯案件以偷竊為主，偷男人的錢包、女人的手提包、搶項鍊等等，而搶項鍊又佔所有非暴力犯罪的百分之四十。所以，從理論上來看，光是不戴項鍊這一件事，就大約可以減少受害率差不多一半。可是地鐵犯罪之所以人言人畏，而且就算了解到絕大部分都是非暴力性質，仍不能免除心理上威脅，而且遠超過紐約市犯罪事件對市民的心理威脅。

這是地下鐵的特殊情況所造成的。紐約市民對地下鐵犯罪比市區某一地帶的犯罪更要敏感，更容易感到威脅，主要是因為對任何乘客來說，地下鐵系統是他的「生活區域」。一個住在曼哈頓下百老匯一帶的居民，對於發生在皇后區某一條街的一項犯罪可能無動於衷，但是如果他要乘BMT的某一條地鐵（如RR），那在這條路線上發生的一次搶劫，即使發生在皇后區，對這人來說，就好像發生在他住的那條街上一樣（「哎呀！就是我每天坐的那路車！」）。

所以說，有它也不是，沒有它也不是，只不過，沒有它也不是應該不需要列舉任何證據了。凡是度過一九八〇年紐約地下鐵大罷工的人都可以告訴你，沒有它，整個紐約都癱瘓了。當然，「沒有它也不是」肯定也有例外，這個例外就是紐約市五個區之中地下鐵唯一不去的一個區，斯塔登島（Staten Island）。當然你可以說，沒有地鐵，怎麼會有地鐵犯罪，哪裏會出現什麼是和不是的問題，一點不錯，不過，這你未免小看這個只開車或乘擺渡才可以到的斯塔登島了。

根據紐約市警察總局的統計，紐約市五個區之中最安全的一個是斯塔登島，最安全的月份是二月，最安全的一天是星期二，最安全的時間是上午九點到十點。好，我想你也明白我的意思了。少來跟我抱怨紐約的地下鐵，有它也不是，沒有它也不是。你怕紐約地下鐵的髒、亂、悶、擠、臭嗎？你怕偷、怕搶嗎？你怕……那你最好在嚴冬二月，星期二上午九點到十點，到斯塔登島散步去吧！

歷史時間表

這本書我買了總有半年多了，可是就像書架上其他一大堆買了還沒有看的書一樣，這本也是一樣，一次也沒有翻過。我甚至於都忘了當時為什麼要買這本書。直到上個星期天，咖啡也喝了，報也看了，早午飯也一起吃了，外邊又是陰天，才從書堆裏將這本因為開本大而比較顯眼的書取出來翻看。

我現在可以告訴你，如果有任何書，又可以用來做參考，又可以用來做消遣的話，這就是了。我一口氣縱地看了上下五千年，橫地看了這上下五千年的歷史、哲學、文學、宗教、藝術、音樂、科技和日常生活的一個個里程碑。不壞吧！才半個下午。

這本書就是《歷史時間表》（*The Timetables of History*, By Bernard Grun, Based on Werner Stein's *Kulturfahrplan*, Simon and Schuster, New York, 1982.）。

我買的這本《歷史時間表》是一九四六年原德文版《文化時間表》（*Kulturfahrplan*）的英譯增訂本。原作者是德國人威那・史坦恩（Werner Stein），德文原版在歐洲暢銷了好幾十年。可是因為這本書所涉及的內容和範圍太廣，而且無論從編輯角度或經濟觀點來看，即使是英譯本，都有太多難以克服的困難。所以這一拖就是二十幾年，直到一九六〇年代末期，才有一個人有這個資格、有這個膽量，來搞英譯本。

誕生在奧匈帝國的捷克地區的貝納德・古倫（Bernard Grun）早年在布拉格和維也納攻讀法律和哲學，加上他到六十年代末已定居在倫敦數十年的背景，再以他對音樂、歷史、語文和文學的掌握，才膽敢著手翻譯、刪改、訂正和增編新的材料，因而才有可能出現這部英文《歷史時間表》。此外，為了增添有關美國的專題，英文版編輯委員會還邀請了學識背景與古倫類似的美國學者華來士・布勞克威（Wallace Brockway）來協助。

不幸的是，二人埋頭搞了許多年，大功業已告成，可是在英譯本初版尚未問世之前即雙雙去世。好在大局已定，英文本初版於一九七五年發行。我手邊的是一九八二年增訂本，但不論初版還是增訂本，都有美國作家、史學家、今天國會圖書館長，丹尼爾・布爾斯丁（Daniel Boorstin）的序。他在這篇短序中談到怎麼樣看歷史的問題，可是讓我摘譯其中幾句話來看他認為這部《歷史時間表》的意義何在：

……對我們這個美利堅電視合眾國的千百萬市民來說，越來越多的事件在發生的時刻就傳遍各地（當然其中許多還可以實際看見和聽見）。這大量混淆的同時代本身即成為我們這一代的主要、而且令人萬分迷惑的生活特色。

在我們翻閱《歷史時間表》中有關二十世紀下半期之前各年的事件的時候，我們不應該忘記我們在看當時只有上帝才可能看見的「當代」事件。我們因此可以發現「電視前時代」的人們，在他們那個時代的生活方面所缺漏的、所得不到的種種一切。

他以美國獨立的一七七六年為例。在國會通過《獨立宣言》的同一年，《羅馬帝國興亡史》第一卷問世，亞當•史密斯的《國富論》出版，蘇格蘭哲學家休姆逝世，莫札特完成了他的「D大調小夜曲」，挪威開始舉辦軍事滑雪競賽，航海家庫克第三次遠航太平洋。

一點不錯，如果有上帝的話，當時只有他才知道那一年在世界各地發生了這些歷史事件。全世界絕大部分人在一七七六年那年，不要說如何看這些事件，就連得知都不可能。哪裏會像今天，在地中海北非一個海灣之中兩艘利比亞小砲艇被美機炸沉，也立刻傳遍幾乎世界每一個角落。

不過，對中國讀者，或任何非歐美讀者來說，這部《歷史時間表》所指的「歷史」，不是全人類的歷史，而是以西歐美洲為其重點，儘管印度、中國、日本等國的重大歷史事件也有記載。布爾斯丁在他的序言中也提醒讀者這一點，他說，「雖然發生在非洲、亞洲和其他地區的有關事件並非有意省略，但作者們也沒有做任何努力來調查發生在世界這些地區的歷史事件。」

《歷史時間表》以七個類別來記載可以說是（西方）人類的總智慧：「歷史和政治」；「文學和戲劇」；「宗教、哲學和學術」；「視覺藝術」；「音樂」；「科學、工藝和發展」；和「日常生活」；從紀元前五千年開始，一直到一九七八年。

就算是比較近的年份，我們都還有些記憶，都會有一些事件，如果不是在這部逐年、七個類別橫列記載中看到，也會忘了它們是同年同時代發生的。就以一九七六年來看，才不過十年前。不錯，周恩來、毛澤東都在這一年去世，可是英國蒙哥馬利元帥、史學家湯恩比、德國哲學家海德格、法國作家馬勞爾、俄國生物學家李森科，也都在一九七六年去世。還有，美國人得諾貝爾獎並不稀奇。不過，就在美籍（華裔）丁肇中得獎那一年，一九七六年，也正是美國（或任何國家）有史以來第一次獲得全部諾貝爾獎的一年。《歷史時間表》有意思的地方就在這裏。

讓我再隨便舉一年，既然這是五月，為了紀念「五四」起見，就讓我們來看看一九一九年。這一年看起來很熱鬧，大事小事都不少，七類加起來總有好幾百條事件。不過，一點不錯，「歷史和政治」欄中沒有提到「五四運動」；「文學和戲劇」欄中也沒有提到「新文學運動」或「白話文運動」。實際上，整個幾百條之中，沒有一個事件是發生在中國，甚至於亞洲的。唯一扯得上關係的當然是其後果影響到我們和日本、催生了「五四」的巴黎和會。

我說這一年很熱鬧一點也沒有錯（當然每一年這麼看的話都很熱鬧），就在我們大搞特搞「五四」的一九一九年，歐美各國也在大搞特搞他們的「歷史事件」（恕我只選幾則，而且不分類）：

羅莎．盧森堡被殺。美國開始禁酒。首次飛越大西洋，從紐芬蘭到愛爾蘭，十六小時二十七分鐘。對全日蝕的觀測證實了愛因斯坦的相對論。RCA 成立。美國鐵路共達二十六萬五千英里。威爾遜總統主持國際聯盟第一次會議。第三國際成立。芬蘭與蘇聯交戰。開始試驗短波。德國政教分家。墨索里尼建立法西斯黨。開始實驗有聲電影。凱因斯的《和平的經濟後果》。畢加索的 Pierrot et Harlequin。Juilliard 逝世，捐兩千萬美元給以他為名的紐約音樂學院。紐約碼頭工人大罷工。在華盛頓召開的國際勞工會議批准每天工作八小時。爵士樂傳至歐洲。洛杉磯交響樂團首次公演。英國議會第一個女議員艾斯特夫人當選。史密斯夫婦二人由倫敦飛往澳大利亞，一百三十五小時。加州的奧利佛．史密斯發明機械兔子，開始了現代賽狗……

所以你看，不管「五四」在我們近代史上有多少意義，別以為這是一九一九年的唯一大事。更何況，「五四」的兩個基本理想，「德先生」和「賽先生」，至今仍只能去中國觀光旅遊，但卻不能在那兒定居。

汽車與我

我來美國這二十幾年時間，最直接了當地劃分，是我的開車時代和我的不開車時代。大約一半一半。前一半從六十年代初到七十年代初，是我在洛杉磯的開車時代；後一半，從七十年代初到今天，是我在紐約的地鐵時代，儘管在這段時間我像度假似地曾在東非大平原上大開特開了三年。

不久前，我開過一位朋友還不是全新的汽車，結果我連高燈在哪兒都找不到。所以，現在來談汽車與我，當然只能算是一次回憶。其實，在今天來回憶汽車與我，也未嘗不是一個不恰當的主題和時刻。今年，一九八六年，是汽車問世一百週年。讓政治經濟學家來思考它的政治經濟含義，讓工程專家來評論它的機械性能……這些問題對我沒有什麼吸引力，那麼讓我來回憶一下汽車與我的片片斷斷。

我是一九六二年初來到洛杉磯。在加州大學的時候，才使我開始認識到美國這個汽車王國和加州這種汽車文化。無論在校內校外的社交場合，介紹完畢之後，下一句話總是：「你開什麼車？」在提到某一個人的時候，不是「你忘了？那個湯姆（或瑪麗）唸歷史的？」而是「你忘了？那個開白色 Corvette 的？」你是什麼人就開什麼車。在六十年代初開一部 Corvette 的學生，不是家裏有錢的花花公子千金，就是要給人一種家裏有錢的花花公子千金形象的騷包。

所以，我一來了美國就買了一部舊摩托車，好像是 Suzuki，一百五十美金。汽油兩毛二一加侖。我一塊錢可以跑上半個多月。不幸的是，不到一年就發生了一次意外，從頭傷到腳。第二天我就一百二十塊將它賣掉，以一百塊買來我在美國的第一部汽車，一部一九五三年的雪佛蘭，雖然我的夢中車是五六和五七雷鳥。

我這部已有十年舊、十萬多英里的五三雪佛蘭，拿它與今天任何牌子的新車來比，簡直像部坦克車。通用汽車公司這幾年生產的雪佛蘭，是它們最好的幾個年份。喜歡搞街頭賽車的美國小孩兒，很喜歡買這幾年的，但給換上更大更有力的引擎，來找一些無知的小笨蛋挑戰。我不止一次，在等紅綠燈的時候，尤其在深更半夜的聖他蒙尼卡大道，旁邊如果出現一部，比如說，當時最紅、足有四百匹馬力的 Pontiac GTO，那這小子絕對認定我這部五三雪佛蘭不是一般五三雪佛蘭，就頭一仰，加起空油，來公開挑戰。我只有慘笑，因為，開了幾年，我這部五三雪佛蘭已經到了每跑二十英里就要加一罐機油的半殘廢狀態了。

我當時因為半工半讀的工作，無論是在加油站、開車送貨，還是後來管倉庫、調動車隊，汽車與我的關係就像呼吸一樣自然而不知不覺了。我那個時期在公路上，一眼就可以認出對面開來的、左邊超車的、後面趕上來的，是哪一公司、哪一牌子、哪一型、哪一年的汽車。當然，那個時期認車比現在容易，外國車不多，日本車尤其不多。我當時絕沒有想到——不要說我，連全美國、連汽車首都底特律，也都沒有想到，這段期間是美國汽車王國的最後一個黃金時代。而我剛好又在以汽車文化為主要文化的加州度過這最後一個美國車時代。

沒有在加州，尤其是南加州，尤其沒有在洛杉磯住過幾年的人，很難了解汽車在當地居民生活中扮演的角色。如果有一句話可以形容美國人，那就該是，「美國人好動。」自從第一批「好動」的未來美國人越洋定居在新大陸之後，又一批「好動」的美國人，用兩條腿、騎馬、乘馬車、划船、乘船、乘火車，跨過平原，越過山川江湖，將美國地圖從大西洋一直擴展到太平洋。這是汽車時代之前的美國，加州仍在扮演上一場戲的主角。

汽車時代不是美國開始的，汽車也不是美國發明的。法國認為它早在一八八四年就有了一個汽車引擎的專利而堅持是它發明的。但世界差不多公認是德國在一八八六年，整整一百年前，由Carl Benz申請到第一部實用汽車的專利，而確定其為汽車時代的開始。美國則直到一八九七年才製造出第一部汽車。但美國人「好動」，追的很快，到一八九八年，紐約已經有了一家賣汽車的公司。再到一九〇〇年，紐約又舉辦了第一次全國汽車展覽。一九〇三，福特汽車公司成立。一九〇八，通用汽車公司成立。同一年，福特推出了革命性的平民車Model T。也是在同一年，歐美各國舉辦了大概是唯一的一次的全球汽車大賽。這全球不是指有全球各地的人參加，而是指紐約到巴黎：從紐約時報廣場開到舊金山，乘船到俄國，再穿越西伯利亞，經德國，開到巴黎，而且是一個美國人開了一部美國車第一個開到巴黎凱旋門。直到此刻，一直瞧不起任何美國貨的歐洲，才不得不開始尊敬這個後起之秀。等到福特於一九一三年發明出第一個流水線裝配作業生產法的時候，美國汽車時代才真正開始了。那這個時期的加州呢？唯一值得一提的是在一九一二年，加州一個城市在街道中央漆了一條白線，搞出了現代交通規則。

汽車不像船，有水就行。汽車要的是路，而且不是以前給馬車走的路，而是鋪了水泥柏油的平坦大道。一次大戰之前，美國北部各州的車主在冬天都必須將汽車擱置起來，再回到騎馬乘馬車時代。道理很簡單，一下大雪，汽車就給陷住了。但美國直到三十年代才真正開始，在聯邦政府的支援下，建造城與城、州與州之間、專為汽車使用的現代化高速公路。這個時候，加州上場了，因為它有錢。就以大洛杉磯為例，從三十年代末一直到今天，它專為市內高速交通，就建造了三十多條、七八百英里、舉世無雙的 freeway system。如魚得水如果只有魚心裏有數的話，那只有住在洛杉磯的人，才明白在這一條條四通八達的 freeway 上開車的滋味。

無論是以批判的眼光，還是以羨慕的眼光看美國，最方便的對象莫過於加州的汽車文化了。想想看，就只以有形的來說，四線對開的高速公路、路邊的快餐店、廣告板、加油站、汽車旅館、新車行、舊車行、廢車場、停車場、停車樓、購物中心、汽車電影、週日上下班的汽車擁塞……給痛恨這種文化和生活方式的人一個最理想的武器，同時也給嚮往這種文化和生活的人一個同樣理想的武器，來為自己觀點辯護。汽車和汽車文化真有點像那個心理測驗，半空還是半滿。

我那部五三雪佛蘭終於在五年外加十萬英里之後光榮退休。我後來換了數不清幾部車，可是沒有一部可以同它比，至少沒有它出風頭。我那個時候因為經常開自己的車替一家花店送花，平均一天開十小時的車，碰到什麼母親節、情人節，那會開上十五小時。儘管我後來那部是六七年的雪佛蘭，相當新，馬力又大，但卻是一部標準的家庭房車，沒有哪個小子會向這種車和開這種車的人挑戰賽車。

這麼多時間花在車上路上，即使在駕車禮貌全國第一的洛杉磯，也總免不了出事。當然不是指非法停車被罰或被拖之類的小事。洛杉磯是個汽車城，除了幾個中心區之外，停車絕不會像在曼哈頓這樣成為一個問題。可是加州，也許因為早在一九一二年即首先在街道中央畫出一道白線，開始了有規有矩的駕車風氣，對交通規則非常重視。不要說闖紅燈、超速，或速度不夠，會給罰，就連換線不打信號都可能會吃張罰單。而且這算是「行動違犯」(moving violations)，一年五張就吊銷駕駛執照。這方面我是付出了不少代價，而且不僅是錢的問題。大約凡是與開車有關的規則，我大概違犯了至少一半。上法庭、打官司、受訓，以至於坐牢（至於為什麼，我要援引第五修正案）。唯一值得安慰的是，在我那個開車時代，沒有出過任何意外，儘管有不止一次的驚險我現在回想起來都有點後怕。別人倒是撞過我三次，每次都賠了我錢。可以這麼說，我的買車錢差不多全回來了。

我這開車時代大約與美國車時代幾乎同時結束。我七二年因工作來到紐約定居，改坐地鐵。七三年開始了阿拉伯石油輸出國的石油禁運。一加侖兩毛五的汽油和一加侖十英里的八缸美國車就像童年一樣一去不返。小日本車時代開始了，而且不是以偷襲珍珠港的方式打進美國。剛好相反，是美國人張開了雙臂歡迎它前來美國。軍國主義的夢想，給一個個小本田、小豐田給實現了。

雖然紐約的地鐵系統是可與洛杉磯的高速公路系統媲美，但坐地鐵和開車可無從比較。不過有一點，至少對我來說，卻是非常自然的反應。在紐約又擠又髒又亂又鬧又臭又熱又誤點的車廂裏，腦海中總會浮出以一百英里的速度（石油禁運之前）在平坦筆直的洛杉磯高速公路上開車的影像。但同時還有另外一點。

我去年有一天走出了地下鐵的時候，突然看到在路邊停著一輛和我當年開的一模一樣的五三雪佛蘭，連顏色都一樣，淺藍，後窗貼了一張「出售」的牌子，下面還有電話。我當晚實在忍不住打過去試試，車主說是原裝車身，剛剛漆過，引擎和其他部件全新，開價四萬美元。他問我是不是古董車收藏家。我說不是，我說我二十多年前在洛杉磯有過一部完全一樣的五三雪佛蘭，連顏色都一樣，開了五年，是我來美國第一部汽車。我又跟他回憶了一下那部汽車與我的一些片片斷斷。他聽了非常感動，在電話裏安慰了我半天……

搖滾與革命

這裏說的六十年代不是指乾淨俐落的日曆上標示的年代，不是指一九六〇年一月一日到一九六九年十二月三十一日這十年。這裏說的六十年代是一個代號，象徵著不是太久以前有的那麼一段時間，美國社會上一貫相當沉默的種種集團和力量，先後公開而又公然地對既成體制和秩序的挑戰。

我們很難確定這裏說的六十年代是什麼時候、什麼事件開始的。是一九六一年北部和西部黑人白人 Freedom Riders 乘巴士南下支援南部黑人的民權運動？還是六二年在密西根召開了影響整個六十年代學生運動、反戰運動、政治運動的 SDS（Students for a Democratic Society）第一屆全國大會？是六三年馬丁・路德・金（Martin Luther King, Jr.）在華盛頓數十萬黑人示威遊行結束時「我有一個夢想」的演說？還是同一年代表自由主義、理想主義的甘迺迪總統被暗殺？是一九六四年「披頭四」征服了美國和搖滾，使這種反叛音樂成為六十年代唯一最主要的藝術形式？還是同一年國會有關越戰的東京灣決議？還是同一年在洛杉磯出現了六十年代反主流文化喉舌的第一個地下刊物《L.A. Free Press》？還是同一年柏克萊加大的自由言論運動？

我們也同樣難說六十年代是哪一年、哪一事件結束的。一九六九年八月固然出乎所有人（成年人）意料之外，在紐約州一個田園，成功地舉辦了三天三夜、聽搖滾、抽大麻、做愛不作戰、被公認為六十年代反主流文化象徵、有三十多萬年輕人參加的 Woodstock Festival。但只不過才三個多月之後，同一年十二月，在舊金山附近Altamont，也出現了無數人受傷、數人身亡、將搖滾夢想變成夢魘、被稱為「搖滾文化之死」、「反主流文化之死」的「滾石」合唱團的演出。搖滾世代也許喜歡以這一年做為他們的「六十年代」的結束，但反戰分子、學生運動卻不得不接受一九七三年的巴黎（越戰）和平協定為他們的六十年代的終結。

不管怎麼樣，當第一批於一九六四年滿了十八歲的戰後嬰兒爆增的一代，無論以個人或政治或任何其他理由投入了六十年代的大運動之後，從其中有人開始剪頭髮、開始在他們所反抗的社會上找工作的某年某月某日起，對這些人來說，六十年代從此成為過去，成為一個代號。

在這個六十年代，涉及到幾乎所有人的因素和力量，無論是戰爭、階級、種族主義、婦女解放、生活方式、反文化、次文化……都走上了街頭，迫使所有人，哪怕是旁觀者，也要面對這些問題。起帶頭作用的，而且也是整個運動的骨幹，正是年輕人。是戰後第一代青年，在他們最富有理想和感情的年齡，提出了他們對社會、對文化、對戰爭與和平的看法。這個看法是什麼？照運動發展到最高潮的六十年代下半期，一位以「黑豹黨」為藍圖組織「白豹黨」，來設法將搖滾與革命相結合的激進分子 John Sinclair 的說法，很簡單，只有一句話：

> 我們的文化、我們的藝術、音樂、書刊、海報、我們的衣服、我們的家、我們怎麼走路、怎麼說話、我們怎麼留頭髮、我們怎麼抽大麻、怎麼搞、怎麼吃、怎麼睡——只有一句話，這句話就是自由。

簡單嗎？當然。天真嗎？當然。真的嗎？當然。別說聯邦調查局的胡佛聽了受不了，就連他的老爸老媽也受不了。

六十年代有它的陰和陽。新左派、毛派、反戰、反資、反帝、黑人革命、婦女解放等等是大運動中的一部分；大麻、LSD、嬉皮、鮮花兒女、搖滾、禪、易、印度教派、人民公社、性解放、地下刊物等等，也是大運動中的一部分。在面對白人成年中產特權帝國軍事工業既成體制這個共同敵人的時候，這陰陽兩方面有一個統一戰線。但在其他時候，從和平共存到相互敵視，存在著各種程度的微妙關係。

再沒有比六十年代和平與愛的象徵 Woodstock 搖滾樂會上發生的一件小事，更象徵地說明搖滾與革命、嬉皮與左派之間的愛恨關係了。新左派一直利用搖滾吸收新分子，儘管他們也同時感到這批抽大麻抽昏了頭的嬉皮們沒有正確的政治和社會意識。可是在反既成體制的統一戰線上，是非需要他們的支持不可的。所以正當搖滾樂團The Who在臺上演唱的時候，六十年代最出名的一個大左派霍夫曼（Abbie Hoffman）上了臺，呼籲大家為剛被抓起來的「白豹黨」領袖John Sinclair 聲援抗議。可是，樂團吉他手 Pete Townshend 卻用吉他把 Abbie 撞到一邊。革命想要爭取搖滾，搖滾有時也參與革命。政治固然想要利用這個搖滾舞臺，可是這個搖滾舞臺，雖偶爾允許政治上臺表演，但卻始終拒絕讓政治給霸佔，變成搖滾只不過是一名臨時演員的政治舞臺。換句話說，搞搖滾的盡量要和搞革命的保持一個安全距離。

一九六七年底在舊金山問世的搖滾雙週刊《滾石》雜誌是另一個例子，當時仍算是地下刊物，也自認為屬於運動的一部分。可是，它一開始就把搖滾放在核心，而不是把這份地下刊物當做運動的一個小螺絲釘。在反越戰方面，《滾石》和左派站在一邊，但主要還是搞搖滾和搖滾文化。這就是為什麼在一九六八年，它一反地下刊物潮流，公開譴責極左派利用搖滾來勾引天真無知的嬉皮們去參加那一年的芝加哥暴動。這也是為什麼它早已升到地面，到現在還在出版。

其實，搖滾與政治的這種關係早就形成了。老左派根本無法接受五十年代中期發展出來的搖滾樂，認為這是美國資本主義的腐敗與墮落的象徵（這一點很有意思，因為當時的保守派、大小右派也這麼認為，只不過他們說這是腐化美國青年的共產黨陰謀）。三十年代和受那個時代影響的老左派的音樂是接近民粹派的「民間」（Folk），例如Woody Guthrie 和後來的 Pete Seeger，以及他們二人的繼承人，早期的鮑比·狄倫（Bob Dylan），六十年代上半期的任何抗議示威活動，好像都少不了他們和瓊・貝絲（Joan Baez）的這類民間抗議音樂。這大概就是為什麼當狄倫在一九六五年的 Newport Folk Festival 上突然拋棄了「民間」音樂使用的傳統吉他而改用電吉他的時候，除了「民間」純正派之外，大概是這些老左派的反對聲音最大了，幾乎認為狄倫背叛了革命。事實當然不是這樣，狄倫抗議是有，但從未參與任何革命（要有的話，也是音樂性的而非政治性的），他只是在「披頭四」風靡全美之後，接受了新的現實，因而將「民間」帶進了搖滾，豐富了他的藝術，也豐富了搖滾藝術。

從一九六四年到六十年代末一直霸佔搖滾樂壇的「披頭四」，更與革命劃清界線。就在極左派大鬧芝加哥的一九六八年，而且幾乎是同一個月，「披頭四」推出了一張小唱片（Single），正面是“Hey Jude”，反面是“Revolution”，歌詞裏清楚地告訴大家，別來跟我談毛主席。「披頭四」是要求改變，甚至公開抗議，但還做不到以革命的手段來謀求的地步。當時紐約的「解放新聞社」就公開表明說，「（我們）支持『滾石』與『披頭四』的思想分裂。」就好像「滾石」代表左派一樣。其實，真要說起來，貓王、「披頭四」才是真正的無產階級出身，「滾石」裏面的樂手大都是中產階級。而且，在他們幾首被認為是有政治意義的曲子（如“Street Fighting Man”）裏面，「滾石」也沒有說要走革命的道路。「滾石」只是在形象上給人感覺更兇悍，鬥爭性強，但這種形象，與其說是政治性的，不如說是反叛性的、前衛性的。

但就搖滾與革命來說，最直截了當的一句話是一份地下刊物《Guardian》的文化思想家

Irwin Silber 所說的：「我們的目的不是要把我們要說的話灌在一千萬張哥倫比亞的唱片上，而是接收哥倫比亞唱片公司，並且把它變成以人類需要和人類表現為基礎的人民社會主義制度的一部分。」不要以為靠搖滾發大財的哥倫比亞唱片公司大老闆們聽了要給嚇死，我想連「滾石」聽了也要發抖。沒有哥倫比亞這類大唱片公司，「滾石」也只不過是滾石而已。

這一點，只有給壓迫了一百多年的黑人懂。搖滾樂的老祖宗根本就是黑人音樂"Rhythm and Blues"，所以，一位屬於「黑豹黨」的底特律地下刊物《Inner City Voice》作家 William Leach 就說，「音樂不是革命。黑人一直在唱、在跳、在吹喇叭，可是我們還是沒有自由。」

這大概就是為什麼六十年代的一些第一流黑人樂手 Fats Domino, Ray Charles, Sam Cooke, Otis Redding, Aretha Franklin, B. B. King, Jimi Hendrix, Wilson Pickett... 沒有一個和革命掛鈎，連運動都不碰。Jimi Hendrix 可能是唯一的例外。但就算是他，在反西方帝國主義的同時，卻自稱「非政治」(apolitical)，而且如果再考慮到他搞的是「幻覺搖滾」，更是這類搖滾的代表人物，那就更難和革命扯上關係了。六十年代主流文化之中，大概只有抽大麻與黑人關係密切。但就算是這個，如果還需要提醒嬉皮的話，黑人樂手早就開始抽了。黑人就知道，要搞革命，你就搞黑人解放陣線，參加黑人解放軍，真背槍桿子去搞革命（也不是沒有）。否則，就樂手來說，你就老老實實地忠於你自己，忠於你的藝術，設法在因為偷竊你的音樂而創出搖滾的白人樂壇上奪回你應有的地盤。

而在這方面，只有一個黑人成功（本來應該還有 Sam Cooke，但他於六四年中彈身亡），這個人就是 Berry Gordy。是他在五十年代末、六十年代初，在底特律汽車城創立的 Motown Records，只不過短短的幾年，就成為可以和哥倫比亞競爭的大公司，而且完全由黑人擁有。你只要看看從 Motown 出來的樂手和樂團，你就可以知道它有多成功了（隨便提幾個名字）：Smokey Robinson, Mary Wells, Marvelettes, Marvin Gaye, Diana Ross and the Supremes, Four Tops, Stevie Wonder, Temptations, Jackson Five……（而 Jackson 5 在一九六九年推出第一張唱片的時候，五兄弟老么 Michael Jackson 才不過十歲）。

這就是為什麼在談六十年代的搖滾與革命的時候，這個搖滾多半以白人樂手為重點。搖滾有時參與革命，但參與的人和音樂，大都是白人樂手，和以「披頭四」、「滾石」、狄倫為代表的白人搖滾。白人民間樂手的確支持過五十年代中期以後的黑人非暴力民權運動，可是自從一九六五年洛杉磯黑人貧民區 Watts 的大暴動（死了三十四人），和一九六七年的黑人「漫長炎熱的夏天」，在全美一百多個城市的總暴動（光是底特律，就死了四十三人，七千人被捕）之後，黑人越來越不相信白人，管你是搞搖滾的還是搞革命的，而且把白人，包括有時參與革命的白人搖滾樂手給嚇壞了。

如果還記得前面一開始就提到的在 Woodstock Festival 上發生的一件小事，那就可以想像，搖滾與革命，不論雙方有時多麼願意合作、有多少共同，但其不同則更為顯著。其實，這是自有人類活動以來一直存在的鬥爭：藝術和政治（或金錢）的關係。將藝術結合政治而創造出偉大的作品，其難度相當於將政治結合藝術而創造出偉大的作品，六十年代提供了一個絕好的嘗試機會。我們不能說它失敗，只能說它沒有成功。但就搖滾來說，這也許正是它的成功。

自由女神的誕生
——以此紀念她的一百歲生日

等美國的讀者看到這篇東西的時候，多半，肯定，你們已經從電視、報紙、雜誌等大眾傳播媒介看到了，照事先美國自己的說法，這是國家有史以來最壯觀、最精采、最熱鬧的慶祝活動。我指的當然是座落紐約海灣的自由女神——美國自由、民主、機會均等的象徵——在今年七月四日那個週末為期四天的一百週年紀念。

好，你們看到了來自全球的大帆船、美國軍艦和數以萬千計的私人遊艇的船隊向這位一百歲但永遠年輕的女神致敬；你們也看到了雷根總統在一艘航空母艦上通過特製的電路安排，點亮了照明自由女神的燈光和她手中高舉的火炬；你們或許也看到了貝聿銘、王安和另外十位移民入籍的傑出美國人受領總統頒給的自由獎章；還有大法官在距神像一箭之遙的艾利斯島——當年歐洲移民入境第一道關口上主持的兩千新移民，並通過人造衛星，同時為全美各地另外兩萬新移民的入籍式；當然還有七月四日當晚由美國烟火世家設計製造的號稱美國歷史上最了不起的一次烟火演出……這些我想你們一定都看到了。不過，沒有關係，我這裏要講的反正不是自由女神的百年紀念，而是她百年前如何誕生的。

因為，雖然這麼多年來全世界都已經把她當做美國的象徵、美國的化身，可是，她的開始卻是做為法國思想的一種表達，而且是法國搞了一些手段才使她得以站立在紐約港口。換句話說，我們要從法國十九世紀六十年代末到七十年代初的政治情況來看這位自由女神的出身。

那個時代的法國，在拿破崙三世統治之下，依照自由女神之父，艾德華德-厄內・勒菲比爾・德拉布雷（Edouard-René Lefebvre de Laboulaye）的說法，「正處於在尋求但找不到出路的時刻。」共和主義奮鬥了幾十年了也沒有抬頭。他們與保皇黨的鬥爭和他們當時的處境可以從一個事件看出。當一些包括文豪雨果在內的法國共和派分子想要在一八六六年送一枚「林肯紀念章」給林肯夫人，以紀念剛被刺的總統的時候，這枚銀章都得偷偷地在瑞士鑄製，再走私到巴黎美國大使館，以躲避拿破崙三世的秘密警察的逮捕。

德拉布雷是當時帶有濃厚共和主義色彩的一批法國知識分子的主要人物。他是法國學院的比較憲法教授，寫過一部三卷《美國史》，是德托克威爾（de Tocqueville）於一八五九年去世後法國的主要美國政治權威；是他起草的法律催生了從十九世紀七十年代一直維持到二十世紀四十年代的第三共和，一直到德軍佔領了巴黎才告終止。自由女神這個概念也正是在一八六五年在德拉布雷的餐桌上由他首先提出的。當晚在座的一些自由派分子之中還有一位雕塑家，也就是日後設計女神的弗德里克-奧古斯特．巴托迪（Frédéric-Auguste Bartholdi）。

巴托迪後來回憶說，吃過晚飯之後，話題轉到剛結束的美國南北戰爭，以及國與國之間的關係和情義。德拉布雷認為，國與國之間關係多半是權力政治，像法國和歐洲其他國家就是如此；但是有時候，國與國之間有共同的經驗、共同的渴望、共同的情感，例如法國和美國。這不僅因為法國當年大力支持美國的獨立戰爭，而且因為美國的民主政治體現了法國啟蒙運動的思想。美國的存在對整個歐洲，尤其對拿破崙三世的法國，就等於一種政治批評。所以德拉布雷說，如果在美國出現一個獨立紀念碑，那這項工作應該是由法美兩國的共同努力。

德拉布雷如此重視美國當然有其他理由。對當時法國的反對派來說，美國是一個最好的例子。自從發現新大陸以來，這個新世界一直是歐洲知識分子們的一個夢想，而自美國建國以來，法國知識分子們更把她看成是啟蒙運動政治哲學的具體表現。當然，德拉布雷並非無視於美國的一個主要污點——黑奴。他是法國反奴制協會的主席。當時法國政府在拿破崙三世的統治下，支持的是美國蓄奴的南方，而且趁南北戰爭期間，曾一度企圖搞一個墨西哥帝國。而德拉布雷這些自由派全力支持的自然是以林肯為首的北方。他們在美國內戰期間利用寫有關美國政治局勢的文章來間接討論法國的自由與民主的問題，就像比他早的伏爾泰利用中國來諷刺當時法國社會一樣。只不過，對德拉布雷來說，美國不僅是一個掩護，他是真心佩服她。美國的民主政治、自由與理智的思想，對於在拿破崙三世的腐敗統治之下的法國知識分子來說，其成敗表示著法國究竟有沒有希望在其國內實現這些理想。

德拉布雷提出了贈紀念物的構想，可是沒有任何實際進展。這一拖就是好幾年，而一八七〇年的普（魯士）法戰爭，拿破崙三世下台，一八七一年的巴黎公社等等流血事件，更使送禮這件事顯得其遙遠無比。然而，也就是這段期間，在德拉布雷家的另一次宴會上，話題又轉回到給美國人民的政治禮物上去。巴托迪這次提醒每個人說，一八七六年是美國獨立一百週年，法國人民如果利用這個機會來贈送一份具有特殊意義的禮物給美國，可該是再恰當也不過了。而他認為最理想的一份禮物是一座龐大無比的彫塑，一座象徵自由的神像，可以從美國一直照亮到歐洲的自由女神。

德拉布雷立刻贊同。這具體表現了他當初的想法。他當然比誰都清楚，這份禮物固然是法國人民送給美國人民的，可是其義義在當時的法國可更重大。利用紀念碑來表示一種信仰、來做政治宣傳，其歷史至少和文字歷史一樣悠久。只不過這一次，如果不是唯一的一次的話，那也是少有的一次，紀念碑不是為當權派，而是為反對派服務。

巴托迪在一八七一年巴黎公社失敗之後幾個星期，在德拉布雷的支持和贊助之下，訪問美國，親自體會他也開始敬仰的共和國。他後來在為建造自由女神而組織的「法美同盟」成立之後，又去了一趟。他也許不是一位偉大的、才氣縱橫的藝術家，可是他卻是一位傑出的外交家。然而這座彫像仍沒有能夠在美國獨立一百年（一八七六）那一年完成。自由女神的開幕典禮是在一八八六年舉行的，所以今年，一九八六年，是她的一百歲生日。

德拉布雷的用意，是以一座自由民主的象徵——自由女神——做為法國人民送給美國人民紀念獨立一百週年的禮物，來提醒美國政府和人民：你們之所以有今天，法國當初出了不少力，現在是法國需要你們幫忙的時候了。德拉布雷而且以法美兩國共同建造自由女神（其基台是美國人設計建築的）來鞏固共和派在法國的形象。他以這樣一座龐大的紀念像來將法國的歷史和命運與他所欽佩的現代共和政體，一個不但最近戰勝了自己內部敵人，而且已經被公認為世界一大強國的美利堅合眾國，緊密而別有用心地連結起來，就是希望美國的自由、民主、共和，早晚會在他本國實現。然而，德拉布雷固然親眼看到他為之奮鬥多年的第三共和於一八七五年成立，但遺憾的是，他未能親眼看到自由女神的落成。他死於一八八三年。

就像他的逝世一樣，自由女神的這一原始含義，也隨著歷史的演進而逐漸消失。原因很多，也許美國人不願意永遠保持這樣一個具有國際革命意義的象徵，也許美國不想老是被提醒所欠法國的債，也許十九世紀最後十年的歐洲移民浪潮給予了這位女神一個新的意義。每一世代的人都有自己世代的理想與戰場。高舉火炬的自由女神，到了二十世紀初，已不再向古老的歐洲宣揚自由民主共和，而是歡迎大批湧來的移民和難民。這就是為什麼一位從帝俄逃亡美國的猶太女詩人Emma Lazaurs，在她一八八三年完成、但直到一九〇三年才置於自由神下的一首詩（"New Colossus"）中稱其為「流亡者之母」。不論你是從哪一個舊社會來到美國，也不論你想逃避的是什麼——政治壓迫、貧窮、對個人自由的約束、內亂、宗教迫害、飢餓、奮鬥的機會，包括失敗的權利——你都感到可以從自由女神那裏得到鼓舞、得到希望。自由女神這樣才成為美國的象徵、美國的化身，變成了「美國神像」。六十年代開始的現代新移民更肯定了這一點。然而，德拉布雷的夢想其實並沒有消失。美國今年之所以如此擴大慶祝自由女神的百年紀念，就是希望這位自由女神的火炬，不但像百年前那樣，從美國一直照亮到歐洲，而且一直照亮全世界。

太平洋樂園

人一生所遭遇的種種失望之中，從純粹個人滿足的角度來看，恐怕再也沒有比沒有能夠有機會充分發揮個人某種潛力的這一類失望更令人失望了。至於你本來根本不知道你擁有這個潛力，而等到你自己發現或被人發現的時候，機會已過，為時已晚，潛力已不復存在，那只能使你失望之餘更加沮喪和痛心。這個你一輩子也無從知曉的謎，真要說起來，比到底有沒有天堂地獄還要更令你煩心。天堂地獄畢竟是身後之事。

我知道，因為大約二十二個夏天以前的一個暑假，在聖他摩尼卡的太平洋樂園，一位職業訓練家告訴我，如果我當時不是已在唸研究院，而是仍在上中學，那根據他的觀察，我有上好的潛力，因而真有可能，成為一個一流的騎師。

那是我從台灣來美留學的第二年，半工半讀的工也已經打了好幾個，可是一兩個中國餐館的經驗之後，我發誓絕不再給中國人做事。所以當我的一個美國同學介紹我去太平洋樂園找份暑期工的時候，我記得我好像第二天就去了。

太平洋樂團，Pacific Ocean Park，像迪斯奈樂園一樣，是一個遊樂場，只不過規模小得多，可是更接近美國鄉下傳統的集市。這類遊樂場所必備的各種 rides，什麼恐怖洞、愛情洞等等它當然都有。它的 roller-coaster，雖然沒有紐約的康尼島（Coney Island）的有名，但在當時也算是美國有名的之一。你上去的時候還不大覺得，可是一連幾次，一次比一次陡的下降，因為就在太平洋的海灘上，你真以為你和整個列車就要幾乎筆直地衝進深藍色的海水中去。太平洋樂園雖然比不上迪斯奈樂園之龐大，也沒有它出名，可是玩起來一樣好玩，不僅便宜得多，而且方便，就在洛杉磯的聖他摩尼卡，旁邊就是海灘，只要你入場的時候請收票人在你手背上蓋上只有他的一種燈可以照出的水印，你就可以隨時進進出出，游游泳，曬曬太陽，逛逛樂園，有一天玩一天，有半天玩半天，而且就算你只有一小時，你也可以乘一次 roller-coaster 來刺激一下，或者是看一場表演。

接受我申請表的那位中年女士說我來得有點晚了，好的（指工資高）、輕鬆（事情不多）、有意思的（有機會多接觸男孩女孩）都已經填滿。不過，她還是讓我上太平洋樂園的海洋馬戲班去試試。雖然我一來美國就因為離校園比較近而住在這一帶，並且也來玩過一兩次，可是不知道為什麼，就從來沒有看過它的海洋馬戲班表演。在我走出人事室去海洋馬戲班的途中，我想這肯定不會是什麼好差事，多半是餵魚、洗魚池之類又髒又臭的工作。

我第一個驚訝是海洋馬戲班的規模。一個可以容納至少五百人的看台，一個相當職業的舞台，和只有這種演出才會有的兩個圓形大池塘，位於舞台前的左右兩方。大概是我一離開人事室，那位女士就打電話給海洋馬戲班，所以我才進大門，就有一個人上來向我招手。他大約四十歲，六英尺高，算是比較瘦，但相當結實，短短的金髮，淺藍的眼珠。從他白色無袖T恤、白短褲、白帆布鞋露出來的手臂、大腿和小腿，可以看出他大概每天都曬太陽，但不是日光浴那樣曬法，而是要在大太陽下幹活兒那樣給曬出來的咖啡色。他說他叫杰克，正在等我。

杰克只和我談了差不多半小時，介紹了一下海洋馬戲班搞的是些什麼玩意兒。整個這段期間，他除了要我保證做滿三個月之外，唯一要我示範給他看的是將擱置在台左的一根大約十五英尺長、一英尺寬、一英尺高的鐵軌形鋼條提起來，在台上走半圈。鋼條倒是挺重的，總有一百多磅。好在不必舉上去，只要以兩臂垂直的高度提起來就可以了，而且因為它是工字形，也好下手抓。完了以後，杰克就當場僱了我做他的助手。

這個時候我倒是有點猶豫了。完全出乎我意料的是，不用餵魚，也不用清洗那兩個大魚池，需要我做的是，也就是說，我要賺點錢的暑假工是：上台表演。當然，上台表演有點過分其詞。

杰克是個職業教練、專業訓獸家。水裏游的，地上跑的，四隻腳的，兩隻腳的，他全能訓練。他本來在西岸北部一個動物園做事，直到六十年代初才自己組織了一家訓獸所——從狗、馬、象、豹、虎、獅……到大鯨魚、小鯨魚、大鯊魚……他全訓練過。他還經常出海為各個動物園捕捉鯨魚或鯊魚。他也訓練其他訓獸人，到現在還是西部好幾家動物園的顧問。太平洋樂園前幾年特別請他過來主持海洋馬戲班。所以他說他現在有點藝人的味道，但又據他說，這並不是他本人十分喜歡的一個新身份。

海洋馬戲班的演出還相當豐富，雖然每場才不過四十分鐘左右。節目由一個等於是司儀的小丑先上台講幾分鐘的笑話開始，然後是一對青年男女的空中飛人表演，下面接著是杰克的兩條小鯨魚（或海豚，porpoise）。這場表演之後算是中場休息，由一直負責伴奏的四人搖滾樂隊演奏三支或四支曲子。樂隊下台之後才是壓軸戲，杰克和他的大象。所以，海洋馬戲班的演出，與其說是海洋馬戲，不如說是海洋加馬戲。

需要我上台（還要穿制服）、用得著我的地方只是杰克負責的兩場演出。小丑司儀與我無關，空中飛人也與我無關，搖滾演奏更與我無關。與我有關的只是小鯨魚和大象。

我去報到的那天早上，雖然還不到十點，可是已經有不少遊客了。因為幾件簡單的手續都早已經辦好，所以我就直接去找杰克。入口的地方掛著一個大木牌：「海洋馬戲班，還有三天開幕」。我一看就開始緊張，如果不是正在池塘旁邊餵小鯨魚的杰克看到了我，招手叫我過去，我幾乎想不幹了。

杰克一步步教我，告訴我在演出的過程中，什麼時候應該做什麼，要我不光是看小鯨魚或大象的動作和表演，還要隨時注意他的動作，一定要算好時間，在他指揮小鯨魚或大象做某一項表演的時候，為下一個表演做好準備。

小鯨魚的表演看起來很複雜，其實很簡單。它們之所以容易討好、受人喜歡，是因為，首先，小鯨魚的確相當聰明，相當能體會到人的意思。二次大戰期間，有不少美國飛行員都有過類似的經驗，就是當他們掉下海之後，是這些小鯨魚帶領他們，甚至於推著、馱載著他們到最近的海岸。杰克說這絕對是真的。他說小鯨魚真的有智慧，也有它們的語言。他現在正在和一家海洋研究院合作，一起研究我們這個海洋馬戲班的兩條小鯨魚在水下如何以聲音傳達信息和這些聲音的意義。他指給我看池塘下面安裝的錄音設備。

我在這場表演中的工作相當輕鬆，先將兩大桶魚放在杰克指揮的時候所要站的兩個不同的位置。桶裏的大魚小魚是小鯨魚完成某個動作之後的獎賞。其他的工作也一樣簡單，在小鯨魚表演從水中撿起一頂大草帽之前將草帽丟到池塘的某個地方（當然要丟的準）。撿救生圈的表演也是一樣。另外，在牠們要表演跳高、穿鐵環、穿火圈之前，我要將架在池塘邊上的鐵桿和鐵環鐵圈推到水池上方。除了這些之外，當然還有其他一些把戲，但那些都不需要我做任何事。然後等全部節目表演完畢，我再把所有道具收起來，如此而已。唯一需要記住的是，步驟絕對不能亂，因為杰克是以一個固定程序來訓練這兩條各個都足有七英尺長的小鯨魚的。

大象表演基本上也是跟著一套既定的步驟，只不過獎賞牠的不是大魚小魚，而是杰克事先裝在口袋裏的花生。大象從後台出來先彎一下腿，等於是鞠躬，然後再分別以三隻腳、兩隻腳，最後以一隻腳站立。接著牠就走上我已經放好在台中央兩側、直徑大約只有兩個半英尺、高不到兩英尺的圓形木台。大象於是就先後在這一左一右兩個小木台上重複牠剛才在平地上以四、三、二、一隻腳站立的技術。以牠一噸半重的體積，當然不容易，可是我卻沒有任何奢侈替牠擔心，因為這個時候我要守在大象背後不能太遠的地方，因為下一件工作有時間性，一定要在幾秒鐘之內完成，否則不是命沒有了，就是手臂沒有了。這個動作是我演出的高潮。

我要在大象剛走下那個圓形木台的時候，立刻將擱置在台左架子上那根鋼條，那根我第一次見到杰克時他要我提著走舞台半圈的十五英尺長、一百磅重的工字形鋼條，提起來，橫架於大象在上面剛表演完畢的兩個圓形木台之上。大象這時連頭也不回，就一屁股坐在這根鋼條的正中間，面向著觀眾，蹺起兩條前腿，象鼻朝天地大吼一聲。我之所以怕，很簡單，是因為這是所有需要我賣力氣的工作之中唯一有生命危險的舉動。想想看，大象從木台上下來，就算牠的動作慢，也用不了十秒鐘就可以走到兩個木台的中間位置。牠被訓練的只知道這個時候牠應該坐下，至於後面有沒有個東西給牠坐完全不是牠的責任。這個責任是我的，我需要在短短十秒鐘之內，兩手以相隔大約三英尺的距離，抓住鋼條的中間部分，提起來，從台左提到台中央，再將它橫架在兩個木台之上。再想想看，如果我沒有來得及架上去，大象已經朝後面坐了下來，那牠坐的不是鋼條，坐的是我血肉之身。而且就算我及時將鋼條架上去了，但沒有來得及將兩手抽回……壓死了固然不是滋味，手臂給壓扁了也不見得好多少。每次上台，這是我最緊張的十秒鐘，不是怯場的緊張，而是怕死的緊張。這個完了之後，雖然大象還有更精采的壓軸戲，可是對我來說，這都是反高潮了。

杰克不止一次告訴我他非常欣賞我的動作和我身體各部分的協調。這大概是為什麼在暑假快結束的一個下午，所有表演因為下雨而全部取消，我們師徒二人在他那小辦公室喝咖啡，感嘆太平洋樂園不久就要給拆除的時候，他突然問我有沒有興趣考慮走職業騎師的路。他說他立刻就可以開始教我，他正在訓練幾匹純種賽馬，再等我高中一畢業就全時投入練習。經過三個多月的觀察，尤其是看我提鋼條，他覺得我的臂力和腰力和腿力都應該不錯，差不多五英尺十的身高和尤其是才一百二十來磅的體重對做騎師來說更有利，但是要快。他說在還算年輕的時候不及時發揮我這個潛力實在太可惜，我有成為一個一流職業賽馬騎師的可能。

短短幾分鐘的談話，我在心跳加速到火一般的興奮，然後就如同讓窗外的大雨給一下子澆滅了一樣，心中突然感到一陣無比的寒冷和淒涼。當我告訴杰克我已經唸了好幾年的研究院，已經二十七，而不是十六歲的時候，我才有生以來第一次感到自己老了。我不敢說我從杰克的面部表情上覺察出他是驚訝還是失望，因為他只是用他那一雙淺藍色眼睛盯住我，過了半天才輕輕地吐出一句話，I'll damned.

那天晚上我做了一個夢。大象將我兩個手臂壓碎了。

紐約一大頭痛——停車

一九八六年已經差不多過去了十二分之十一，除非下個月紐約市中了一枚原子彈，否則，儘管過去這十個月也曾發生一些恐怖的謀殺、情殺，可是，如果按最令大都會居民震驚與憤怒的事件來說，那就應該是市政府負責違章停車的機構集體大貪污案件了。

從大約不到一年以前，剛剛開始有點政治醜聞的味道的時候，我就盡量根據報紙雜誌電視的報導，來注意這個案子的發展。已經有一個市政府高級官員自殺，另外好幾個被起訴，一個主要嫌疑共謀犯為了自保，現在成為聯邦檢察官的明星證人。聯邦法院發現放火的州官不太可能在百姓不許點燈這個情緒沸騰的環境中得到公平的審判（貪污歸貪污，法律歸法律），還決定將這個案子移到北邊康州聯邦法院開庭，以保證法律程序可以在不受充滿敵意的紐約市民影響的情況下進行。果不其然，那邊的市民幾乎沒有一個曉得這些被起訴的是些什麼人。陪審團員就只有根據被告雙方的證詞、證據和法律程序來做出判斷。

不錯，幾個月來，我一直在注意案情的發展。不錯，官商勾結，買賣官職，色情交易，官員分贓……可是詳情我還是搞不清楚，所以幾個月下來，我差不多投降了。不過有一點我可以保證：任何在紐約停車被罰過的人，任何要趕時間而怎麼也找不到位子停車的人，任何車子被拖走過的人，都肯定希望，不是說他們有罪該殺，因為陪審團沒有裁決他們有罪之前，誰也不能說他們有罪，而是希望，如果這些負責徵收違章停車罰款的市政府官員確實犯了法，而且陪審團也根據一切現有證據判他們有罪，那我相信，我甚至於可以保證，所有在紐約開過車、停過車的人，曼哈頓有車的市民，都肯定盼望法官以法律所允許的最大可能極限來決定他們的刑罰。凡是不能體會這一點的人，肯定沒有在曼哈頓開過車、停過車。

首先，不是我有意唬你們。我的確聽說有人在曼哈頓為了搶街邊車位而殺人，這其實是不難想像的。

紐約市據說有一萬兩千多英里的街邊停車空間，可是其中大部分是法律規章不允許你我停車的空間。比如說，公共汽車站、斑馬線、防火栓、車道進出口、主要大樓前、繁忙商業區、上下貨地帶、學校、出租汽車站等等。而這還不算保留給外交人員、醫生、傷殘人士、警察、救火員、政府官員的車位。

還有，除了紐約市民的車子之外，每天平均有八十五萬輛汽車進入曼哈頓，而曼哈頓的各大小公營私營的停車場、停車樓，聽說只能容納大約十五萬輛。

另外，街道總要清洗，因此出現了所謂的「輪邊停車」（alternate side parking）。換句話說，儘管名義上紐約市有這麼多英里的停車位，可是由於一、三、五街左，二、四街右因為洗街而不能停車，因而實際上又減去了將近一半的停車位。

說到這裏，附帶提一下曼哈頓一個特殊現象，就是所謂的「牧車人」（car shepherd），專門替住在曼哈頓某幾條街、某幾個地區的車主「輪邊停車」。車主們也願意付「牧車人」這個錢，至少比每月一百五十美元以上的停車場便宜一點，而且車子又永遠就在你家門口（當然還有更便宜的停車場，例如每月五十元，可是聽說戶外的車位許可，你要等七年，戶內十四年）。

所以曼哈頓又有另一個特殊現象，那就是，當外地任何十萬美元年薪的家庭應該至少有兩部或更多汽車的時候，曼哈頓同等收入的家庭卻多半一部也沒有。紐約市以外地區是平均每一點八人有一部車，而紐約市居民有車無車的比例是一比四。就連這有車的四分之一，他們買車的目的也不是在曼哈頓開，而是為了從曼哈頓開到外地。想想看，週一到週五，曼哈頓停車場的收費，就以我家後面那個為例，是頭三十分鐘十塊三毛一，外加稅和小費。

因此，曼哈頓的車主漸漸培養出一個非常獨特的世界觀。當無車的四分之三居民一碰到什麼大雪、停電、地鐵罷工、垃圾工人罷工、淹水等等有一百個不方便的時候，反而是那有車的四分之一居民最快樂的時刻。這四分之一的車主們，至少是依賴「輪邊停車」的車主們可樂死了。一切有關「輪邊停車」的規章都因這些暫時的危機而取消。這些車主們，只要危機持續，就不必早上七點爬起來，頭沒梳、臉沒洗、披著睡袍跑出門重新到對街去找車位。我忘了是哪一年，總之，那一年冬天的大雪危機幾乎延續了兩個月。我聽說只有曼哈頓的車主最高興。他們完全可以不理會他們的汽車。這當中如果有任何諷刺的話，都是曼哈頓的停車規章搞出來的。買車是為了要用，就是說要開。而只有曼哈頓的車主買了車之後，認為只有在不需要用的時候最高興。當然，他們煩的不是開，而是停。

考慮到這一點一點的大小問題和煩惱（這還不包括車被拖走，一拖就至少七十五美元，而且要現款），那你就不難想像，為什麼當負責監督我們這些有時違章停車的市民的市政官員，利用他們的特權、身份、地位和關係，來搞官商勾結、官職買賣、色情交易、坐地分贓，不許點燈的百姓會有多麼強烈的反應了，為什麼案子要到另一州去開庭，為什麼有人甚至於呼籲恢復死刑。

紐約的冷天

請注意，我說的是紐約的冷天，而不是是紐約的冬天，雖然照大自然的規律來看，紐約的冷天多半也是在冬天。然而我之所以不用「紐約的冬天」為題的主要原因是，我不希望有人從這樣一個標題，如果我用了的話，來以為我寫的是一篇抒情散文，或更要命的，有關人生的哲理論文。況且，固然我要講的並非與冬無關，可是與冷更有關，因為我要談的是紐約天冷的時候的暖氣。

而且我要談的是老式暖氣。新式中央空氣調節系統當然方便舒適，可是一點意思也沒有。中央空調是一個盡責盡職的老好人，什麼脾氣也沒有，不注意的話，你甚至於忘了它的存在。

而老式暖氣就不是這樣。首先，你很難忽視它的存在。當你走進任何裝置著老式暖氣的房間，你差不多一眼即可看到多半安裝在窗前的暖氣爐。如果這些鑄鐵或黃銅的暖氣爐是講究的，那它們甚至於是房間裝飾的一部分。而即使它不算是考究的貨色，在當年只不過是普通的廉價品，那單憑它的年紀，也足以成為一個談話的主題。

而且它，暖氣，老式暖氣，絕不默默地耕耘。它來的時候一定有個前衛打頭陣。這個前衛就是乒乒乓乓或叮叮噹噹的聲音。為什麼一定會有這種聲音我也不知道，我只知道每次在暖氣來到之前，一定會出現這乒乒乓乓或叮叮噹噹之聲，而且再也沒有比外面下著大雪、裏面冷得要穿上三件毛衣的時候，突然聽到這個不是音樂的音樂更心安悅耳了。

我在曼哈頓中城上班的那座四十層高的現代大樓的中央空調系統，不會引起我或任何人的注意，而我那曼哈頓下城的家中的老式暖氣，卻永遠不讓我忘記了它在工作。

然而我家，那個十二層高的合作公寓，當年也是一幢現代化大樓，只不過這個當年是將近一百年以前，八國還沒有聯軍。現在回想，暖氣在當時差不多等於近三十年來的空調。只知道以火爐、壁爐、炭爐、火炕取暖的人肯定認為這就是現代，這就是未來。

我家的房子既然有百年的歷史，那它的原裝暖氣也就有同樣長久的歷史。在當時，它還算是一個相當新的玩意兒。因為這種暖氣，意思是指將熱力來源，如火爐，從每個房間本身移出，而搬到地下室的中央供熱系統，它只不過在南北戰爭期間，也就是說，在我家大樓蓋好之前大約三十年，才從英國傳到了美國。

雖然它已經有一個多世紀的歷史，但今天在紐約的這種老式暖氣使用量絕不亞於中央空調。當然，它只負責供熱，而不是像中央空調還在熱天兼供冷氣。所以像我家，暖氣與屋俱來，冷氣是額外安裝的。

然而與屋俱來的暖氣也不是說什麼時候要，什麼時候就有。這當中，除了天冷的時候每個人都希望房間暖和之外，還有兩個決定因素。一個是紐約市住房法律，一個是經濟能力。

先講住房法律，雖然這些法律對合作公寓的影響不大。它針對的是房東。法律規定，當室外的氣溫降到華氏五十五度（攝氏十五度）或以下，如果房東在早上六點到晚上十點之間，不將房客的公寓暖到華氏六十八度（攝氏十九度）或以上；還有，外面氣溫降到華氏四十度（攝氏四度）或以下，而在晚上十點到早上六點之間，不將裏面暖到華氏五十五度或以上，那這位房東可能每天被罰五百美元，甚至於坐牢。

當然，這裏所說的房東多半是大房東，主要是指有幾棟大樓或幾十幾百家房客的大房東。但房東無論大小，只要為了多省錢、賺錢或任何其他理由（例如，設法趕走不受房東歡迎的房客）而在法定冷度不供熱，就算犯法。紐約市政府每年冬天都有一個一天二十四小時、專門投訴暖氣不足、要求政府採取行動的電話號碼。嚴冬季節，聽說每天會收到三千個電話。

但就算你，像我一樣，住的是合作公寓，或郊區的獨立住宅，供熱的時間和溫度完全由合作公寓董事會或自己做主，那唯一需要考慮的就是錢的問題了。就以我們的合作公寓大樓為例，前幾年石油價格抵達最高峰的時候，在冬天最冷的幾個月份，每天要燒掉六百美元的石油，真是可怕。即使是住在郊區獨門獨院的中產階級們，也都是為了節省才將暖氣調到只要不會凍死的溫度。凡是有這類訪客到我家，他們的反應是一律不變的：先急忙脫衣服，然後表示羨慕，最後大罵我們浪費。他們何嘗了解，合作公寓固然在有些地方相當專制，但也有很多地方非常民主。如果每家都有資格被選為成員的董事會一致決定將暖氣調到華氏七十二度（攝氏二十二度）或更高，個別公寓戶是無能為力的。

同時還有一些技術問題。我家在四樓和五樓（所謂「樓中樓」，duplex），而為了使十二樓也有足夠的暖氣，那住在低幾樓幾層的即使關上一半暖氣爐（我家一共有十個），也還是相當暖和。因為就算暖氣爐本身不再散熱（其實不會完全不熱），那牆壁中輸送蒸氣熱水的管道也在散熱。換句話說，我們還有幾面暖氣牆。

這不僅是老式暖氣的缺點，而且是紐約市（另外聽說只有芝加哥）所特有的。紐約有許多像我家大樓這類上百年的老房子，它們使用的還是當年所謂的單一管道系統，不但早已過時（即使與其他種類的老式暖氣相比），而且它適應的是室外溫度而非室內溫度，同時散熱也不均。聽維修暖氣的人說，世界其他地方大部分都早已不再使用這種供熱系統了。考慮到在紐約極冷的時候，我家室內的溫度是如此之高、空氣如此之乾，以至於還要放一個增濕器來提高濕度，那就不難想像郊區那些即使經濟能力負擔得起，甚至於身價百萬，但為了節約或省錢或小氣而情願（其實是不情願的情願）冷天挨凍、小孩長期感冒的家庭，當然是先羨慕，然後再咒罵我們了。

這種冤枉，我們是解釋不清的，只不過羨慕或咒罵我們的人似乎忘了一點，那就是，這種在紐約的冷天過一個暖和日子是要付出代價的，而且負擔並不輕。只不過當你穿上三件毛衣還冷得發抖的時候，突然聽到盼望中的一陣乒乒乓乓、叮叮噹噹、不是音樂的前衛音樂，你不但覺得它是天下最美的聲音，而且認為這個擔子更是值得背了。

美國國債

我記得雷根總統上任之後沒有多久，美國發生了一個劃時代的事件，那就是，美國國債突破了一兆美元大關。六年之內，美國國債又創下兩次新紀錄。一九八四年是一點五兆美元，一九八六年是兩兆美元。

這個簡單的事實卻給既非經濟學家又非數學家的我帶來了兩個難題：一個是國債，一個是兆。

我從來沒有搞清楚究竟什麼是國債。當然，我知道什麼是債。這麼多年來，我也曾累積下一些經驗。我甚至於知道大約紀元前五世紀古代羅馬的債務人，如果無法如期向債權人償還所欠下的債務，就要去給他做奴隸。乾淨俐落！

可是國債是什麼？我問過好幾個應該比我懂的人也無法給我一個簡單的答案。當然，我也知道今天世界各國各有各的定義和統計方法。因此才出現一個很奇怪的現象。曾公開宣佈沒有內債外債的中國大陸還是很窮，今天有兩兆美元國債的美國還是不很窮。

兩年前，當美國國債抵達一點五兆美元的時候，我記得有位參議員評論說，這個數額是美國花了兩百年累積下來的。一點不錯，美國人今天借錢（好，貸款）買汽車、買房子，先飛後付……是有其歷史淵源的，那就是，美國是靠借錢搞的革命。也就是說，美國在還沒有獨立建國之前就已經背了一身債。只不過，頭兩百年所累積下來的國債總額只是今天的五分之一，才四千億美元。

這位參議員發現一般人非但搞不清一兆這個數目的意義，也搞不清這筆國債跟個人有什麼關係之後，就做了一個小小的統計。他說，在一九七一年，全美國每個男女老幼在國債上應該分攤的債額是一千九百六十六美元。一九八一年加了一倍多到四千三百四十六美元。到一九八六年，他當時的估計是每個美國人（包括拿到綠卡者）要欠下七千七百三十三美元的債。申請在美永久居留者請注意，在你一旦領到綠卡之時，也正是你要分攤一部分美國國債之刻。這就是自由民主的代價。

不過也不用太擔心，國債不是私人債務，國債是所謂「國人欠自己的錢」。不要問我這句話是什麼意思，也不要問我「自己欠自己的錢」如何還法，我只知道，要美國破產你才破產。好，我對經濟學的認識（不能說是知識，因為我還沒有搞懂）到此為止，我也不預備繼續追問下去了，因為我知道越問越玄。所以讓我回到一開始的時候所提到的兩個難題的另一個：兆。

別以為你會加減乘除就以為你知道什麼是兆。

當美國國債在雷根總統選上不久突破一兆美元的時候，記者們問他究竟是多少。好個雷根，究竟做過演員，很會說話，他於是就半開玩笑地指出，一兆美元相當於六十七英里高的一疊千元大鈔。

很好，那今天的兩兆美元國債早已進入外太空了。

這雖然要比國債這個概念容易捕捉，但是還不足以讓我們更切實地感受到一兆或兩兆是多少。更何況，在「伊朗門」正在打開的此時此刻，你還敢相信雷根總統的任何話嗎？

這裏所說的一兆（trillion）是美國（和法國）的用法，是指阿拉伯數字1的後面有十二個0（零）。英文是千進位，所以英文說一千個百萬（million）等於十億（billion），一千個十億等於一兆（trillion）。中文是萬進位，所以我們不說一千個十億，而說一萬億，而一萬億就是一兆。別問我英制如何，我才現買現賣地把美制搞通。

去年九月，一位住在西雅圖的女士投書給《紐約時報》，也在談一兆的問題，她也搞不清楚什麼是一兆，更別提兩兆。可是這位女士卻找到一個比較容易讓人了解和體會的方法，她是從時間角度來看一兆美元。很恰當，在美國，時間就是錢。

她假設一塊美金是一秒鐘，那一兆美元就是一兆秒。六十秒一分鐘，六十分鐘一小時，二十四小時一天，三百六十五天一年。那一兆秒是多少？在你沒有看下去之前隨便猜一下。一百年？一千年？一萬年？我保證你沒有猜對。

她發現一千秒差不多等於十七分鐘。一百萬秒是十二天左右。十億秒相當於三十一點七天。因此，一萬億秒或一兆秒就是三萬一千七百零九點八年。

從今年一九八七年倒算，三萬一千七百多年前，別說萬里長城、金字塔還沒問世，連蓋這些玩意兒的人的祖宗八代的祖宗八代也都還沒有出生。

而這才只不過是美國六年前的國債。今天的美國國債是兩兆美元。如果有人問你這究竟是多少，而聽到你說兩兆就是兩萬億之後仍然搞不清楚的話，那你不妨建議他從時空角度來衡量。兩兆美元相當於六萬三千四百一十九點六年，或者照雷根總統的空間算法，一百三十四英里高的一疊千元美鈔。

烏鴉炸醬麵

魯迅創造出來的所有名詞之中，除了「阿Q」之外，對居住在海外的中國人來說，或者對任何離鄉背井的人來說，我覺得最有意思的就是他在《故事新編》的〈奔月〉裏杜撰出來的「烏鴉炸醬麵」了。

讓我先節錄幾段，來說明這個偉大名詞「烏鴉炸醬麵」問世的經過。

……羿在垃圾堆邊懶懶地下了馬，家將們便接過韁繩和鞭子去。他剛要跨進大門，低頭看看掛在腰間的滿壺的簇新的箭和網裏的三匹老烏鴉和一匹射碎了的小麻雀，心裏就非常躊躕。但到底硬著頭皮、大踏步走進去了；箭在壺裏豁朗豁朗地響著。

剛到內院，他便見嫦娥在圓窗裏探了一探頭。他知道她眼睛快，一定是瞧見那幾匹烏鴉的了，不覺一嚇，腳步登時也一停，——但只得往裏走。使女們都迎出來，給他卸了弓箭、解下網兜。他彷彿覺得她們都在苦笑。

「太太……」他擦過手臉，走進內房去，一面叫。

嫦娥正在看著圓窗外的暮天，慢慢回過頭來，似理不理的向他看了一眼，沒有答應。

這種情形，羿倒久已習慣了，至少已有一年多。他仍舊走進去，坐在對面的鋪著脫毛的舊豹皮的木榻上，搔著頭皮，支支吾吾地說——

「今天的運氣仍舊不見佳，還是只有烏鴉……。」

「哼！」嫦娥將柳眉一揚，忽然站起來，風似的往外走，嘴裏咕嚕著，「又是烏鴉的炸醬麵，又是烏鴉的炸醬麵！你去問問去，誰家是一年到頭只吃烏鴉肉的炸醬麵的？我真不知道是走了什麼運，竟嫁到這裏來，整年的就吃烏鴉的炸醬麵！」……

讓我首先補充一句，我這裏不是要談沒落英雄的悲哀，也不是要談嫌丈夫越混越窮的老婆（最好別談，誰能保證你我的下場？），我要談的是烏鴉炸醬麵，因為它讓我想起了海外的中國吃。

羿和嫦娥何嘗不想吃那個道地的豬肉丁兒炸的醬，只不過，照魯迅的說法，羿每天一早騎馬出去跑上好幾十里去打獵，連隻兔子也看不見。所以一年多下來每天就只能吃用他射下來的幾隻（匹是魯迅用語）烏鴉的肉炸的醬（對了，誰要是把炸醬麵的炸唸成炸彈的炸，那就烏鴉了）。

所以，就算他們有油、有醬、有蔥、有蒜、有薑，而且就算他們（或使女們）會炸，那還是烏鴉炸醬麵。更何況，主要作料由豬肉丁變成烏鴉肉丁，肯定做法也因之而起了哪怕是少許的變化。這就是說，凡是就地取材，再考慮到他鄉之地的飲食習慣（膽固醇、高纖維）、生活方式（減肥、瘦就是美）等等，在外國要想做一道真正的家鄉菜，就算作料齊全，包括罐裝，還包括你真的會這個手藝，那仍然是一樣，也許不能說是絕不可能，而是可能性太少。因此，美國任何一家賣炸醬麵的中國館子賣的都是「烏鴉炸醬麵」，儘管它們用的是豬肉，而絕非烏鴉肉，儘管也許真的不算難吃，可是還是烏鴉炸醬麵。

讓我舉一個時間和空間都比較遙遠的例子，從另一個角度來談道地炸醬麵和烏鴉炸醬麵。

小時候在北平，我們家（當然還有幾乎所有人家）差不多天天都吃麵。先不談包子、餃子、饅頭和烙餅，就麵條來說，主要是拉麵，偶爾也吃切麵，要不然就是貓耳朵、撥魚兒、刀削麵這種我們老家山西的土玩意兒。可是另外還有一種常吃的麵，一種我還沒在港臺或美國見過的，那就是盒漏，或者叫壓盒漏。這是一種利用槓桿原理造的機床，叫盒漏床，壓出來的麵條。我猜港臺海外大概沒有幾個人聽過，更別說吃過壓盒漏，因此大概也無從想像這到底是一種什麼樣子的麵，那就先讓我憑記憶（只能憑記憶，我自己也好幾十年沒吃了）來解釋一下。

這個盒漏床的座很像一條長板櫈，只不過板可厚很多。看床的大小，有的板半尺厚，有的一尺多厚。床中間有個筒形洞，直徑也根據床的大小而定。盒漏床就架在煮麵的大鍋上。做麵的時候，先將和好的濕麵半滿地塞進那個筒形洞，再以人力用床上方一根與床在一頭相接、在洞口正上方部位牢牢地釘著一個木錘的槓桿，硬將筒形洞中的麵從下面有圓孔的銅板中給壓出去，而壓出來的圓形麵條就直接進了下面水正開著的大鍋。這就是壓盒漏。

好，我要說的是，多少年來，我一直以為這是咱們老北平或老西兒的玩意兒，道地的中國玩意兒，一直到我十年前在非洲東岸一個阿拉伯文化影響深遠的小島上，在一家雜貨店，突然看見好幾個有新有舊、大大小小的盒漏床！我一開始簡直不敢相信我的眼睛。我問老闆，而他的回答更令我吃驚。這是他們阿拉伯人幾百上千年來做麵的一種工具。唯一不同的是，他們的筒形洞底那片銅板打的不光是圓形小孔，還有三角形的、月牙形的、星形的、方形的。

好，假設那家雜貨店的阿拉伯老闆說的是實話，那我要說的是，如果這是阿拉伯人首先發明的，再經由應該是回民傳到了華北，那管你是老北平還是老西兒，你我加上我們的祖先，幾輩子吃的都是烏鴉炸醬麵。反過來看，如果盒漏床是咱們中國人發明的，再經由也多半應該是回民傳到了中東一帶的阿拉伯社會，那阿拉伯人幾百上千年來吃的其實也是烏鴉炸醬麵，尤其是他們醬的做法肯定和我們的不一樣，至少絕不會用豬油炸。這麼說來，因馬可勃羅十三世紀從中國將麵條和西紅柿醬帶回威尼斯而後出現的意大利麵條（spaghetti），真要說起來，其實也是烏鴉炸醬麵，儘管全世界都認為這是意大利的國麵，其實還是烏鴉炸醬麵。

我的意思是說，時間空間一變，就很難說什麼道地不道地了，連什麼才算是道地都很難說了。今天大陸和港臺的中國吃，如果拿它與二十年代或三十年代的當地中國吃（夠道地了吧？）

相比的話，我敢說找不出幾樣菜的口味是完全一樣的了。至於美國的中國吃，那可以說全是烏鴉炸醬麵。

讓我再舉一個親身例子，一個比較近的例子，來說明另一個層次的烏鴉炸醬麵。

我去年去了一趟山西，去五臺山下的金崗庫村尋了一下我的根。是在五臺縣我才吃了幾次西紅柿醬刀削麵。這次的經驗讓我感覺到，我在美國家裏自己做的、所有朋友都愛吃、都讚不絕口、幾乎是海外獨一無二的西紅柿醬，其實根本完全就是烏鴉炸醬麵，而我多年來就為了這碗寶貝醬給大家捧得幾乎忘了形。

首先，在山西吃的西紅柿醬（千萬別說番茄醬，那是老美吃什麼玩意兒都加的玩意兒）根本沒什麼肉。現在回想起來，以前在北平家裏吃的也沒什麼肉。而我在美國炸的西紅柿醬可有不少肉，雖然有更多的西紅柿。就憑這一點，我已經烏鴉了。這要給老北平或老西兒損起來，就絕不亞於損南方人炸醬還放豆腐乾和蝦米，還有花生米之類更要命的玩意兒。

這個可以先不去管它。我要說的是，去年六月間我在臺北待了三個星期，臨走之前，我借用一個朋友家，不能說是請客，因為菜錢都是她出的，而是親自下廚——對，一點不錯，炸了一大鍋西紅柿醬，來感謝這半個多月來熱情招待過我的一些朋友。我怎麼也不會料到，這十幾個年輕朋友竟然從來沒有吃過西紅柿醬！他們（一半是女孩兒）很給面子，把足有十五斤的拉麵幾乎全給吃光，而且其中幾位還跟我學了幾手（更給面子）。可是現在回想，我簡直要臉紅。雖然當時我絕不是有意欺騙他們，但除非他們看到我這裏的坦白，否則絕不會想到我餵他們的其實是我在美國，因為時間空間的改變，而自己搞出來的烏鴉炸醬麵。

當然，這並不表示我那個西紅柿烏鴉炸醬麵不好吃。剛好相反，沒有趕上那天我的西紅柿炸醬麵的朋友還要我答應下次去臺北一定要為他們再下廚一次。其實，這才是我要說的。一定認為烏鴉炸醬麵絕對比不上當年（四十年代？三十年代？二十年代？乾隆年間？）北平或北京的道地的炸醬麵的那些人，倒是未免有點烏鴉了。

自然的呼喚，生理的要求

——別以為在紐約解決這個身體需要是那麼方便

巴黎街頭上有，東京遍地都是，洛杉磯任何加油站都可以，只有紐約，不急的時候，你忘了有這個自然的呼喚，生理的要求，而當你急的時候，尤其是急得跳腳的時候，你就發現這個國際大都會的冷酷無情，也就是說，沒有人肯為你打開這方便之門。

自然的呼喚，生理的要求，是英文用來指內急的一個比較文雅的用語（**nature calls**，或**demands' of nature**），就像維多利亞女皇時代有教養的人士絕不會赤裸裸地說某太太「懷孕了」（**pregnant**），而婉轉地以「隆起的腰圍」（**swelling waistline**，千萬別譯成「肚子大了」）來暗示一樣。今天，我們好像不這麼虛偽了，而且無論男女，也都比較直接大膽了。也許有人在作客的時候仍然不好意思直說，「我要小便」，或「廁所（或一號）在哪裏？」但是問一下男女主人「我可不可以用一下洗手間？」絕對夠禮貌、夠保險，絕不會冒犯主人，讓主客雙方感到不好意思。

當然，像「洗手間」這類用語，其實也是今天人們用來指「廁所」的委婉用語。因為說的人和聽的人都心裏明白，儘管你事後會洗手，但這多半不是你要使用那個房間的第一目的，你是要去小便。

英文也是一樣，最直接響應「自然的呼喚」、解決「生理的要求」（別胡思亂想，我當然知道人除了這個和造成這個要求的吃喝之外還有其他生理需要）的幾個字眼是 toilet, water-closet (W.C.), lavatory, bathroom... 但這幾個英文用語，除了頭兩個字本身含有供身體排泄之用的特別是現代化便池的意思之外（latrine 更直接，只不過習慣上只是在部隊裏流行），其他兩個都以「淨洗」為其首要意義，只不過暗示附有便池之類的方便。當然，這都是它們的原義，今天所有這四個字指的都是「廁所」。至少，我可以保證，當你在紐約譬如一家餐廳要去 bathroom 的時候，非但裏面絕不會有浴缸，你的目的也絕不是去洗澡，而且老闆也不期望你去洗澡。

而其他用來指「廁所」的一些常用的英文字，就字面的意思來看，都與身體排泄沒有直接關係，什麼 Washroom, Restroom, John, Loo, Head, Joint ...... 以至於 Men/Women, Ladies/Gents 等等，都是暗語，儘管今天用起來一點也不暗。

這大概是自從人類發現了羞怯感之後的結果，任何涉及私處的事情都不願明言，一定要找個代號。而就算這個代號已經用到和直語明言一樣清楚，也還繼續保持「無知」。人與人之間的關係，或許有可能將隔開的一面牆給拆掉，至少理想主義者這麼盼望，可是人與人之間這層半透明的薄紗，可要比什麼都難撕破。至於應不應該撕破，那就成為哲學問題了。

好，既然如此，既然這是人類文明的一種表現，那為什麼巴黎街頭上有的，東京遍地都是的，洛杉磯任何加油站都可以的，在世界第一大都會紐約竟然無處可覓？

這個問題不太好回答，因為說是也可以，說不是也可以，完全看你找不找得到門路了。不過有一點必須指出，二十年前的許多公共方便所在，早就給上鎖釘死關門了。

自從我十五年前由洛杉磯來到紐約，除了由一個平面都市轉變到一個立體都市，由一個汽車文化轉變到地鐵文化之外，最要命的轉變就是當自然在呼喚、生理在要求的時候，你除了急得又蹦又跳之外，別無他法（其實當然有，只要你肯犯法，而肯或不得已犯此法者還不少）。我當時曾採取過兩個途徑，可是立刻就知道此路，一個現已不通，一個代價太高。

第一個是我天真無知地進了地下鐵的男廁。我告訴你，如果有所謂人間地獄的話，這就是了。又暗又髒又臭又濕又擠。有酒鬼，有烟鬼，有色鬼，有惡鬼。有些直躺或半躺在地上，有三兩成群在角落低聲交易，有人（有老有幼）用眼睛找對象、拉生意……你簡直不敢設想方便之時或之後可能發生的情況：是被偷被搶，還是被揍被姦。這是七十年代初。沒有幾年，地下鐵車站內總有好幾百個公共廁所全部給關門上鎖釘死。今天，就這類所在來說，只有城中的中央火車站、城西的賓州火車站和城中西的長途汽車總站的公廁還勉強可以使用。當然，也只有這幾個大站有。

想想看，剛從洛杉磯來的人怎麼受得了？洛杉磯的加油站肯定比紐約的地鐵車站要多。地鐵是公家的，廁所情況搞得一旦無法收拾，就上鎖關門。加油站是私營服務業，競爭激烈，提供這項基本服務在所必須。而在有錢社區，它的洗手間不但衛生，而且漂亮。所以，就算洛杉磯也沒有多少公廁，可是光是加油站（你不加油也可以用），就替政府為居民遊客提供了差不多可以解決問題的此一方便服務。至少，我在洛杉磯的十年之中，好像從來沒有當自然在呼喚的時候，我找不到加油站的。

好，地鐵廁所給釘死之後，在我還沒有找到其他方便路之前，我還曾（也是不得已）試過另一個途徑。這也是七十年代初的事。

我記得是個初秋週末下午，在上西城百老匯剛買了兩本書，就逐漸感到自然在呼喚。我知道這一帶不容易找，所以當我看到第一家酒吧，就進去點了一杯威士忌，因為我看到大門上的牌子，「洗手間只供顧客使用」。當然我可以不喝那杯肯定會引起後患的酒。不過，你知道，沒有任何喝酒的人會買了酒不喝的。果不其然，第二家書店還沒逛完，自然又在呼喚了。我出去又找一個酒吧，這次大門上雖然沒有牌子，但酒保還是不肯借，只好又買一杯。我不記得那天下午逛了幾家書店，進了幾次酒吧，總之，回到公寓之後，我差不多已喝醉了，而且給自然呼喚掉我二十多塊錢。

有了那幾次慘痛經驗之後，我開始為自己在心中搞了一個戰略圖，把至少在曼哈頓可以安全而又免費地解決生理需要的幾個重要所在搞清楚。這個時候我才慢慢發現，不時有人在報紙雜誌上也討論這個與吃喝同等重要的大事。最近（一九八四年），有位女士甚至於還編了一個指南（Dear John, A Guide to Some of the Best Seats in New York City），來分區介紹曼哈頓公共和半公共的洗手間（共一百七十二個，分佈在大旅館、百貨公司、水陸交通要站、政府辦公大樓、連鎖快餐廳和某些酒吧，等等）。她還就每個洗手間的方便、清潔、安全與否，以及它的氣氛，做了簡短的評論。除了沒有打星號分出等級高低之外，很像一本餐廳指南。

我想全世界大概只有紐約會有這麼一本廁所指南。我為我愛紐約又找到一個理由，而且為我同世界任何一個大都市（巴黎、東京、洛杉磯除外）的居民辯論誰好誰壞的時候又多了一個一句話可以頂回去的根據，「好，你們也有博物館、歌劇院、芭蕾舞……可是你們有廁所指南嗎?!」

藝術家的道德權利

大約一年半以前，我在這裏寫過一篇東西，題目是〈傾斜的弧〉（誰要是還記得，下次來紐約的時候我請你喝酒），裏面提到我家附近的聯邦廣場上安置了一座由政府委託一位名雕塑家，專為這個廣場創作的一件巨形戶外藝術品，叫做「傾斜的弧」，並且將永久地置放在那個聯邦大樓的廣場上。

讓我假設沒有幾個人記得我那篇介紹了，同時考慮到一定會有人錯過那篇，也肯定有人才第一次接觸我寫的東西，那就讓我先補充幾句。這個「傾斜的弧」（"Tilted Arc"），用非藝術語言來形容，是一面鋼牆，十二英尺高，一百二十英尺長，有一點點彎，同時稍微向南倒（彎面和倒面方向相同），而且從頭銹到底。它的創作者是理查德．塞拉（Richard Serra），美國和世界各地都有他的巨型戶外藝術品裝置。

我在那篇文章還提到，幾乎就在同時，聯邦大樓的工作人員發起了一次簽名運動，要求政府將他們稱之為「垃圾」和「廢鐵」的「雕塑」拆除，用來填河，而且這場近二十年來最轟動的藝術大辯論一辯就是好幾年，直到前年六月才決定：拆除但不拆毀，換個更適當的場地重新安置。

好，又快兩年了，「傾斜的弧」還在那兒傾著。我一直以為是官僚機構辦事慢，一直到今年二月，我才從報上得知，官僚機構辦事慢固然是事實，但卻不是這個事件上的事實。這裏的真正事實是目前正在打一場藝術官司。雕塑家塞拉先生在告聯邦政府（具體的被告是政府負責這個藝術方案的執行機構，美國聯邦總務管理局），告它設法「惡意地」從聯邦廣場這個公共場地將作品移走，要求賠償三千萬美元。

如果只是藝術家與政府（或任何其他對方）之間的合約問題，即政府與塞拉簽約，以若干美元委託這位藝術家為某一特定目的創作一件藝術品，那塞拉先生，不論他列舉多少理由，不論他有多少專家藝術家的支持者，他都很難贏。因為當初雙方簽字的合約上明文規定，這件「傾斜的弧」，經政府收購後做為美國政府的財產，可以轉移到聯邦「國立美國藝術博物館」，在那裏「展覽或永久收藏」。因此前年的決定是一個妥協，就是說，還是將它做為一件公共藝術品安置在一個公共場地，只不過考慮到社區的反對，不放在目前所在地聯邦廣場就是了。

這裏我們先不談「社會的基本權利」，這太複雜了，而且，當年以社區的名義反對這件作品的這個社區，還有相當多的支持者，塞拉本人就住在這個社區。況且，只在聯邦大樓上班而不住在這個社區的非居民，算不算這個社區的一分子也是一個問題。不管怎樣，當初是個妥協，至少不將它拆毀，或將它，照合約上的條款，轉移到博物館，進入象牙之塔。公共藝術品應該生活在大眾之中。

我在此無法猜想塞拉先生當時的心情。他是接受了政府的委託，專門為聯邦廣場這樣一個，說實話，一個並不起眼的所在，創造了一件藝術作品。辯論的時候，就曾有藝術評家指出，「將這個雕塑擱置在其他地方，就否定了該作品所根據的藝術考慮。」非但如此，這座聯邦大樓用以命名的前參議員柴維茲先生（現已故），當時還曾寫信給審理這個案件的五人小組，強調藝術家的權利：

藝術需要允許藝術家有表達他（她）的生活時代的自由，這是我們社會最珍貴的價值。當我任美國參議員投票核准「藝術結合建築」的時候的了解是，這個方案的宗旨基本上表現我國願意保證，藝術的自由表達是我們文化的一個主要部分……讓我們不要忘記，蘇維埃藝術政治目的所束縛是受到我們譴責的，但不是因為它可能不美或不討人喜歡，而是因為它的虛假。

參議員柴維茲當然知道不是聯邦政府主動要拆除「傾斜的弧」。是每天在此上班下班、無論如何也躲避不了這面大鋼牆的一部分工作人員，和社區一部分居民，群起反對。他實際上是為藝術家向反對者說話。藝術的自由表達在美國是有保障的，問題是藝術有了自由表達之後的藝術家及其作品有什麼權利。

這也就是為什麼塞拉先生認為他有理由為此一件事件告到法院，而且還要求賠償三千萬美元。他要試一下看藝術家的權利有何保障。

這個導火線「傾斜的弧」的誕生有賴於「藝術結合建築」方案（Art-in-Architecture），而這個方案是一九六二年甘迺迪總統時代的產物。寫公開信支持塞拉和他的作品的柴維茲先生當時是紐約州選出的國會議員，也是當時投票核准那個方案的支持者。方案的目的是在聯邦或公用場地，由政府出錢委託知名藝術家創作圖畫或雕塑來起美化作用，鼓勵藝術創作，而其辦法是由聯邦建築物建造費用的百分之零點五來委託創作藝術品以美化或裝飾公共環境。全美各地之所以有這類藝術品存在，都是這個方案的功勞。當然藝術家及其作品不是隨便決定的。就以塞拉為例，他是由國家藝術基金會指派的藝術界三名專家所提名，然後他那「傾斜的弧」的構想再由「藝術結合建築」方案的執行機構，聯邦總務管理局，來詳細審查其對環境的影響、維持費用和其他任何可能出現的問題。現在回頭看，顯然當時就是忘了徵求社區的意見。「傾斜的弧」就是這樣在一九七九年獲得核准，雖然到一九八一年才開始裝置。作品本身加上安裝費一共花了聯邦政府十八萬美元。

這個方案和藝術家之間的關係一直不錯，雖然在此之前也曾有過兩次反對的事件。然而是因為這個方案，我們一般人才有機會在日常生活中接觸到傑出藝術家的創作，而不是非要去一個像藝術館這類消過毒的環境中才能夠觀賞。但是從塞拉事件中可以看出，方案本身的問題還比較容易解決，而因「傾斜的弧」才提出的另一個問題，即藝術家的權利，卻是不易處理但又極其重要的大問題。因此，八十年代美國藝術界一直在討論的就是關於藝術法律的問題。

當然，藝術法涉及的方面太多。其中大部分是關於作品真偽、偽造、偷竊、複製、藝評家的權利、作品所有權等等問題。也許不是偶然，今年初，甘迺迪總統的弟弟，參議員甘迺迪向國會建議，在「版（創作）權法」上加添一項修正案，規定轉售藝術品時為藝術家保留售價百分之七的「版（創作）權稅」。這一點太重要了，大概是所有藝術家，管你有名沒名、有錢沒錢，都包括在內的藝術家們最盼望通過的了。

可是與塞拉先生更有關的是這個法案的另一個意義。它還要保護藝術家的作品出手之後免受更動和毀改，或有意損害。換句話說，這個法案的目的是要保護藝術家自由表達的「道德權利」（moral right）。如果藝術館，或任何收藏家，甚至於聯邦政府，無論有意無意傷害到他們所擁有的藝術作品，那藝術家本人可以提出控訴。這也正是塞拉先生控告聯邦政府的理由之一。他說這件作品是那個空間的組成部分，而那個空間也是這件作品的組成部分，兩者不可分割，一分割就毀改了那件雕塑。

如果參議員甘迺迪所提的這個法案獲得國會通過，那塞拉先生這場官司打贏的機會很大，因為這樣美國就有了一個法定的道德權利。今天，好像只有加州、紐約、麻省和緬因這四個州有保護藝術家的作品的規定，而這四個州的法律所保護的對象又不完全一樣。例如在加州，法律只承認受到公認的傑出作品，紐約的不包括電影等等。而從全球角度來看，歷史最悠久、已經一百多年的〈伯爾尼保護文學和藝術作品公約〉（Berne Convention for the Protection of Literary and Artistic Works, 1886）到今天仍然只有六十個簽署國。

就塞拉事件來說，幸好所爭論的確實涉及到道德權利。我在想，如果事件發生的經過是，比如說，借用好像在他時他地發生過的那樣，某個過敏人士上書白宮，聲稱聯邦大樓前面的這渾身發銹的大鋼牆是在象徵美國的現狀或未來，而大樓總管的解決辦法是將其漆成銀色，那這場官司也就別打了。不打已經是一場鬧劇了。

良心基金
——天真？（是的），內疚？（肯定），可愛？（哈！）

這幾個月來，引起全世界注意的美國醜聞接二連三地未曾停過，比電視肥皂劇還精采，比成年人電影還過癮，比通俗小說還有意思，頭版新聞比娛樂版更娛人。

總統的安全顧問和他那位「藍波」型的上校，「欺」上瞞下，私售軍火給一個敵對國家，然後又利用這筆見不得人的錢去支援一股反抗軍來顛覆另一個「不友善」國家的政府，而且在補給飛機回美國的時候，又載滿了毒品，黑市銷售，為他們的秘密非法活動提供經費。

滿口不得違犯「十戒」的一些全國性教派，不但騙善男的錢，還騙信女的身。

保護美國大使館安全的陸戰隊士兵，不是為了意識型態，而是為了錢與性，心甘情願地中了蘇共女特的美人計，出賣國家機密。

華爾街身價千萬的證券商，利用非法獲得的內幕機密情報，賺取暴利。好幾個已經進了監獄，其中一人（是他與政府合作將案子抖了出來）被罰了一億美元。他當場就開了張支票給政府。不用替他擔心，謝謝你，他還有四億美金在戶頭裏。

大學體育主任，為了吸引中學（美式）足球甲級選手，在請他們週末參觀校本部的時候，不但私下以錢收買，還找女生陪他們過夜。

就連地方性的醜聞，也都上了世界各地報紙的國際版。紐約市政府的集體大貪污，好像除了市長一人是清白的以外，紐約市政府的二十幾位領袖人物，全部判刑入牢，還有一人畏罪自殺，另外一人貪污貪得賞司機小費的時候，一給就是五千美金……

夠了嗎？是在這樣一個為名、為利、為色、為權、為勢，而不顧一切法律（更不要提道德），去幹他們自以為其聰明無比的勾當的背景之下，我注意到了一則消息，讓我輕輕鬆鬆地舒了一口氣，就像在一個炎熱悶濕的酷夏傍晚，突然吹來一陣涼涼的清風一樣。

我也是上個月才從報上得知美國聯邦政府居然有這樣一個安排。這個安排是指，美國財政部遠在一八一一年就曾設立一個帳戶，專門為那些一生之中，不論何時何地，出於任何理由，任何動機，或多或少，一次或數次，無論在任何方面，曾經欺騙過政府，但後來有所覺悟，良心發現，而自動地向政府交回所欠的全部或一部分非法收益的美國人而開的帳戶，叫做（美國人真會取名字）「良心基金」（Conscience Fund）。

就算你看了上面一段的解釋，可能你還是搞不清楚這個「良心基金」到底是怎麼一回事（這個概念太新奇了），所以讓我先舉幾個例子。

有個美國人去年給財政部寫了封信：「……我（在一個專欄上）讀到有關你們的『良心基金』的消息。隨信附上兩百美元，這是因為當我做政府職員的時候曾經請過一次病假，可是那次我沒生病……」

另外一個人說，「這張一千三百元的支票是為了償還我從一九六二到一九六七年在海軍服役的時候所偷的工具和其他東西……」

還有一個人要求政府接受他的錢，因為他用了兩張已經用過的郵票去寄信……

天真？是的。內疚？肯定。可愛？哈，可愛極了。

我想美國人的這種可愛，中國人很容易感覺到，也多半都同意。美國人的這種內疚，也還容易接受，除了喪盡天良的人之外，都可以體會出這種心理。我們每個人一生之中也都有過不曉得多少次這樣的內疚。只是，我猜，大概只有美國人會天真得，因為沒病請了病假、重用了兩張已經用過的郵票，而將錢還給政府。

我覺得這種天真不是我們一般以為的天生的天真，也不是所謂天真無知的天真，更不是老天真的那種天真。我還覺得尤其是中國人更難了解美國人的這種天真。我並且覺得美國人的這種天真，與其說是與人性有關，不如說是與他們的法律傳統和精神更有關。是這一點，才使沒有什麼法律概念的中國人幾乎輕視地嘲笑美國人的這種天真。而在這個意義之下嘲笑美國人天真，其實是在笑美國人笨，至少沒有中國人那麼「聰明」。

可是，就算我們承認美國人，一般來說，比中國人天真；那天真得像沒病請了病假、重用了兩張用過的郵票，而將錢還給政府的這種美國人也真是沒有幾個。「良心基金」一九八六年收到的「良心錢」打破了那個帳戶自一八一一年設立以來任何一年的紀錄，但也只不過才三十八萬美元而已。如果再考慮到「良心基金」這一百七十六年的總收入也只不過才五百七十萬美元的話，那良心發現的美國人平均每年也只不過才交還給政府三萬多美金而已。相比之下，教棍、貪官、奸商們吞起錢來，卻動不動就是幾百萬、幾千萬、幾萬萬。

這麼看來，美國人也在逐漸失去他們的天真，而變得，照我們的說法，越來越聰明了。不過我們還是可以放心，他們要想在這方面超越我們可不是像騙個幾億美元那麼容易就辦得到。像我們這種聰明是需要文化和歷史做後盾的，而一談到文化和歷史，那我們絕對可以高枕無憂。別忘了，這方面我們已經領先了五千年。

的士出租計程車

好，我想不管你是哪裏人，講什麼地方的話，你都應該明白我指的是什麼了。是，一點不錯，Taxi，紐約的士，出租汽車，計程車。

前年有一天我上夜班，放工的時候已經是清晨兩點多了。我很快就在辦公大樓附近的四十二街上叫到一部計程車。司機是一個年輕的白小子，一邊開一邊喝咖啡。路上車不多，不到十五分鐘就到了家。表上指明的車資是四塊錢，我拿出了一張五元鈔票，預備全給他。但是我發現用來隔開前座司機和後座乘客的安全玻璃板上那個收費小洞不知道給什麼卡住了，我的錢放不進去。可是我同時也注意到那個安全玻璃沒有關緊，右邊有一道開口。於是我就用手拉開玻璃板，將錢遞過去。這小子一驚，在回頭的一剎那，從身邊掏出一把左輪，槍口對著我的鼻子，低聲一喊，“What do you want ?!”——是他這句問話，儘管是在一個相當恐怖的情況下的一句問話，讓我在猛嚇一跳的同時，意識到他並不是要搶我，也不是要傷害我。我向他解釋，他收回了手槍，收了我的五塊錢，謝了我，而且向我道歉，說他四個月來給搶了兩次。

我知道這並不是一個多麼驚險的經驗，也不是一個多麼有意思的故事。你要是有時間有機會問紐約一般經常坐計程車的居民，你肯定可以聽到成百上千個比我的經驗更精采的真實故事。每個大城市都有這類的故事。你要是問外地來的遊客關於他們在紐約搭計程車的經驗，那又會有很多，而且更荒謬。我就知道有一位德國老太太，第一次來紐約……算了，不必講了，因為如果要講這類故事的話，別說老紐約，就連我都可以講上一天一夜。而且話又說回來，就算我講了一天一夜的這類新聞，它們基本上仍然只能算是例外情況。坐計程車，就像坐飛機一樣，平安無事不是新聞，只有例外情況才值得談、才算是新聞。當然對乘客來說，借用一句老話，沒有新聞才是好新聞。

只不過在紐約乘計程車，當地居民認為是正常情況的，別的地方的人肯定覺得一點也不正常，是他們的例外情況。譬如說，紐約的計程車司機。

我想全世界所有有計程車的大小城市，沒有一個會像紐約有那麼多的計程車司機不認識路。先不講去曼哈頓以外的區，比如說皇后區，因為除非他住在那裏，也剛好他下班回家，否則他根本不去（不好找路），儘管這是違法的。而就算你不出曼哈頓，就算你要去的不是什麼偏街小巷，只有二十幾英尺長，而是去一個相當於尖沙咀或西門町之類的所在，比如說，去大中央火車站，也竟然有司機不知道該怎麼去。要解釋的話很容易。這些司機幾乎百分之百都是剛來美國不久、語言都還有困難的新移民。這已經不能算是新現象了，但直到一九八四年才為他們開辦了一個講習班，強迫所有申請計程車駕駛執照的人接受二十小時的訓練課程，例如，紐約市地理、查閱地圖、駕車禮貌、司機和乘客之間關係、有關的法律等等。

所以說，你現在很難碰到所謂的典型紐約職業計程車司機了。那種給好萊塢電影描繪成一個歪戴著帽、嘴上永遠叼著半支雪茄、對紐約人物歷史瞭如指掌、一上車就跟你談棒球、罵政治的中年白人形象的職業司機，早已經不算是紐約風貌的一部分了。

取而代之的絕大部分就是那些新移民。根據紐約計程車司機學院的統計，近幾年來申請執照的駕駛者，平均四分之三是新移民。

但如果說典型的紐約職業司機快要滅絕了，那還有其他兩類紐約特有的傳統司機，卻還是相當經常地可以碰見。

一類是那種有點神經質的司機。上面提到我所經歷的那位司機那個時候已經屬於這一類了。想想看，雖然他事後向我道了歉，但首先，沒有初期神經質的人絕不會為了那麼一件小事（儘管是在紐約），就拔槍威脅人。這位計程車司機已經具備很好的條件成為電影《計程車司機》（Taxi Driver）裏面的那位司機了。我有很多願望，其中之一就是別再碰到他。

我不敢說紐約到底有多少這一類的神經質司機，總之大概不少，否則也不會有那部電影了。這些年來我碰到的絕不止他一個，不同的只是程度深淺而已。好在這一類沒有另一類人多。這另一類也經常出現在好萊塢電影，就是所謂「知識分子／作家畫家／表演藝術家」司機。我知道把這三種人歸成一類可能會得罪他們。搞理論的瞧不起搞創作的，搞創作的瞧不起搞理論的，而搞表演藝術的，從演員到舞蹈到樂手，又誰都瞧不起。不過，為了不要把紐約計程車司機的類別分的太細，就請他們三方面將就一下吧，雖然他們三方面的任何一方都有資格併入神經質司機類別。

用最簡單、最切實的話來形容他們，就是大陸上所謂的「待業青年」。那個「業」沒有來到之前，先開計程車，總比洗碗好。

當你一上車，你的司機就跟你談存在主義、批判理論、結構主義，然後告訴你他正在計畫寫一部書，批評所有這些理論和主義……當你的司機告訴你已經出版了一本短篇小說集，正在計畫寫（所謂的）「美國最偉大的小說」……當你的司機告訴你他在舊金山曾有過一次個人展，現在在紐約找畫廊代理……當你一上車就發現車內貼滿了司機的劇照，還有簡介，還有（如果有的話）劇評人或影評人或舞評人對他曾出現過的哪部戲、或哪次演出的評論摘錄……那恭喜你，只要司機不太囉嗦，不跟你辯論，不找你投資製作，那你碰到的是除了典型的職業司機以外最可愛的紐約計程車司機了。所以你們現在應該明白，為什麼他們都是「待業青年」了吧？司機業並非他的理想或永久職業。他們等待的是另一番事業、是夢想的實現：一部哲學論著的問世，一部偉大小說的誕生，登上百老匯，進入好萊塢……

而且這並不是白日夢。美國不知有多少教授、理論家、小說家、劇作家、詩人、畫家、演員、舞蹈家、樂手、歌手……在出名或有成就之前，的確在紐約開過計程車，甚至於沒有開過的人也願意在事後吹他們當年在紐約開過計程車，給人的感覺好像是名藝術家所必得經過的洗禮一樣。我敢保證，今天的新移民司機之中也有不少在如此夢想。

我有一個小小的秘密要坦白。我也做過計程車司機，只不過是在洛杉磯，而且當時我也並不是「待業」。開計程車就是我那個時候的業，我待的是乘客，而在人人都有車的洛杉磯，我開了兩天就真的待業了。唉……如果當時我是在紐約開計程車，再加上我的夢想是成為一個搖滾明星……唉，這就是人生！

黃色計程車

既然《洛基》（Rocky）可以拍出三個續集，那紐約計程車至少還可以再談一次。

雖然我不是像有些人，例如說商人，一天到晚在世界各地飛來飛去跑生意，可是這些年來我也繞過地球幾次了。根據這麼多年來的經驗，不談舒適、禮貌、價格，而只談世界各主要城市的計程車方便與否的話，那我個人相當主觀的結論是，紐約計程車世界第三（前兩名，如果你們真想知道我怎麼看的話，是台北和香港，但也可以說是香港和台北）。

我之所以把上面一段的最後一句話放在括號裏是因為我這裏不是要比這頭三名的優點或缺點。我是要談紐約的黃色計程車。請不要多心，我指的是車身的顏色，而不是暗示車內可能出現的行為。黃色計程車（Yellow Cabs）是指擁有一枚「金牌」（Golden Medallion）計程車營業執照、可以在街邊合法地接伸手叫車的乘客的計程車。車子的顏色一律，也一定要是黃的。非黃色的可以出租（如電話叫車），但不可以在街邊接客，或不可以在曼哈頓街邊接客（如皇后區的綠色計程車）。這些計程車和無數連執照都沒有的出租車，在曼哈頓（或飛機場）和黃色計程車搶生意的時候，就都變成了所謂的「吉卜賽計程車」，也就是說，野雞汽車。

我不知道其他大都市的計程車企業如何，但肯定都有各自的大小問題。紐約計程車的問題就出在這黃色的計程車上。它雖然不是獨家壟斷企業，但絕對是少數人壟斷的企業。

首先，這一千多萬人口的大都市，只有一萬一七千百八十七輛黃色計程車。數字可以如此精確的道理也正是它不合理的原因所在。紐約市從二次大戰到今天，一直把黃色計程車牌照的數額固定在那個數字。而這一萬一千七百八十七輛黃色計程車之中，不到一半的司機是他開的那部車的車主。這就是說，黃色計程車主要是由幾家大小車行所控制。

然而，五十年來，黃色計程車的「金牌」執照一直保持在一萬一千七百八十七個，不但對壟斷的大小車行有利，對獨自營業的車主也有利。這就是為什麼才只不過幾十塊錢的「金牌」執照費，因為一直不能增額，所以今天的「金牌」，雖然是塑料做的，但價比黃金還貴。今天，你如果想打進這門行業，你只有從已有「金牌」的車主中購買，公開的要價是十萬美金。

因為情況已經演變到這個地步，市政府於是又不能一筆把「金牌」勾消。自從紐約在二十世紀初有了計程（汽）車以來，一直都是自由市場。申請一張計程車執照和申請一家餐館營業執照一樣方便。

二十年代，紐約市人口沒有現在那麼多，但「金牌」黃色計程車有兩萬一千多個。大恐慌時期，數字降到了一萬五千左右，還是比現在多。但是到了一九三七年，整整五十年前，紐約通過了一個法案，規定不再頒發計程車執照，因為非但目前需要已經滿足，更難預見以後的需要會增加。好，從那個時候開始到現在。就一直只有一萬一千七百八十七個「金牌」黃色計程車在為人口日益上升的紐約市服務。

你閉住眼都可以看得見這枚「金牌」的價值的飛漲。執照費無論多少，是付給市政府的，所有的增值都是「金牌」擁有者的淨利。所以請你再閉一次眼睛看看。以前因為任何申請的人都可以申請到一枚「金牌」，所以它本身一毛錢都不值，而自從市政府決定不再發黃色計程車執照以來到今天，它已經從分文不值漲到了十萬美金。而且還是可以賺取收入的十萬美金。別以為只有開餐館、搞房地產、唸電機才能賺錢。

所以說，黃色計程車正是給這一萬一千七百八十七個「金牌」所有者給霸佔住了。雖然他們有的是大車行、小車行，有的是個人，但在這兩個問題上，他們是一致的。一個是不增添新「金牌」，一個是要求增加車費。

市政府多年來一直想利用增加車費的機會來增添新「金牌」。你也許會問，為什麼乾脆不修改當年的法案。一點不錯，當然可以，不過這是一個騎虎難下的局面。想想看，這幾十年來，已經有這麼多人是以額外付款買下了「金牌」。照一位經濟學家的估計，車主們在「金牌」上的負債高達十億美元。如果一旦廢除當年那個法案，又回到二十年代自由市場、自由競爭的世界，那去年花了十萬美金才開始靠自己的黃色計程車為生的車主們，肯定破產。而又因為很少會有人從自己口袋裏掏出十萬美金，幾乎都是像買房子似的，從銀行貸款，那你就可以想像，這十億美元的負債是如何負的了。因此，在最近一次的車費加價的時候（今年五月，增加百分之二十二，起價從一塊一加到一塊一毛五等等），市政府和車主們有了一個妥協，就是同時增添一千八百個「金牌」。

這就是紐約「金牌」黃色計程車業的黃色交易。

小城故事

我們還在洛杉磯，我剛剛上了好萊塢高速公路，正預備走一〇一號公路去舊金山的時候，收音機說五號州際公路南加州的一段已經建好，政府沒有舉行什麼通車典禮就正式開放。我告訴我車上的朋友，一對已經在打瞌睡的黃家夫婦，說我要試一下這段新的州際高速公路，因為要趕時間的話，這就是了，幾乎可以筆直地從洛杉磯開到灣區。我於是就沒有轉上以前一直用的一〇一，而順著好萊塢高速公路開到金州高速公路。

他們是要趕時間，要趕台灣復興劇校當晚在舊金山唐人街的美國首演。他們知道我那天也要去灣區，雖然我是要去柏克萊。租的倒是一部新車，可是兩人都不太喜歡開車，尤其開長途，所以建議我把我那部留在家，開他們的車和他們一起去。等到他們來接我，七弄八弄，上了好萊塢高速公路的時候，已經下午一點多了。

從洛杉磯到舊金山大約五百英里。我平均每年都來回跑上兩、三次。一般來說，包括吃東西、喝咖啡、加油、上廁所，就算你平均每小時開七十英里（石油禁運之前），也總要差不多八小時。所以他們二人一上車我就說，八點以前肯定到不了戲院。他們也只好認了，雖然丈夫抱怨太太化妝慢，太太抱怨丈夫不早租車。

他們二人很少開長途，所以不太清楚走五號州際公路和走一〇一號國家公路有多少差別。一〇一雖然是加州南北的一個主要交通路線，可是它要連接一個個大城小鎮。五號屬於全美州際高速公路的一部分，是為跨州交通而建的。在西海岸，你可以從加拿大邊界上五號州際，不下公路，吃喝拉撒睡在這條路上，一直從華盛頓州越奧里岡州，再越加州，而開到墨西哥。

金州高速公路（Golden State Freeway）一出洛杉磯就改稱為五號州際。頭半小時還有些車子來往，然後越來越少，因為幾乎所有去舊金山的人都用一〇一，大家都知道五號州際中間有幾段還沒建好。這次是因為政府沒有舉行通車典禮，只是不聲不響地正式開放，所以當我們上了剛剛通行的那段路的時候，三條對開的線上，往前看到頭，往後也看到頭，我發現只有我們這一部車。這真是一個非常少有的畫面，我的感覺更是奇特無比，又像是在夢中，又像是在看一部科幻電影。

他們租的是一部 Mercury，才用了六千多英里。這部房車很重很穩，八個氣缸的馬力非常足。我把速度從每小時七十英里自然而然地、不知不覺地加快。先是八十，沒有問題，跟四十一樣平穩。然後是九十、一百，還是很穩。路是如此之直，路面是如此之平，前後左右又一部車也沒有，我的老天，這簡直是天堂。一百一十。雖然我因為他們兩個都在睡覺而將收音機放到很低，可是還是聽不到車外的聲音。一百二十……我想以這個速度開，現在還不到三點，肯定開戲之前就可以趕到了，說不定還來得及在唐人街先吃飯，這就不必在路上停了……是這個時候，速度表上的針不知不覺地已指在一百三十五英里左右的時候，我突然發現，在極遠的前方，在對面南下的五號州際上，有一部車。我本能地將速度減慢，沒有幾秒鐘，我看出是部警車，我又減速，它在我左手方一閃而過，可是我並沒有鬆口氣，繼續慢慢減速，一方面不斷注視反照鏡，看那部警車有沒有找地方掉頭北上追過來。前後大約看了三分鐘左右，看不見有任何車子在後面，我才放心。又過了五分鐘，我才又逐漸加快，先是九十，慢慢地到了一百……

是這個時候，我突然覺得一亮，又一亮，是車內和車外的反照鏡反射出來一閃一閃的紅燈。我抬頭一看，才發現那部警車已咬在我屁股後面。

我把車子停在路邊的時候，睡在前座的先生和躺在後座的太太才醒。已經沒有什麼好解釋的了，一目瞭然。

那位警官告訴我，在他閃燈之前，他車上的雷達表計算出我當時的時速是九十六英里，並且很客氣地提醒我，（當時）加州高速公路的速限是七十五。他給了我一張罰單，而且加了一句，如果認罪，就照單子後面的計算方法，開張支票寄到他們也負責監督這一段路的那個小城。不服的話，兩個星期之內去他們那個小城出庭。

我當時的感覺就像小時候給學校開除一樣。不是錢的問題，雖然錢也不是少數。照那個時候的罰法，一張罰單好像是十五塊美金，超速十英里之內是每一英里另加一塊，超速十英里以上到二十五英里是每英里五塊，而超速二十五英里以上就算危險駕車，犯的已經不僅是交通規則，而且還有刑法了。我因超速二十一英里被抓，那我的罰款額是十五加十加五十五，就是八十塊美金，在當時差不多相當於我將近三天的工資。不過這不是我的問題，何況黃家夫婦都感到歉意，我開他們睡，所以一定要替我付。

我的問題，而且真是要我命的問題，涉及到加州另一項駕車法律。當時的交通規則是，任何人每年不得有五次行動（駕車）犯規的紀錄。第四次犯規就要強迫接受警察局主辦的駕駛講習班為期八週的再教育。第五次犯規則吊銷駕駛執照一年。我當時正在設於好萊塢中學的警察局夜校上課。換句話說，我那年已四次犯規，加上這一次，就算有人替我出錢付罰款，我的執照也要給吊銷。我現在的駕車身份算是「緩刑犯」，連執照都不一樣。

這好像已經是十一月底，只要我設法過了這一關，下年一月一日零時起，我就又有一張清白的紀錄。我決定去那個小城找法官商量，不，去求情。

我已經無法開車，因為除非法官判我無罪（哈！），我那一年已經五次犯規，執照理論上已經失去效力，萬一再被抓，就直接入牢。我只好改坐長途公共汽車。這個時候我才發現，那個倒楣的小城，那個我現在連名字都不記得的小城，連「灰狗」長途車都不去，還要在三十多英里以外另一個城市轉車，乘一種當地半長途公共汽車才能到。我從舊金山飛回洛杉磯後大約第三天的一清早就請了假出發，等我終於到了那個小城，已經是下午一點多了。光是換車，就等了我足有兩個多小時。

一間房間的法院只有一個人，可是不是法官，那個秘書叫我三點以後再來。

那個小城唯一的一條大街用不了十幾分鐘就來回走完了。如果不是有幾部拖拉機、起重機、汽車的話，我真以為會有個西部槍手對面迎我而來挑戰。除了法院、警察局、市政府辦公樓（兩層）之外，還有一家雜貨店兼郵局、一家五金行、一個加油站和車場、一家戲院、一家咖啡店、一家酒吧。你站在街中間，就可以看到大街盡頭和兩側房子後面的農田。這是加州的農業區。遠遠的西邊，有架飛機在噴灑大概是農藥。

我坐在咖啡店裏耗時間。我剛吃完一客其難吃無比的烤牛肉三明治，卻已在喝第三杯淡咖啡。店裏唯一的幫手，一個負責端盤子、擦桌子、收錢的女跑堂終於和我說話了，「拿了罰單？」也難怪，半天一個客人也沒有。當我說我是在五號州際上被抓的時候，她才興奮起來，「真的？那你大概是第一個！好，咖啡不算錢！」

我又耗了二十幾分鐘才離開。付錢的時候我問她為什麼外面下半旗，她說是為這個小鎮第二個當兵的在越南陣亡。

法官大約五十來歲，胖胖的，開領襯衫，卡其褲。這一帶是加州最熱的地區，動不動就是一百度。在法院房頂的風扇有節奏地旋轉之下，我告訴法官我的悲慘處境。這可不是強辭奪理的時候，更不是意氣用事的時候。雖然每個開車的人都知道小城一帶多的是「速度陷阱」(speed trap)，只不過我沒有料到地方小城還可以管轄它們那一段的州際高速公路。我正在上的警察局夜校的教官也從沒有提醒我們這一點。

不過我首先博取他的同情。我告訴他我現在是靠駕車送貨為生（其實是送花，不過我怕送花給人的感覺太悠閒了，不足以說服如此一個農業區的法庭）。我說我到現在已經不幸拿了四張罰單，再加上這一張就無法開車（「我今天是坐長途公共汽車來的。」），就無法繼續工作，就失業，就無法養家，就要成為政府和社會的負擔，就……

「你的罰款是八十元，你肯付嗎？」

我再告訴他錢不是問題……

「這樣辦好了。我們現在就開庭，可是你不要認罪，要求重審，我就將下次出庭日期定到明年，可是你現在要開張八十的支票給我們市政府，日期寫明年一月，我看……寫明年一月十號……當然，你不用再跑來一趟了，你明白嗎？錢我們是一定要罰的，可是你的問題也解決了，是不是？這樣的話，這張罰單就不是你今年第五次犯規，而算是你明年第一次犯規，我是按你重審的時候認罪的日期為準。同意嗎？……好，支票給我秘書，此案審理完畢。」

我告訴你，我那個時候才真的明白什麼叫做心中一塊石頭落地。真的，而且落地有聲。

倒楣的車還有一個多小時才來，我一個人在大街盡頭的一棵樹下等，又悶又熱。兩支煙過去之後，小公路上走來一個中學女孩，抱著書。她經過我的時候腳步放慢，然後問，「你剛上完法院嗎？」我說是。「現在人少了，車子都不經過我們這個小城了……」她請我去她家等，「就在前面，有冷氣。」

她家裏有好幾個人，可是介紹完了之後就再沒有人理我。那個女孩陪我坐在廚房，叫我不要介意。她們家一個好朋友的兒子剛死在越南，她哥哥也在那兒當兵。她給了我一杯咖啡，問我洛杉磯是什麼樣子？好萊塢有很多明星嗎？還去過什麼地方？問我……她母親叫她擺桌子，於是我謝謝她請我到她家裏坐，謝她給我咖啡。她送我出門的時候眼睛盯著前面的小公路輕聲說，「明年一畢業我就離開這裏，舊金山，洛杉磯，無所謂……這兒什麼都沒有，我好幾個朋友都走了……」然後她轉頭帶著微笑看我，「祝我好運。」

我上車的時候天已經快黑了。車上連我才只有三個乘客。我非常累，這一天真是夠長的，可是還有好幾個小時才能到家。公共汽車轉了一個彎之後，那個小城已經不見了。

大中央

五十週年紀念好像特別引人注意，也許是因為是人在慶祝，所以我們喜歡用人的生命里程碑來計算。

一百歲的人沒有幾個，七十五也太老了，而十、二十，甚至於二十五歲，又給人一種乳臭未乾的感覺，有欠成熟，還沒有經過時間的考驗，建立起一個應該慶祝的形象，好像有點不太值得紀念的味道。而能生存五十年，能熬過五十年還繼續存在，管你是婚姻還是建築物，管你是藝術創作還是日用品，在人的心目中就自然產生了一種價值感。於是，人性中的物質主義那一面就拿五十這一關與人類生活中一個同樣既可得、但又不易得的東西相比——黃金。五十週年因此成為「黃金週年」。

一九八七年才剛過了一年，可是光是美國已經有了一大堆黃金週年紀念了。就以我知道的幾個來說（「七七」除外，因為那不是一個輕鬆好玩的紀念），今年慶祝五十週年的就有舊金山的金門大橋、豬肉罐頭Spam、白雪公主、超人（連環圖）、紐約的林肯隧道……

所以我想我就不去湊五十週年紀念的熱鬧了，我想我也不去湊今年是七十五週年紀念的熱鬧了（也不少，譬如說，亞里桑那和新墨西哥正式成為美國的州；「維他命」一詞問世；鐵塔尼號處女航沉船……）。我看我不如趕一個早場，提前一年慶祝明年才是它的七十五歲生日的紐約大中央。

謝謝各位有這個耐心等，所謂的紐約大中央是指紐約的「大中央（火車）終站」（Grand Central Terminal，請注意，千萬別稱它為連本地人都有時搞錯的 Grand Central Station，這是指火車站隔壁的「大中央郵局」）。這個大中央（火）車（終點）站也是我上班時候的地鐵下車站、下班時候的地鐵上車站。如果這還不算與日常生活有密切關係的話，大中央車站大廈的圓形詢問台還是我約朋友見面的所在，大廈西邊的大中央酒吧更是我招待尤其是第一次來紐約的客人的必停之處。

我手邊有一本介紹一九三二年紐約的書。就大中央車站來說，那是它的黃金時代，每天有五十萬人、六百班火車進出那個終點站。而這六百個班次不是像今天這樣都是些市區郊區之間上下班的交通車，而是像「二十世紀快車」（Twentieth Century Limited）、「帝國快車」（Empire Express）這類——除了顯然沒有向東的大西洋方向開的之外——向南、向西、向北開的橫跨直越美洲大陸的真火車。

當然，那還是火車時代，儘管飛機旅行已經開始。泛美航空公司的「飛剪號」已經是從美國飛往上海的飛機。要飛多久、中途停幾站我不知道，我只知道那個時代乘飛機從紐約去加州，一坐就是十幾個小時，當中還要停一站加油。所以說，真正把火車時代變成過去，順便也把大中央車站（及紐約另一個火車站，賓州車站）變成紐約郊區的交通車站的是噴射客機的興起（對了，既然以五十黃金週年開始談，那讓我順便補充一句，今年是世界第一個噴射引擎問世五十週年紀念）。這就是說，大中央的黃金時代大約從二十年代到戰後五十年代。從搞政治的角度來看，它當權了三十多年。

用非建築語言來形容（我也只能這麼做），大中央相當漂亮，很有氣派，非常過癮。它在四十二街，大門向南，正臥在公園大道中間，佔地橫豎好幾條街。大中央鐵路局的總部，大中央大樓，就在它的背後，面向北。當火車的黃金時代一去不返的時候，這座雄偉豪華的辦公大樓就給紐約一家規模龐大的房地產（和旅店）企業買過去做為它的總部（就是今天的 Helmsley Building）。更令人感到火車時代的沒落、航空時代的興起，同時也可以說是傷口上塗鹽的一筆是，在大中央車站和當年的大中央大樓之間，給泛美航空公司在六十年代初蓋了一幢六十層高的龐然大物（泛美大廈），完全破壞了當年這塊地帶近乎完美的都市設計。

這還不說，當火車時代告終，在大中央當權了三十多年之後下台，而紐約繼續更迅速地發展的時候，大中央在七十年代初幾乎給人拆掉，雖然它是已被市政府冠以「建築里程碑」（landmark，或「重點文物」）的頭銜（非經市府批准，不得毀改拆除）。當時要不是像甘迺迪夫人、貝聿銘等名流大師領頭呼籲抗議的話，真的就會走上它的大老闆、其車站建築之雄偉更勝於大中央的賓州車站（Penn Station）的老路，就是說，不但給拆除，還以一座其難看無比的圓形建築物所取代，即今天的賓州車站和它地面上的麥迪生廣場。建築物就像人一樣，失權的同時也沒有了勢。

如果你們覺得這麼看大中央有點冷嘲的味道，那就改為三十年河東、三十年河西吧。一點不錯，當年純粹以一座又高大又龐大的摩天大樓壓倒中央車站的泛美大樓的落成，是泛美航空的巔峰時代，而差不多三十年後的今天，誰曉得泛美還有幾架飛機在飛？

這就是為什麼我喜歡大中央車站幾乎兩百英尺高的大廈的西邊，好像是吊在半空之中的大中央酒吧。手中一杯酒，憑欄瞭望下面（紅塵？）成千上萬急急忙忙奔走的人群，你就知道，不論你多痛苦，下面總有人比你還痛苦，不論你多快樂，下面也會有人覺得他更快樂，不論你多疲倦，下面絕對有人比你更疲倦……然後就像頓悟一樣，你突然會有一種出世之感，雖然這只能說是入世的出世，躲在人群之中的隱士。什麼？你說這是在逃避？笨蛋，當然是！

三K黨

我最近收到一封募捐的信。和以前經常收到的那些（例如，國際大赦）不一樣的是，雖然我一看就知道在籌款，但是信封上沒有任何民間組織的名稱。另外，這封信寄自一個我平常不會從那裏收到信的所在，美國南部阿拉巴馬州的公牛縣。寄信人是那個縣一位名叫威廉士的縣（警）長。

這位威廉士縣長在信中告訴我說，當他在一九七一年被選為縣長的時候，他以為三K黨的暴力時代早已一去不返，然後他接著說，「我絕沒有想到我現在要寫信給阿拉巴馬州以外的陌生人求助，來對抗比一九六〇年代那個時候更危險可怕的三K黨恐怖主義浪潮。」

他要求外人捐款的具體援助對象是設在該州首府蒙哥馬利的「南部貧窮法律中心」，尤其是這個中心的監視三K黨計畫。他舉了一些例子，比如，這個中心和這個計畫阻止了德州三K黨人對越南船民的騷擾；還有，根據他們提供的證據，政府逮捕了毆打和平示威黑人的十名阿拉巴馬州三K黨首領，等等。不過最有意義、而且引起了全國法律界和司法界注意的事件是，他們替一位黑人母親上訴，控告阿拉巴馬州三K黨在一九八一年將她十九歲的兒子，只不過因為他是黑人，而將他吊死。雖然案子直到今年初才有了裁決，可是這個裁決卻是自一百多年前南北戰爭結束時有了三K黨以來第一個真可能擊中他們要害的裁決。法院除了判被告以謀殺罪之外，還判以違犯民權的罪，而且要三K黨為其黨人所犯罪行承負經濟責任。阿拉巴馬州的全白人陪審團罰了當地三K黨七百萬美元。

這類極端組織，損失了一兩個黨徒是一回事，反正總會有新的極端分子來填空，但是開始要在錢方面負責，而且一罰就是好幾百萬，那別說你一個十來二十幾個分子的地方黨部，就算你今天（據估計）全國有定期交費的上四五萬黨人的三K黨，這麼開始罰下去，也罰不起了。

三K黨，不管它有多少種分支（例如，白玫瑰武士），基本上，它一前一後是兩個不盡相同的恐怖主義組織。前是指原始的三K黨，由一批戰敗的南軍官兵，在一八八六年成立於田納西州，並推出南方名將佛瑞斯特（General Nathan Bedford Forrest）為此一「隱形帝國」（Invisible Empire）的國王，只不過三K黨稱這位皇上為「巫帝」（Imperial Wizard）。三K黨的名稱 Ku Klux Klan 取自希臘字 Ku Kuklos，意思是指「圈」，可是他們將拼法改為 Ku Klux，然後又將英文字 clan（圈、幫、族……）拼為 Klan，不但押韻，而且又與前兩個字拼法一致，才出現了 Ku Klux Klan，或KKK，才有了中文的簡稱，三K（黨）。

一開始，三K黨真可以說是一個社交俱樂部，搞出了一大堆神秘而奇怪的儀式和頭銜來取樂。可是沒有多久，戰敗的南方各層各色人等，從知書明禮之士，到地痞無賴流氓，都有人入黨，而且給予三K黨一個種族主義和政治性的宗旨：白人至上，南方自治，把黑人推回到戰前的黑奴地位……換句話說，設法在失敗之中追求勝利。當然，他們口頭上宣揚的是無私、愛國、犧牲、服從、道德……和任何專制政黨差不了多少。

可以想像，有了這樣一個與聯邦政府的國策不符的宗旨，三K黨的活動只能轉入地下，而且對黑人或同情黑人、主張種族平等，甚至於對接受聯邦制的人的恐怖暴力非法行為，越來越嚴重。三K黨的「巫帝」佛瑞斯特將軍，於是就在三K黨成立三年之後，於一八六九年宣佈解散。可是三K黨這幾年的「英雄事蹟」卻已經在任何不滿現狀的南方白人之中流傳開來了。

三K黨是解散了，不存在了，但三K黨式的非法活動並沒有中斷，只是沒有像頭三年那麼眾多、那麼公然、那麼囂張而已。可是嚴格說來，做為一個組織，哪怕是一個恐怖主義組織，三K黨是沒有了。

直到近乎半個世紀以後，一個曾經在大學教過歷史的傳教士，在一九一五年感恩節那晚，率領了十六個門徒，爬上了喬治亞州亞特蘭大城附近的石頭山，矇著臉，披著白袍，在山頂上燃燒中的十字架的火光之下，重建三K黨。

這次這個「隱形帝國」的新「巫帝」，西門斯牧師（Rev. William J. Simmons）所重建的三K黨，繼承了老黨的神秘儀式和奇特頭銜，及其白人至上的主張，同時又加了一大堆他本人的歧視。原先還帶有少許政治社會意義的宗旨，例如南方自治，現在也都不見了。留下來的、加上去的，就只一個反字，反黑人、反天主教、反猶太教、反外國人。而此時此刻所指的外國人又分兩種，一種是所有非土生美國的「外國人」；一種是所有非三K黨人的「外國人」。混蛋如第一個三K黨，都沒有到這個地步。

西門斯牧斯頭幾年搞的並不起色，五年之內，才吸收了一兩千個黨徒。可是在一九二〇年，他的三K黨給一對搞公共關係的男女職業宣傳家看中了，認為大有發展的潛力。一次大戰後的美國社會情緒是越來越孤立，極端的民族主義、排外，近乎反動。這一對男女「公關」，克拉克先生（Edward Clark）和泰勒夫人（Elizabeth Tyler）覺得，光是憑三K黨在種族上和宗教上反這麼多種人，就足以吸收不少同類而成氣候。他們於是用「以反為綱」做為吸引入黨的政策，而且同時整黨，將三K黨制度化，使三K黨從一個地方性組織幾乎變成一個全國性政黨。

他們兩人先把西門斯牧師捧的高高在上，讓他舒舒服服地做他的「巫帝」和「皇上」，然後兩人以黨內第二和第三領導人（兼宣傳部長和副部長）的身份，改組三K黨，將全國分成八個「王國」（Domains），其頭頭叫「鬼王」（Grand Goblin）；每個「王國」之下又分成若干「王土」（Realms），其頭頭叫「龍王」（Grand Dragon），再下去就是地方小組了。就憑這個制度，一年半之內，三K黨在全國各地招收了十幾萬個黨徒。但也在同一個時期。根據當時一家報紙的調查，三K黨進行了四次謀殺、五次綁架、兩次毀身、四十一次毆打、七十次口頭和行動威脅。

國會做了調查，可是找不到任何實據來證明地方上的個別案件是在三K黨全國組織授意之下犯的，因此沒有根據稱之為非法組織。個別刑事案件只能訴諸適當法律程序審理，而且只由個人負責。然而政府雖然只能做到這個地步，報紙對三K黨徒暴力行為的揭露，以及關於克拉克先生和泰勒夫人尋歡作樂的報導，卻在黨內造成了極大的影響。三K黨內於是逐漸出現了一個反對派。任何具有野心的分子，如果想要奪權的話，此刻是一個良好時機。

果不其然，一個放棄行醫而參加三K黨的牙醫，德州「王土」的「龍王」伊文斯醫生（Dr. Hiram Wesley Evans），在一九二二年進入了黨內權力機構，成為全國組織的總秘書。在董事會十四個委員之中十二個委員的支持之下，不到一年，就在一九二三年感恩節著手「政變」，將西門斯牧師從「巫帝」的寶座上趕下了台，只留給他一個空頭的「皇上」來過乾癮，和每月一千美元的生活費。再過一年，西門斯牧師連空頭「皇上」都當不成，領了一筆九萬塊錢的遣散費去養老去了。

三K黨填補了當時美國社會的一點心理空虛，所以儘管有克拉克和泰勒的醜聞，報紙有關三K黨暴力的揭露，以至於國會調查，三K黨在二十年代反而日益壯大。到伊文斯醫師上台之後，三K黨每天有四千人入黨，黨部每天有將近五萬美元的收入。一九二四年，「巫帝」伊文斯宣佈，三K黨在全國各地有五百萬名黨員。

不論你怎麼看，這都是一股力量。伊文斯認識到，他手下有這麼多成年白人，而且個個都是

「百分之百美國主義者」，是，一點不錯，是參與美國政治的時刻了。一九二四年，共和黨理所當然地提名在任的柯立芝總統，民主黨呼聲最高的是紐約州長，阿爾・史密斯（Al Smith）。三K黨集中全力反對他。道理很簡單，史密斯不但是天主教徒，而且又是自由主義者，簡直就是三K黨所反對的一切的化身。三K黨當時的口號是，「不要讓羅馬教皇進入白宮」。結果，民主黨妥協，找了位名不見經傳的律師來湊數。大選結果，出了名什麼事也不幹（無為而不治）但非常受歡迎的柯立芝當選。他留下來的紀錄就是經濟大恐慌。

對伊文斯「巫帝」和他的「鬼王」、「龍王」來說，這是一場勝仗，到一九二八年總統大選，他們就要提名自己的人了。

但就在這個時候，三K黨發生了一個震驚全國的事件，送它上了自取滅亡之路。一九二五年，印地安那州「龍王」史提芬森（David G. Stephenson）綁架、強姦了一名婦女，事後這名婦女吞藥自殺而死。法院判他終身監禁。這個案子不但轟動全國，而且徹底暴露出三K黨的黑暗。從此以後，三K黨就開始沒落，一個個黨徒都開始與三K黨劃清界線，都開始否認自己仍然在黨。到了一九二九年大恐慌爆發，一個接一個地失業、連飯都吃不飽的時候，更沒有多少人去混三K黨了。

三K黨當然不死心。在整個三十年代，它將當初兩次建黨時候的反黑人、反天主教、反猶太、反外國人，改為反共產、反工運、反工會，可是已經起不了什麼作用了。況且，他們那種

「白人至上」的種族主義哲學相當於納粹主義，聯邦調查局因而擔心希特勒會利用三K黨來顛覆美國，所以派了大批特工人員滲入三K黨來監視它的活動。在二次大戰期間，三K黨在全國各地大概只有幾千人，而這幾千人之中，恐怕至少有四分之一是監視他們的聯邦特工。一九四四年，三K黨宣佈解散。

不過，個別的、地方性的小組織依然存在。有的沿用三K，有的另起名目，例如「白武士」之類。同時，三K黨式的行為也依然不時出現，偶爾這裏燒個十字架、那裏圍打一個黑人等等。

是為了應付五十年代和六十年代的黑人民權運動，零零落落分散在南部一些縣鎮的三K黨地方組織，才又有了相當程度的聯合，共同打擊黑白民權運動人士。不過，這已經是後衛之戰，而且自從國會在一九六四年通過了「民權法案」之後，三K黨更無能為力了。七十年代上半期，大家忙著反越戰，七十年代下半期，大家又忙著開始賺錢，好像三K黨已經淪落到根本沒有人去理會了。

直到，就我個人來說，阿拉巴馬州公牛縣長威廉士給我寄了封募款的信，請我援助「監視三K黨計畫」，我才發現，三K黨從來沒有真正地消失掉。三K黨的恐怖主義活動也從來沒有停止過。而且就算它現在早已沒有了一個全國性組織，全美各地大大小小的三K黨組織加起來的黨徒竟然高達四五萬人。就連六十多年來沒有過任何三K黨活動的紐約，照此地《北美日報》的一篇報導，都有一個人想要在紐約的皇后區設堂口，公開散發傳單，上書：「敬告各界：紐約三K黨白武士來了。」

可能，這是開放社會的代價，不過，三K黨要想成什麼氣候，應該比「四人幫」再度上台還難。

夏日與狗

紐約今年的夏日來的早，也來的熱。從五月初到九月初，雖然沒有幾個（華氏）一百度的夏日，但是九十度以上的日子可比往年多的多，全是所謂的「狗日子」（dog days，大熱天）。當然，「狗日子」也正是吃「熱狗」（Hot Dog）最好的日子。

如果我說「熱狗非狗」，那真是對公孫龍的莫大侮辱，而且，雖然我不止一次聽過有人這麼開玩笑，可是一點也不好笑，反而近乎肉麻。所以讓我簡簡單單但一了百了地說明，熱狗是一根香（臘）腸，五英寸左右，夾在一條差不多同樣長短的長形麵包之中，塗上點番茄醬、芥末，還有人再加上點德國泡菜的百分之百美國吃。

雖然可口可樂的歷史比熱狗還久，而且在世界各地更是美國文化的象徵，雖然漢堡包（Hamburger）在凡是有美國人的所在都有賣（麥當勞的標誌快變成美國國旗了），可是你要是去問任何美國大人小孩，問他們認什麼才是真正的、百分之百的美國吃，那我可以打賭，絕不是牛排，更不是炸雞，也不是漢堡包，而是熱狗。

雖然美國在全國和世界各地一年到頭都吃熱狗，可是真要說起來，熱狗是夏天的食物，從表示暑假開始的一次大戰休戰紀念日（Memorial Day，五月三十日），到暑假結束的美國勞工節（Labor Day，今年是九月七日，為了連著有三天假，勞工節訂為九月的第一個星期一），不但多的是「狗日子」，而是全都是「熱狗日子」。夏日與狗這段良緣，無論照中國說法還是美國說法，都是「天上做的」（Made in Heaven）。熱狗的誕生是緣，夏日與狗更是緣。

第一個緣是人類共同的經驗，就是說，用餅或麵包等麵食，夾上無論牛羊豬肉等肉食，做為一種食物，世界各地都有這種巧合。中國的醬肉燒餅、英國的三明治等等，都是因為人們普遍發現這種吃法，無論是嚼，還是味，都是幾乎完美的混合，更別提有多方便了。熱狗的誕生即脫胎於三明治，這一點大概不會有什麼爭論。引起爭論的（好在是善意的、輕鬆的、好玩的爭論，絕不會有人因而被鬥死）是它的生日、出生地，以至於它的生父。

一百多年前，歐洲來美的移民帶過來他們老家的吃，例如奧地利的「維也納香腸」（Wiener-wusts，簡稱 Wieners），德國的「法蘭克福香腸」（Frankfuters，簡稱Franks），但是今天我們所熟悉的熱狗還沒有出現，雖然這兩種香腸的簡稱在今天等於是熱狗的別稱。好，看你問的是美國熱狗史的哪一個學派。密蘇里（州）派咬定熱狗於一九〇四年在聖路易博覽會出生。生父是個賣香腸的德國人。照這一派的說法，這位好心的香腸販，為了怕熱香腸燙壞了或弄髒了顧客的手，就在賣香腸時借給顧客一支手套，可是顧客們動不動就將好心借給他們的手套給順便帶走了。所以這位香腸販就請他的一個親戚，剛好也是位麵包師，為他烤一些長短和他賣的香腸差不多的長形麵包，當中順著長度切開。這樣他就把香腸夾在這長條麵包中當做一套香腸麵包（長形三明治）來賣。雖然他沒有用「熱狗」來稱呼他發現的香腸麵包，但是這一派說這是我們今天的熱狗的老祖宗。

紐約派當然不同意。紐約派認為，熱狗是在上個世紀末誕生在紐約康尼島。一個推車賣餅的德國人，因為在他兜生意的附近有人開了家飯店，可以賣熱三明治。他開始緊張了，怕競爭不過，於是就想到了一個主意，在推車上裝了一個炭爐和一鍋熱水，然後將熱水中煮熟的香腸夾在一條長形麵包裏賣。這樣，顧客就可以不必進飯店（還要給小費！），站著也可以吃頓熱餐。後來沒多久，康尼島變成紐約最受歡迎的遊樂場和海水浴場，這位推車賣香腸麵包的（不錯，他發了財，開家餐館）一個夥計內森（Nathan Handwerker）自己出來搞，創辦了一家以他名字為店名的香腸麵包店，叫做 Nathan's of Coney Island（「康尼島內森」。真有點燕人張翼德的味道，其實沒有多大差別，都在混江湖）。

絕不是因為我住在紐約才接受紐約派的熱狗史論。我還有旁證。就是「熱狗」一詞的問世，而沒有人會、也沒有人敢否認這個名詞是在紐約創造出來的，而且比密蘇里派堅持的說法要早一年。不過，我們要先從一九〇〇年美國棒球季開始那一天說起。

二十世紀第一個四月，紐約的「馬球場」（Polo Grounds，妙吧？本來真的是馬球場）開始了那一年的棒球季。棒球是美國夏季球類運動（秋天是美式足球，冬天是籃球和冰球，春天保留給棒球訓練，和談情說愛）。好，不管怎樣，那一年的第一場棒球比賽的那一天其冷無比。球場負責賣小吃的就知道，冰淇淋是賣不出去了，於是他叫場內每個賣零食的小販，背上暖水瓶，兜售所謂的「臘腸狗香腸」（dachshund sausages），同時將這種香腸塞在一個長條麵包裏，好讓大冷天坐在露天看球的觀眾有點熱東西吃。他還告訴手下的人在叫賣的時候喊，「趁熱買你的臘腸狗香腸，又熱又燙！」好，不但香腸麵包問世，而且和夏日（儘管那天其冷無比），和美國國粹棒球結下了不解之緣。

但是，「熱狗」一詞仍未出現。命名之禮要等到一九〇三年（就憑這一點，我支持紐約派的熱狗歷史觀），一位從舊金山來紐約工作的體育記者多爾根（T. A. Dorgan）對「馬球場」飲食部經理推售的香腸麵包和推銷口號很感興趣，就畫了一幅漫畫來開他的玩笑。為了使漫畫易懂生動，唸起來上口，他直接稱其為"hot dogs"（指的當然是「熱（臘腸）狗「香腸」）。好，這個名詞可以說一夜之間傳遍了美國，而且將熱狗變成了百分之百的美國吃。

可是，今天回頭來看，這個美國吃又和，比如說，漢堡包、炸雞等等也是標準的美國吃不一樣。你只要無論橫直跨越美國一次，你就會發現一個非常奇特的現象。漢堡包有不止一家全美（甚至全世界）的連鎖店，全是一樣，全是一個味道。炸雞也是如此。唯獨熱狗，你就找不到一家全國性的連鎖店，連大名鼎鼎的「康尼島內森」都無法開遍全國。道理很簡單，雖然熱狗是百分之百的美國吃，但是各地有各地自己風味的吃法，絕不允許標準化：康州將熱狗切開來烤；紐約吃的時候加燜蔥；洛杉磯是墨西哥風味，熱狗加辣熱醬……所以說，熱狗是百分之百的美國吃，道理就在這裏。東北部麻省波士頓的麥當勞漢堡包，和西南部德州休士頓的麥當勞漢堡包的做法和味道一模一樣，可是這兩個城市的熱狗的吃法絕對不一樣，完全看當地人的口味。因此，我認為，美國吃只有熱狗最民主。在熱狗的領域內，絕不可能一黨專政。

好，既然我居然把熱狗和民主都扯到一起了，那乾脆就扯的遠一點。就吃與民主來說，大概誰也不會否認這個論點，就是，「吃在中國」，「民主在美國」。如讓我就吃與民主來比較這一老一新的社會的話，我所能想到的就只有一點，那就是「美國民主中國吃」。美國在吃的方面，除了熱狗之外，一點也不民主，而中國，大概只有在吃的方面才有那麼一丁點民主的味道。需要我舉例證明嗎？好，你聽我說。廣東人總理全國，沒有聽說舉國上下非吃廣東菜不可。河南人上台，也沒有規定大家只能吃河南菜（當然，也可能是因為河南沒有什麼菜）。浙江人做總統，也沒有說我們只能吃浙江菜。湖南人當權，可以整死千萬人，可是也不敢下令中國人只能吃湖南菜。山西人接棒，也沒說大家都得吃刀削麵。四川人（或四川客家人）再度當權，他敢改變總路線，可是也不敢叫全國男女老幼只吃擔擔麵。就算台灣有了民進黨，中國辛亥革命以來第一個真正的反對黨，可是我也敢打賭，他們還是不會在立法院要求通過法案，關閉所有非台灣菜飯店，只准吃當歸雞。

美國民主中國吃（誰要是能對個好下聯，我請你喝酒），我真覺得奇怪，從大清帝國到今天，有這麼多留學生不遠千里來到美國唸書，我就沒有聽說有任何留學生寫了一篇有關美國民主中國吃的博士論文。難道真的如此不值一提嗎？好，我知道，從夏日與狗談起，越談越悶，居然扯上了美國民主中國吃。你們中間大概已經有人在罵我了。沒有關係，我並不在乎，而且我還要在結尾的時候再說一句會給人罵的話。

那就是，要美國吃趕上中國吃，其難度並不亞於要中國民主趕上美國民主。不過，要罵我的人請注意，我沒有說絕對不可能，我只是說難，這主要是因為我是一個天生的、無可救藥的樂觀主義者。

報紙太厚，草紙太薄

我不記得是誰為紐約下的這樣一個結論。如果要我追憶的話，那我猜應該是邱吉爾，因為只有他有這種急智，儘管，如果真是他的話，當他批評紐約的「報紙太厚，草紙太薄」（newspapers too thick, toilet papers too thin）的時候，也至少應該是幾十年前的事了。如果他今天還在世，再來看一下紐約的報紙，用一下紐約的草紙，發現厚者更厚，薄者更薄，我真不敢相信，以他的諷刺力，他還能挖苦紐約到什麼地步。

紐約的報紙太厚，雖然不能說是人人皆知，但也絕不是一件新聞。先不提《紐約星期天時報》（平均三百五十頁），就拿任何普通一天的《紐約時報》——比如說，今年九月十號——就一共有一百二十頁。就連那一天的《紐約郵報》，也都有九十六頁。很多年前，我曾經幹了件傻事，就是去數星期天的《紐約時報》，看看這麼厚的一疊報（足有四英磅，上了點年紀的人提都提不動），究竟有多少條新聞和多少幅廣告。

今天，我不必去數九月十號的《紐約時報》我也敢講，無論按篇幅、還是按單位來計算，廣告肯定比新聞多。這個我不說你們也可以料到。可是，你們有沒有料到，「報紙太厚」和「草紙太薄」之間，有點什麼關係？

我手邊有一些關於美國草紙的資料，雖然是五年前的，但是經過我最近的查核，發現情況與今天差不了多少。

在七十年代末以前，我們一般通用的一卷草紙（或手紙、衛生紙，反正比報紙重要，除非，當然，你用報紙做草紙）大約有五百單張，每張像郵票一樣上下打著孔眼以便於撕開。每單張又大約是五英寸平方。到了八十年代初，非但每卷已自五百張減到不滿四百，而且個別的一張張草紙也自五英寸平方減到四點五。

任何第一次來到美國的人，就算他來自西方國家或日本，也就是說，比較有錢的國家，都會立刻感覺到美國人的浪費。比如說你去買一杯咖啡（外賣），最不起眼的咖啡店也都為了這一杯一般才五毛錢的咖啡付出下列代價：一個紙（塑料）杯子、一個蓋子、一根攪棒、兩（或更多）包糖、一小罐奶（如果你不要他加在咖啡裏）、一張紙巾、一個把上面這一切裝在一起的紙袋。好，想想看，為了這一杯咖啡，我猜大概世界某地十分之一棵樹就沒有了。這還不談處理垃圾的費用。

好，回到草紙，美國每年生產七十多億卷這類衛生紙（要用多少棵樹，你們自己去算吧），平均每人三十二卷；也就是說（雖然一般的假設是女人用的比男人多），平均每人每十一天用一卷。生活在美國的人，光是為了每天善後以保持身體清潔，每年就用去了二十億美元，相當於一個第三世界小國的一年預算。

石油危機以前的老美確實給慣壞了，衛生紙不但要衛生，還要軟，還要香（我的老天！），還要有圖案，還要配合浴室的顏色和裝飾。但是自從一九七四年阿拉伯國家搞了那次石油禁運，再加上紙漿上漲，使一般消費者開始精打細算，尤其想到反正是要沖下去，都開始選擇便宜的、單層的、非名牌的草紙。於是造紙商也順著顧客的心理，也精打細算。但道高一尺，魔高一丈，他們想出來的是在製造草紙的程序中搞鬼，在吹乾的過程中不僅少用紙漿（省錢），而且多吹空氣（不要錢）。這就是為什麼今天使用的草紙比以前的輕、比以前的蓬鬆，可是沒有以前的經用。

照一般的說法，美國在十九世紀初使用的還是釘在一起的毛邊粗黃紙。到十九世紀中，藥房裏開始出售一包五百張、售價五毛美金的手紙，但是去買的人好像美國五十年代的中學生去藥房買保險套一樣，偷偷摸摸、做賊心虛地向售貨員咬耳朵打聽。直到一八七九年，今天全美最大的紙業公司 Scott paper，為了配合日漸普遍的戶內衛生設備，才推出了類似我們今天使用的卷式草紙。十一年後，美國的知識分子雜誌《大西洋月刊》才刊登出世界第一幅關於這個必須但不登大雅之堂的衛生紙廣告。

好，一旦草紙可以公開亮相，那美國各大小工商企業可有得競爭了。人類歷史上不是每天都會出現一個每人日常需要的消費品。連可口可樂都無法同它比。你可能幾個月都不喝可樂，可是你每天都得上廁所。最近一次草紙戰是在八十年代初，Scott Paper 和它的草紙業勁敵，Proctor and Gamble，為了霸佔我們的洗手間、我們的浴室、我們的廁所、我們的茅房、我們的一號，不管你習慣上如何稱呼這個空間，反正是我們現代家庭、現代住房不可或缺的那個所在的一個小小的地盤，各自為日益節約的消費大眾推出了軟性如舊、價格中下的實用草紙。我最近買的四卷一包是一塊兩毛九美金、三毛多一卷。但物美和價廉之間總要有點犧牲。對了，張數少了，從一九七八年的五百張一卷到今天的三百，而且從每張四點五英寸平方的面積，減到四點五比四點一二五。

報紙太厚與草紙太薄之間有什麼關係？當然是錢了。一個以厚賺錢，一個以薄賺錢。這是像美國或任何民主商業社會的必然現象。報紙太厚？草紙太薄？邱吉爾也許不是在諷刺美國，而是在為民主和資本主義下定義。你甚至可以說這是對立的統一。一個報紙越來越厚的社會，必然會變成草紙越來越薄的社會。你不相信嗎？我們馬上就會有一個實例來證明。明年台灣報禁一解，也必定是草紙變薄的開始。

烏士托國

那並不是太遠久的從前，在一個短暫而光輝的時刻，一個充滿了愛與和平與搖滾（還有大麻！）的時刻，曾經有一個「烏士托國」……

是在革命的、理想的、激情的、反叛的六十年代結束前四個半月，發生了一個最能引起那些以六十年代為他們世代的人們共鳴的事件，促使這個其實已經懷胎多年的六十年代象徵，終於在紐約州的一個農場上，以「烏士托音樂藝術節」（Woodstock Music and Arts Fair）的形式，在炎炎烈日之下，在大雨稀泥之中，以搖滾為背景，以做愛不做戰為前題，以大麻為夢幻到現實，或現實到夢幻的媒介，經過三天三夜的陣痛而後誕生，而且幾乎立刻就被命名為「烏士托國」（Woodstock Nation），並且使「烏士托」成為整個六十年代的一個代號。其國民除了現場的四十萬個見證之外，還包括所有在精神上與其同在的年輕人，換句話說，就是戰後出生的整個一個世代。

這個無影無形、無疆無土、而又無所不在的「烏士托國」，可以說是一個宣言，吶喊出了那一世代，在整個六十年代一直不斷以種種方式傳達給上一代的想法，就是，他們有自己的文化和理想。而照當時一位設法將文化與理想（搖滾與革命）相結合的激進分子的說法，很簡單：「我們的文化、我們的藝術、音樂、書報、海報、我們的衣服、我們的家、我們怎麼走路、怎麼說話、我們怎麼留頭髮、我們怎麼抽大麻、怎麼搞、怎麼吃、怎麼睡——只有一句話，這句話就是自由。」

而在這一九六九年八月十五日至十七日三天之中，在 Jimi Hendrix, Janis Joplin, Joan Baez, Arlo Guthrie, Blood, Sweat and Tears, Jefferson Airplane, Ravi Shankar, Joe Cocker, The Who, The Grateful Dead, Greedence Clearwater Revival, Crosby, Stills, Nash and Young... 等等無數樂手的搖滾背景之下，那五十萬個搖滾迷反而變成了此一劃時代事件的主角，而且更實現了他們那一世代的夢想：搖滾與大麻、愛與和平、反叛與行動、非暴力、理想主義……不錯，好幾百人抽大麻過量，或吃ＬＳＤ過量，也有三人意外死亡，但仍有兩名嬰兒出生。不錯，也許除了少數樂手以外，整個音樂節的搖滾並不十分出色，但這一切都不重要，重要的是他們都來了，千百萬計的其他年輕人也認為他們參與了，哪怕只是精神上的參與，而且人人都感到這是一個歷史性時刻。

在不貶損中國大陸艱苦的民主運動的前提下，當我在一九八九年四月中到五月初在美國電視上看到現場轉播北京天安門廣場上絕食前的大示威的時候，真令我有點似曾相識的震驚，使我自然而然地立刻聯想到二十年前的烏士托：同樣的熱情，同樣地在唱歌跳舞，同樣地和平與非暴力，同樣地追求自由與民主與理想，同樣地學生和年輕人和一般老百姓，還有那同樣的幾十萬幾十萬簡直不可思議的人數。

當然，烏士托只是六十年代大運動中的半個故事。這個大運動有它的陰和陽、它的文化革命者和它的政治革命者。新左派、毛派、反戰、反資、反帝、黑人革命、婦女解放等等是大運動中的一部分；大麻、嬉皮、搖滾、禪易、神秘主義、性解放、長頭髮、地下刊物等等，也是大運動中的一部分。在任何靜坐示威或遊行示威的時候，有人唱“We Shall Overcome”，也有人唱“Yellow Submarine”。當他們面對白人成年中產特權帝國軍事工業既成體制這個共同敵人的時候，這陰和陽有一個統一戰線。但在其他時候，文化革命者、政治革命者，可以從和平共存一直到相互敵視，真有點像老莊對孔孟。

當然主要是搖滾（另外也許還有 Levi's 牛仔褲）才將這兩股力量結合在一起，所以發生在烏士托搖滾樂會上本來應該是一件微不足道的小事，卻被擴大成為陰陽敵對的象徵，而成為六十年代運動陰陽兩方鬥爭中的一個腳註。

新左派一直利用搖滾來吸收新分子，儘管他們也同時感到這批抽大麻昏了頭的嬉皮們沒有正確的政治意識，太個人主義了。可是在反既成體制的統一戰線上，又非需要他們支持不可，因為，很簡單，反叛力量可以增加好幾倍。所以在烏士托音樂會上，正當搖滾樂團 The Who 在台上演唱的時候，六十年代最出名的大左派——「芝加哥八君子」之一、不久前因毒品過量去世的艾比．霍夫曼上了台，呼籲大家為剛被抓起來的一位革命領袖聲援抗議。可是，樂團吉他手 Pete Townshend 卻用吉他把霍夫曼撞到一邊（有人說是撞到台下）。革命想要爭取搖滾，搖滾有時也參與革命，但這個搖滾舞台只是偶爾允許政治上台表演，卻始終拒絕讓政治給霸佔，變成搖滾只不過是一個小配角的政治舞台。

可是卻是這位大左派霍夫曼，因上一年的芝加哥民主黨大會期間示威而被控以暴亂罪，在烏士托之後一個月出庭受審的時候，才使「烏士托國」這個夢一般的理想國，變成一個文化與政治相結合的烏托邦，並將「烏士托國」建立在每一個人的腦海之中：

問：請你向法庭表明你的身份。

答：我叫艾比，我是美國一名孤兒。

問：你住在哪裏？

答：我住在「烏士托國」（Woodstock Nation）。

問：請你告訴法庭它是在哪裏。

答：好，這是被異化的年輕人的國土。我們是做為一種精神狀態來肩負著它，就如同蘇族（Sioux）印地安人背負著蘇族國（Sioux Nation）一樣。此一國獻身於合作，而非競爭，認為人應該有一個比財產和金錢更好的交易方式，而且在人類的相互作用方面應該有一些其他基準。

問：請你告訴法庭你現在的年齡。

答：我三十三歲，但我是六十年代的小孩。

問：你什麼時候出生。

答：心理上，一九六〇。

當然，整個審判過程是一場荒謬劇，但問題不在這裏——或更精確的說，問題正是在這裏；霍夫曼以嬉皮加左派的鬧劇手法，公然藐視法庭，公然藐視既成體制的維護者，不但反映出了烏士托世代與他們所反的上一世代之間的代溝，而且表達出整個六十年代文化革命者和政治革命者這個陰陽兩方的反叛精神。

不錯，烏士托國隨著六十年代兒童長大成熟而消失。今天，不少人是在輕鬆、半微笑地回顧此一事件，認為二十年前的烏士托音樂會只不過是六十年代青年的一次大派對。好，它發生了，它也熱鬧了一陣子，可是眨了幾下眼睛之後再看，它已經不見了。但是對那些走過六十年代的人來說，我們也許不再背負著「烏士托國」這個精神狀態四處遊盪，我們也許只能把它當做是……當做是初戀，一個熱烈的初戀。也許正應如此，可能正是如此，情願愛過而後失戀，也比從來沒有戀愛過要好。詩人早就如此安慰我們了。

酒戒

在台灣的時候，我基本上是喝金門高粱或台灣啤酒和生啤酒，非常偶爾才有可能喝點外國酒，主要是威斯忌或白蘭地。至於清酒、米酒、紅露、五加皮，以及各式各樣的藥酒，我完全沒有胃口。

這是二十五年以前到目前為止我的前半生的喝酒習慣和興趣。自從到了美國以後，我就完全改為喝外國酒，主要是威斯忌，偶爾一點白蘭地或啤酒。至於其他成百上千種雞尾酒，不是說它不好喝，而是我喜歡簡單直接的酒，以不改變酒的味道為原則。所以如果我不是直喝（straight）我的威斯忌的話，我也只是加一些冰塊、一點水而已，只是起一點沖淡的作用。

而法國紅酒和白酒，我始終沒有真正進入情況，只有在有相當好的外國菜的陪襯之下，經過懂得的人的介紹，我才能真正地享受。

我還是喜歡威斯忌，但來美國以後開始認真地喝，也經過了好幾個階段。做學生的時候，以美國威斯忌（Bourbon Whiskey）為主，因為只需要蘇格蘭威斯忌三分之一到四分之一的價錢即可買到一瓶滿好的。愛爾蘭威斯忌還可以，但很少喝加拿大威斯忌，味道比較衝。

開始打工做事了之後，口袋裏比學生時代多了那麼幾塊零錢，才喝起了蘇格蘭威斯忌（Scotch Whiskey，也有人音譯為「蘇考赤」）。我當時並不知道，且連大部分喝「蘇考赤」的老美也不知道，我們通常喝的（Johnnie Walker, Chivas Regal, Dewar's, Cutty Sark, White Horse...）都是所謂的「雜種」蘇考赤（Blended Scotch）。這些名牌蘇考赤都是用好幾個「純種」（Pure Malt），再混上不少其他的「雜種」配製出來的。

稱這兩種蘇考赤為「雜種」和「純種」絕不含任何貶的意思。剛好相反，我是從科學角度來翻譯這兩個名詞。最早期的蘇考赤都是只用大麥（先發酵，再蒸餾）來製作，因而英文稱之為Pure Malt，或 Single Malt Whiskey，也就是說，「純種」威斯忌。過了很久才有人想到用不同酒廠的「純種」，加上其他各式各樣的「雜種」（糧食，如玉米、小麥、黑麥）酒配製而成，因而英文稱之為 Blended Scotch Whiskey。「純」與「雜」只表示「一種糧」和「雜種糧」而已，而不是在褒和貶。不過有一點要知道，「雜種蘇考赤」的商會多年來一直在阻礙「純種蘇考赤」銷往美國，直到好像七十年代。這就是為什麼「純種」是近十幾年來最引人（當然指蘇考赤愛好者）注意的蘇考赤。

這也正是我目前的階段，只不過我並沒有完全拋棄我的「雜種」。它還是比較便宜，雖然只便宜大約四分之一左右，可是對常常喝的人來說，還是可以少支出一點。不過我家裏經常總會有一兩瓶「純種」（Glenlivet, Glenfiddich ……）為知音，為遠方來的有朋，為自己的心情，為春分，為初雪……

我的酒齡只比我小十幾歲。除了年輕的時候為了酒而出過醜、失過態、丟過臉之外，我多年來早已告別「濫飲」。「濫飲」是任何愛酒的人很難逃過的洗禮。如果非要經過不可的話，那就跟失戀一樣，越早越好，越快過去越好。這一關過不了，或拖得不久，很容易變成酒鬼。當然，就算你過了，也不見得你就能夠成為酒仙。問題就在這裏，你聽我說，你可以自貶為酒鬼，但任何人都無法自封為酒仙。酒仙是修來的，只不過，就我所知，太多太多的酒友，在還沒有想到修成酒仙的時候，已經變成酒鬼了。我非鬼非仙，不過，讓我在此扮演一次菩薩，就算我不能助你修成酒仙，但至少也許可以使你不必淪為酒鬼。

酒鬼是現實寫照，酒仙是浪漫幻想。既然講酒戒，就只有從現實開始。現實是，酒是一種麻醉品，也許它不是鴉片，但它也絕不是雞蛋。何況就連雞蛋（去問問四十歲以上的人看看），吃多了都對身體有害。

美國一般用「血液酒精」（Blood Alcohol）來測量人醉酒的程度。所謂的「血液酒精」，是指人體血液之中的酒精百分比。就美國各州公路警察逮捕酒醉駕車來說，酒醉的標準是百分之零點一，或千分之一。這就是說，每千單位血液之中有一單位的酒精的話，無論你身高體重如何，也不管你多久前喝了多少，才在當時出現這個血液酒精百分比，就請你立刻坐牢，至少一夜，事後的懲罰雖因州而異，但絕不會輕。就醉酒標準而言，這千分之一的規定相當精確。問題是，在你喝酒的時候，你怎麼知道幾杯下肚之後才使血液酒精高到這個程度？另外，要停喝之後多久，身體才會排泄掉所有酒精而使你完全清醒？最後，有沒有一個所謂之「高潮」（high），也就是說，在沒有醉之前的一個最過癮快樂舒暢的時刻？

讓我先澄清一個引起不少誤會的概念。不少人以為烈酒（如威斯忌或白乾）要比紅白葡萄酒（或清酒）和啤酒更容易醉人。一般來說，除了因各人體質不同而會有少許差別之外，任何酒喝多了（喝到血液酒精千分之一的程度）都會醉。使你醉的不是高粱酒的高粱、葡萄酒的葡萄，而是這些酒中間的酒精。就這麼簡單。

為了方便起見，我用三種不同的外國酒來舉例。一種是烈酒（liquor），如威斯忌、白蘭地（中國的白乾，從山西汾酒到金門高粱，則較烈一點）；一種是葡萄酒（wine），如法國的紅酒、白酒，中國和日本的清酒（中國的黃酒如紹興則相當於西方的「加強葡萄酒」fortified wine，酒精強度介乎烈酒和葡萄酒之間）；一種是啤酒，中外幾乎一樣。

三種酒的酒精成分雖然不一樣，可是普通一杯威斯忌（shot，看你去哪個酒吧，大約一英兩至一點五英兩，在此我們不妨用平均數一點二五英兩做標準）的酒精含量相當於普通一杯四英兩的任何葡萄酒，也相當於任何十二英兩裝的啤酒。這種比較的意思是說，你喝一杯威斯忌，加不加冰塊都無所謂，從身體所吸收的酒精來說，與喝一杯四英兩葡萄酒和一罐十二英兩啤酒一樣。

一般而言，我們的身體重量是一個決定因素。雖然我也碰過比我還瘦的人比我還能喝，比我胖的人並不見得都比我能喝，但是總的來說，體重高的人比體重低的人，至少在時間上，能晚醉一會兒，如果目的是酒醉的話。換個方式來說，以同等速度喝同量的任何酒，身體重的人可以持久一點。至於那些有特異功能的、天生異稟的、內功出神入化的，如果在傳聞和武俠小說之外真有他們，則不在此限（萬一碰到這種人，也千萬別和他們比酒）。

讓我再用三種不同體重的人來做個比較：一百二十英磅，一百五十英磅，一百八十英磅。用這三個體重做基準，你大致可以找到你醉酒的時間和杯數，請注意，這裏所說的「杯」，指一杯一點二五英兩威斯忌，或一杯四英兩紅白葡萄酒，或一杯十二英兩啤酒。還有，以千分之一血液酒精做為酒醉的標準。

一百二十英磅：一小時只喝一杯，你六小時內不會醉；一小時喝兩杯，你兩個半小時一定醉。

一百五十英磅：一小時只喝一杯，你七小時內不會醉；一小時喝兩杯，你三小時一定醉。

一百八十英磅：一小時只喝一杯，你十小時內不會醉（不過你會睏）；一小時喝兩杯，你四小時一定醉。

這當然是指一般人，而且這當中絕對有不少例外。一個是，如果還記得酒是麻醉品的話，那人體會慢慢適應（入芝蘭之室，久而不聞其香；入鮑魚之肆，久而不聞其臭）。常喝酒的人在這方面比不常喝酒的人佔點便宜。酒量是可以練的，但也只能練到某一個程度而已。同時，這是你的身體在付出代價，而且代價不低。好，不管怎樣，考慮到這一切之後，你大概可以計算出我前面提到的第一個問題的答案了，至少你可以知道，以哪種速度喝酒，你還可以不出醜失態，說一些你清醒之後懊悔的話。

至於第二個問題，要多久才能排掉體內的酒精，才完全清醒？

酒一入胃，你就完全無能為力了。人工嘔吐太丟臉，何況在賭酒逞能的時候，這等於是在作弊。只有靠陪酒過日子的人有資格這麼做。無論如何，要多久才完全清醒，醫學上肯定有更精確的計算方法。不過，照我個人的經驗來看，假設喝酒有那麼一個難於捕捉的「高潮」，那個沒有醉但其快樂舒暢無比的時刻，那麼從這個時刻算起，你完全清醒所需的時間，要比你從開始喝到抵達這個高潮的時間稍為久一點。

我用高潮做為界線是因為，很簡單，如果以酒醉為標準的話，你只有睡一夜才醒得過來，那就沒有意義了，更沒有意思了。所以，最後一個問題是，如何抵達高潮？

這個問題並不容易回答，因為這個高潮不像，比如說，那個高潮，那麼容易下定義。用最簡單的方法來衡量，如果我們接受（而我接受）千分之一血液酒精是美國的法定酒醉標準，那一般人喝酒的高潮是抵達這個界線所需時間的一半。讓我再用上面用過的三個不同體重來舉例。這雖然只是一個大概，但也差不多可以做為你飲酒的燈塔……好，喝酒的最終目的，喝酒的人所追求的理想境界——高潮：

一百二十英磅：兩小時三杯（我是說到此為止，而不是兩小時三杯、四小時六杯……四小時六杯你非醉不可），或四小時四杯（到此為止）。

一百五十英磅：一小時三杯（到此為止），或三小時四杯（到此為止），或五小時六杯（到此為止）。

一百八十英磅：一小時三杯半（到此為止），或兩小時四杯（到此為止），或三小時五杯（到此為止），或五小時六杯半（到此為止）。

這是喝酒的一個理想境界。它沒有另外那個高潮那麼石破天驚、天搖地動。有的時候過了你可能都不知道。而且就算知道了、感覺到了，你也只不過經歷一個有限期間的享受。一旦抵達了這個巔峰，假設你不再繼續喝下去（而又有幾個人真能守得住？），你大概可以過上一個小時左右的癮，然後就慢慢清醒。問題是，清醒的過程比抵達高潮要久一點，而傷感情的是，清醒的過程沒有抵達的過程那麼令人舒暢。前者情緒上升，後者情緒下降。而且，這一點比什麼都重要，就算你三個小時抵達了高潮，而且不再繼續喝，那你很可能在之後兩個小時就感到完全清醒。但事實上，你並沒有，這個清醒感覺是假的，至少開車絕對還會受其影響。一點不錯，喝酒容易消酒難。

我想正是因為消酒難才會有人不醉不歸。因為酒在體內消失的過程中反而使你更煩、更悶

（藉酒絕對消不了任何愁），於是你就再來一杯，希望能再回到慢慢進入高潮過程中的那種舒暢感覺。但問題是，這個高潮一去不返。你永遠無法再回到從前。除非你在真的完全清醒之後從頭來過。那多痲煩！於是你就又來一杯……是高潮過後這一杯又一杯，最終送你進入醉鄉。長遠下去，還使你的肝硬化。

沒有喝酒的時候，什麼道理都明白，都可以說清楚。可是除了酒仙之外，有幾個人在享受高潮的時候還把持得住？酒是痲醉品，而痲醉的又剛好是支配理智的大腦神經。這真是人生享樂的莫大矛盾、莫大諷刺、莫大不公平。就在你喝酒喝得最快樂舒暢的時候，也正是你的大腦神經被痲醉到不那麼理智的時候，而今天的科學飲酒行為守則（千分之一血液酒精是法定酒醉標準！）卻規定你就在此時此刻停止喝酒。

所以，酒戒歸酒戒，還是隨你便吧！人生一場，人生幾何，為知音，為遠方來的有朋，為自己的心情，為春分，為初雪，為任何你要為的……什麼？瓶子空了？好！五花馬，千金裘，呼兒將出換美酒！

曼哈頓日記

沒有任何理由，我今天突然不想上班，雖然週末才剛剛過去。不是因為不舒服，我的身體好好的。也不是因為起不來，我一早九點鐘就醒了……當然拖到十點才起床，因為我知道我今天不想上班。

硬要我找理由的話，那我猜多半是因為前天晚上我母親從加州來了一個電話，問我她託辦的事辦好了沒有。沒有，我完全給忘了。不過，做母親的都不願意接受這種解釋，哪怕是事實。我猜大概是因為一接受，就等於發現兒子沒有把母親交代的事放在心上，所以情願再以兒子的個性上某種無傷大雅的缺陷來安慰自己──「唉，天生的就是懶。」意是是說，不能怪他，不是有意的。而如果考慮到兒子身上總會有點母親的影子，那做母親的這麼一說，更等於承擔了一部分應該完全由兒子自己一人負的責任──「唉，都是因為我天生就懶，所以生了個兒子也懶，這倒是像我了。」說著說著，心裏可能反而高興起來。我告訴你，偉大的母愛可以把兒子愛死。

不過，我母親這麼說我的時候，我和她心裏都有數。我天生就是懶，而且既不是從我媽、也不是從我爸那兒傳來的。

哪兒來的，我也不去管（誰曉得愛因斯坦的天才是哪兒來的！），我也懶得去否認或解釋。因為我知道，光是我們這個銀河系，就有四十億個太陽，其中有太多太多的太陽要比我們每天看見的那個要大上幾千幾萬倍。而這一大堆太陽也都各自有它們自己的行星系，其中包括好幾十億個衛星，而且它們好像都在以每小時一百萬英里的速度運行。我們的太陽及其一個個行星，包括我們的地球在內，座落在像一個旋轉的大輪盤的銀河系邊緣。這就是我們所佔據的宇宙的一個小角落。別問我為什麼這好幾十好幾百億個太陽、行星，從來不，或至少到目前還沒有撞在一塊兒。要問的話，你最好去找愛因斯坦。如果要我回答，我只能說，這個宇宙空間太大了，大得如果每個太陽只是一粒沙那麼小，那一個太陽和另一個太陽之間的距離，也至少有三、四千英里。而，請你注意，這還只不過是我們的銀河系。那整個宇宙到底有多少個星系？可能好幾十億，至少好幾億，宇宙還在擴充。而每個星系之間的距離可要比我們星系裏的太陽和太陽之間的距離要遠得多，差不多相距一百萬個光年。光年，你曉得，既不是光，也不是年，而是距離。一百萬個光年就是光走上（跑上？飛上？）一百萬年的距離。那有多遠？差不多六百萬億英里。用我們地球最大最強倍數的天文望遠鏡，大概可以看到一億個像我們銀河系這類的星系。當然還不是全部，而且宇宙還在擴張。看得越遠，星系越多。所以連我都可以毫不誇張地說，還有好幾十好幾百億個星系有待我們發現。

所以，當我想到這一切，還要再花功夫去否認或解釋我天生就是懶，或不太懶，真是沒有多大意思。

我看不如順便藉著星星、月亮、太陽，藉著過去、現在、未來，來談談宇宙和人生大道理。反正今天不上班，反正已經扯上外太空了。好，那麼這個大道理是什麼？——反正就是這麼一回事。且從宇宙看起。

我們現在這個宇宙（我說「現在」是因為目前我們生存其中的宇宙很可能在這個宇宙的上一輩子存在過，而且等這個宇宙有朝一日死了的話，又很可能再次以「大爆炸」投胎），好，我們現在這個宇宙，在大約一百四十五億年前，因為一個超級濃縮的原生物質，於無形無狀的空虛之中飄來飄去的時候突然爆炸而後誕生。你如果信神，那這是神的手筆，不信的話，那就是大自然的力量和規律。

自從那次「大爆炸」創造了我們今天這個宇宙之後，長話短說（同時也不必過分追求科學真實性，反正就是這麼一回事！），銀河系，這個系，那個系，星星、月亮、太陽、地球……就一個個有先有後地形成了。只不過在四十五億年前剛有了我們這個地球的時候，可不是像現在這樣，有山嶽平原，有江川湖泊，有沙漠森林……當時整個地球是一片汪洋似的混沌湯……。

慢慢，慢慢地，三十億年前有了細胞，七億年前有了海綿和海蜇（它怎麼也不會料到在六點九九九……億年之後變成了咱們中國人的冷盤）。有骨頭的魚直到五億年前才開始在水裏游，有腳的千足蟲直到四億年前才開始在地上爬。三億多年前有了冷血動物蛇，兩億多年前有了熱血的哺乳動物（是什麼，我不知道，反正是蛇變過來的）。不到兩億年前有了鳥，一億年前有了花。可是直到六千五百萬年以前才有了我們人的最老最老的老祖宗，猿和猴，而就連它們，也還是又花了六千多萬年，也就是說，直到四百多萬年前，才學會站。而直到兩百萬年前，才在非洲出現了和我們今天的人能夠直接扯上點關係的所謂之「人」。但究竟算是人，所以之後沒有多久，他的後代就發明了火。之後的演變，每個人都應該熟悉，因為無論照現在一百四十五億歲的宇宙年齡來算，還是照現在四十五億歲的地球年齡來算，從人知道怎麼用火到你今天看我的這篇東西，差不多等於是剛才一剎那之間發生的事。

你說這一切又有什麼意義？你難道夜晚不看星星嗎？好，先這麼說好了。到目前為止，我們還沒有發現，先不談全宇宙，光是我們這個並不十分出色的銀河系之中，究竟有沒有其他「人」。而就算我們這個星系其他星球上有「人」，也不知何年何月何日才能碰頭。我知道我們地球上每天都有一大堆天文學家在試著探索，那假設「他們」在外太空也在試著探索，那，你以為大海撈針難嗎？相比之下，要在宇宙之中找到我們這小小一個地球，那大海撈針簡直是甕中捉鱉，或照老美的說法，一塊蛋糕。所以，你我有生之年多半不會有什麼諸如第三類接觸這種外遇了。我們只有孤孤單單地守著這麼一個地球，我是說，如果我們守得住的話，如果不發生全球核子大戰，如果生態環境沒有給破壞到再也無法維持人類的生命……

悲觀不悲觀？真有點悲觀。除非你願意相信蕭伯納的話。他說我們地球是外太空文明設的一家星際瘋人院。如果是這樣的話，那我們的病近五千年來非但不見好，反而越來越瘋。外太空文明的超級智慧很可能就在此時此刻觀察我們，而且，就像我媽一樣，失望地搖著頭，「唉，就是沒有記性，就是懶，再給他們五千年看看吧！」唉，也夠悲觀的了。

當然，可能也有樂觀的一面。如果我們不自相殘殺、自我毀滅，也沒有給一個大流星撞上，地球還有一陣壽命，還有六十億年。六十億年之後，我們的太陽就筋疲力盡地進入老年期（一點不錯，太陽無情也會老），開始膨脹，變成一個衰弱的紅色巨星。那我們就真的完了，這種膨脹擴張會把我們整個地球給蒸發掉，死無葬身之地。唯一的希望是，而這你要非常樂觀才行，遠在地球從宇宙之中消失以前，我們全人類早已經在銀河系或以外另一個星系中的一個星球上移民定居了。

總之，人類如果逃不過自我毀滅的命運，那是人為的。而人類如果要想逃過這個命運，那也要人為才行。反正就是這麼一回事。

反正就是這麼一回事。這是相當典型的懶人的人生觀。這倒還好，懶人不太會傷害別人，最多耽誤一點事（我們還有六十億年，急什麼！）。但如果是像我這種「媽，我忘了。」沒有記性的（一次大戰、二次大戰……），那就算我們一萬年之內，徹底破壞了我們的地球之後，全人類，外加其他所有物種，乘著當時的諾亞方舟，全都移民定居到另一個星球，又怎麼樣？我告訴你，又從頭來起，一次大戰、二次大戰……反正就是這麼一回事。

啊！蔻士兒！

讓我大膽地下這麼一個結論：沒有猶太人的捧場和光顧，而只靠咱們自己的同胞，紐約市絕對養不了這麼多家中國餐館。

讓我同時再大膽地下另一個結論：沒有多少中國人會經常地上猶太館子。

說老實話，猶太人是如此之喜愛中國菜，以至於專門為了照顧正統的忠實教徒，他們還自己開，或特別批准中國人開，正宗道地的所謂「蔻士兒」中國菜館。

什麼是「蔻士兒」？我打賭，沒有在猶太人多的地方住上一陣的人根本就很少會聽到這個字眼。

「蔻士兒」（Kosher）是指按猶太教規、合猶太教戒。換句話說，這是猶太飲食法律。很多宗教都有這一類飲食戒規——佛門出家人吃素，回人清真（類似「蔻士兒」）——只不過猶太飲食法律更加嚴格，而且其複雜無比。真正的「蔻士兒」餐館，大師傅二師傅們都不能自己點火，還要請猶太教士唸經祝福之後才重新點燃，開始燒菜。

不過，一般來說，最重要的兩條規定是，一不准吃豬肉和有貝殼的動物，二不准乳肉同餐。「蔻士兒」食品公司甚至於都不能在任何一類食品中同時使用乳和肉。你要想在你的產品上加上一個「蔻士兒」的標記，你的食品公司就得定期和不定期地接受經猶太教認可的組織來驗查。一個用來準備乳食的器具，如果不從頭到尾清洗消毒就用來準備肉食都不行。我告訴你，無論你喜不喜歡「蔻士兒」猶太吃，我保證它乾淨衛生。

而且「蔻士兒」不光是在燒菜吃菜方面有嚴規戒律，它從畜養動物、屠宰動物的時候就開始了。比如說，一定要用手去屠宰、去清洗，而且經過驗定絕不帶有任何疾病才行。正是因為戒律是如此之嚴，所以人們常用「蔻士兒」來表示完全合法，絕不犯規。

我無法為「猶太人」下定義，但自從第一個猶太人在一六五四年從荷蘭來到荷屬紐約（當時叫做新阿姆斯特丹）之後不到一個月，就開始了三百多年下來未曾長期間斷的一批又一批猶太移民浪潮，主要是逃避宗教和政治迫害。他們來自世界各地，從蘇聯到東歐，從西歐到北歐到南歐，從中東到北非，從中美到南美。甚至於還有一小批來自中國。不過我指的不是中國猶太，而是當年逃亡蘇聯十月革命和後來納粹法西斯迫害而先後抵達東北、天津、北京、上海等地的俄國猶太、東歐猶太，和德國猶太。他們又一先一後在日本侵略佔領中國和中共統治大陸的一九四九年前後，又再度逃亡來美。

今天，光是大紐約區，就有兩百多萬猶太人，雖然這些猶太人，有的是剛來的新移民，有的已經是第七代的美國人。不管怎樣，紐約一地的猶太人就比全美國的中國人還要多。

是十九世紀八十年代逃亡帝俄和東歐有計畫的大屠殺的猶太人移民來美在紐約定居之後，才將以前曾經是德國和愛爾蘭的移民區，轉變為一個猶太移民區。這個區就是紐約的下東城（Lower East Side）。雖然今天大家還是把這個區和猶太人聯想在一起，可是基本上它的居民完全變了。猶太人早在二十年代即已開始擴散到紐約市其他地區定居。今天，下東城的居民大部分是波多黎各人、多明尼加人、中國人，還有一些黑人，而猶太人只佔不到百分之二十。可是，做為一個新移民的社區，它的特點和性質沒有多大改變，還是窮，還是以移民的母語為主，還是車衣廠，任何「血汗工廠」、廉價公寓、廉價商店……到了禮拜天，有幾條街簡直就是中東的集市，而如果再加上「蔻士兒」猶太館子，甚至於不完全「蔻士兒」的猶太館子，那猶太傳統的影子還很明顯。

任何來紐約度假的人，有機會的話，都應該拜訪一下這個下東城，嚐一下猶太小吃。別忘了，人家可真喜歡我們的菜，我們也總應該回報一下吧。

因為紐約的猶太人來自世界各地，所以所謂的猶太菜也反映了他們當初居住國的風味。基本上來說，紐約的猶太館子的菜以俄國和東歐的口味為主，無論是醃肉，還是烤的、烘的、煮的牛肉、燻魚、魚球（因為它比中國的魚丸大上好幾倍，所以只能稱之為球），以至於加酸奶酪的烤薄餅、乾酪餡烤的或煎的薄麵卷等等，都是如此；只不過來到紐約之後，全都變成了猶太館子的主食（別忘了還有「蔻士兒」辣子雞丁、「蔻士兒」回鍋（牛）肉……）。同時又因為猶太人乳肉不能同餐入口的「蔻士兒」飲食法律，所以猶太館子的真正特點是一分為二：肉食店（deli）和乳食店（dairy）。非猶太人也不必擔心不方便，凡是有肉食店的地方，不遠之處必有一家乳食店。當然，我指的是真正「蔻士兒」猶太館子，因為不是所有猶太館子都「蔻士兒」，更何況紐約市大部分掛著Deli（肉食店）牌子的小吃館都與猶太無關，而且好像全都是希臘人開的。

我不在此向你們推薦紐約或任何地方的任何猶太館子，或任何猶太菜（任何餐館指南都會有介紹），我只是建議你們，如果從來沒有嚐過的話，應該找一家真正「蔻士兒」猶太館子試一試。那你就會發現，他們的那些醃牛肉、燻牛肉、煮牛肉，非常過癮，尤其是你喜歡吃肉的話，他們的土豆煎餅、燻魚、酸奶酪捲餅、魚球，甚至於雞湯麵，也都非常好吃，但同時你也體會到，為什麼猶太人是中國菜的最忠實的愛好者。

這是不解自明的

這是不解自明的——人人都需要錢，太多太多的人還愛錢，更有不少人為錢犯法。至於人為財死、謀財害命，雖然在世界各地幾乎天天都有這類事件發生，但究竟屬於極端的事件，暫且不提。我們只談一般的愛錢。

雖然我說這是不解自明的，但是搞學問的、做研究的，總喜歡調查調查才放心，才接受自人類有了錢這個概念以來一直存在的現實。我最近就看到有關這個問題的一篇報導。

這篇文章是在報導一項調查的結果。負責調查的機構是美國教育理事會和洛杉磯加州大學的高等教育研究所。它們從一九六六年開始，每年向全美一些大學的新生發出詢問單，請剛進大學的年輕人排列他們認為人生一世的優先事項，或最重要的目標。去年全美一共有三百九十家大學，將近二十一萬名大一學生接受了這個調查。花了多少錢我不知道，但結果如何？你如果不相信我的，或一般人的常理判斷和直覺（這是不解自明的！），那你總應該相信美國教育理事會和洛杉磯加大高等教育研究所進行的調查研究吧！那你問結果如何？

好，百分之七十五以上，也就是說，每四名大學生之中至少有三個，認為人生最重要的是錢。當然，他們沒有用「錢」這個骯髒字眼，而是用「經濟上非常富裕」這幾個相當文雅的措辭。相比之下，只有百分之三十九的大一學生覺得人生第一優先是「培養一個有意義的人生哲學」。也許我不敢打賭，但是我敢猜，這百分之三十九的大一學生之中，總會有人以為「有意義的人生哲學」指的是三十歲以前成為百萬富翁。

「培養一個有意義的人生哲學」是接受第一次調查的學生們要求加在問題單上的。你看，第一次調查的問題單連這個問題都沒有列入。好，將「培養一個有意義的人生哲學」列為人生第一優先、列為最重要的目標的大一學生，在一九六七年，高達百分之八十三（只有百分之四十四認為錢重要。總數超過百分之百是因為有多重選擇）。而且他們絕不是在喊空話。想想看，六十年代的學生運動、民權運動、反戰運動，以至於嬉皮運動，都是當時的年輕人搞起來的，都是在以行動來表現他們認為的「有意義的人生哲學」。然而，理想主義從這一九六七年的高潮之後，就穩步下降。最妙的是，到了十年之後的一九七七年，以「培養一個有意義的人生哲學」為最終人生目標的大一學生，和以「經濟上非常富裕」為最終人生目標的大一學生勢均力敵，各佔百分之六十。再過十年，到了一九八七年，情況似乎是二十年前的顛倒，百分之三十九比百分之七十六。

理想主義在八十年代的穩步下降，先為我們帶來了除他們自己之外沒有人會欣賞和同情的

「優皮」，又為我們帶來了與「優皮」不無關係的「黑色星期一」股市暴跌。八十年代是「優皮」時代已經不容否認。對他們來說，「有意義的人生哲學」就是「經濟上非常富裕」，而且馬上就要、馬上就要成為百萬富翁。三十歲太久，只爭朝夕。你不相信嗎？我給你舉一個例子。

此人名叫大衛・布魯姆，紐約人，今年一月十二日被起訴的那天，他身價一千萬美元。他才二十三歲。一九八二年，他是北卡羅萊納州杜克大學大一學生，主修藝術史。頭一年，他就在學校宿舍裏組織了一個投資俱樂部，從二十個同學那裏吸收了八千美元，由他投資買股票，賺了兩千五。這一九八二年，現在回頭來看，剛好是連續五年股市上漲的開始。到他一九八五年畢業的時候，就憑他業餘玩股票的小小成就，他已經可以吸引更多的人出錢請他投資。

他一九八六年一月在曼哈頓時髦的西五十七街開了一家投資公司，不出幾個月，他的大名已經傳遍了華爾街。唯一的問題是，他的公司是假的，連登記註冊都沒有。寄給找他代為投資的客戶的季度報表，雖然看起來又像樣又正式，有買有賣，有大賺有小賺，但是全是假的，全是他一手編出來的。他找來的一千萬美元當中，沒有一分錢投資在股票上面。那錢哪裏去了？

如果也可以算騙子為賊的話，那這小子非但膽子其大無比，而且還是個雅賊，一個非常懂得享受的雅賊。他非但熱愛美術，可能對文學也有修養。因為他的所做所為完全證實了毛姆的名言：錢就像是第六感（我本來還以為是直覺），沒有錢，你無法充分使用其他五種感官。

好，他先用兩百萬美元在紐約長島買了幢大廈，又用了一百萬在曼哈頓東七十二街買了幢豪華公寓、一部八七年賓士、一部八八年亞斯頓馬丁跑車。然後，他買了價值五百萬美元的美國名畫家的作品，來佈置他的家。他還送給他的母校兩幅，並且答應捐出一百萬美元來充實杜克大學美術館的美國畫家收藏。

一年半之內，他吃了出錢請他投資的人（肯定屬於人生目標是「經濟上非常富裕」的那些人）一千萬美元。引起聯邦政府證券交易委員會注意的是去年關於他的若干新聞報導。這些文章都讚賞地稱他為當代的新派私人投資家，其目的不僅是賺錢，而是在賺了錢之後來創辦一個重要的藝術收藏。他當時的名言是，「我首先決定我要買什麼，然後再想辦法找錢。」當然，我們現在知道他是如何找錢付帳的了。不過，在每個人都喜歡贏家的美國社會，做為一個年方二十三歲，以投資眼光敏銳聞名華爾街，又有如此高尚的藝術理想，又身價千萬（好傢伙，一位有文化修養的「優皮」！），當然絕對有資格被封為「新派私人投資家」了。

我不知道被他騙了的客戶們有沒有發現一個具有莫大諷刺意義的情況。這小子也許真的是一位極端傑出的投資家，因為如果不是的話，他也許真的把錢去買股票去了。那一九八七年十月十九日一個「黑色星期一」，他就可能破產，那客戶還有什麼戲唱？而現在，他收藏的名畫、買的房地產，非但都可以立刻變成現款，而且說不定還真的賺了一筆。

想到這一切之後，連「經濟上非常富裕」都失去了意義，因為「經濟上非常富裕」的人都好像還想更富裕。一百萬？一千萬？一萬萬？又怎麼樣？唉，凡是這麼問的人多半沒有足夠的智慧去認識，這就是一個有意義的人生哲學。雖然這是不解自明的。

一分鐘一個笨蛋

就在我家附近的堅尼路上，或曼哈頓任何人多的熱鬧街頭，你一眼就可以看見他了。這個他是位老千，有黑有白有拉丁，就站在街邊人行道上一個架起來有半個人高的空紙箱攤子後面，手中在洗、換、擺三張紙牌，等著笨蛋來下注。而我告訴你，笨蛋可真不少，一個分鐘一個。

小孩子喜歡把人分成兩種，好人和壞人。等他長大，經歷了一些滄桑之後，他還是把人分成兩種，只不過這個時候變成了騙人的和被騙的。

就像沒有上帝就不會有魔鬼一樣，沒有主動被動上當的笨蛋，就不會有專門吃這些笨蛋的騙子。雖然這場戲在任何行業任何時候都在上演，可是我們一般人很難有機會從頭到尾看完一整場，就連在你自己的生活小圈子內發生的也是如此。有的時候，就算你本人是受害者，你也要有相當的頭腦才知道自己上當了，而且你還要有足夠的勇氣去承認。

我的意思是說，在日常生活之中，我們無論是被人吃了還是吃了別人，不是件件都一清二楚、個個都乾淨俐落，像一場籃球比賽那樣，必分勝負，贏家狂喜跳躍，輸家喪氣垂頭。在我們日常生活之中，贏的經驗從來不會如此過癮，而就連輸，雖然不能說輸的不夠過癮，但至少可以說輸的不夠乾脆，不令人心服。有過這種經驗的人（而又誰沒有？）就明白了，這是天下最難過的一種感受。

所以，如果你最近常有（過去一年之中有過兩次以上經驗就算最近常有）這種難過的感受的話，而如果你又肯花點錢（比如說，二十美金），你就可以買到一次百分之百、不折不扣、乾淨俐落的上當的機會。而且上了當之後，就算你心不服，你也無話可說。這總比心不服、而且有話可說、但完全無能為力要舒服多了、過癮多了。

無論你是在美國（或西方，東方則少見）哪個大城——舊金山、洛杉磯、芝加哥、紐約……很容易找，任何人多的熱鬧街頭，你一眼就可以看見他了。他，這位老千，有黑有白有拉丁，就站在街邊人行道上一個架起來有半個人高的空紙箱攤子後面，手中在洗、換、擺三張紙牌，等著笨蛋來上當。這就是你的機會。

這個牌戲（可能源自西班牙）在今天美國的統稱是 Three-card Monte，直譯的話就是「三張牌芒提」。玩法其簡單無比，尤其是從笨蛋賭客的角度來看。

老千手中有三張牌，一般是兩張黑十、一張紅心皇后。三張牌都順著長度有一條摺，目的是方便拿起放下，其實是故意地無意讓你看到那張紅心皇后。老千來回來去地洗三張牌，而且輪換三張牌在他面前一排左中右的位置。你該做的，我是說，如果你要下注打賭的話，那你該做的只是注意那張紅心皇后，在老千洗完牌、換完牌、擺在紙箱子上面之後，到底是在左、中還是右。這個時候，因為老千已經故意地、不小心讓你看到了紅心皇后，你幾乎可以發誓那張牌就是中間那張。你要賭的話，最低的注是二十。萬一你贏，你拿回四十，你原來二十美金的賭注和老千賠你的二十。

會賭的人就知道，這種賭是不能碰的。就算他不搞鬼，你只有三分之一的機會贏，而他有三分之二的機會不會輸。而且他只賠你的賭注，並非加倍賠。但是之所以還有那麼多笨蛋忘記了這個極不平等的差異而仍然肯去上當，是因為老千總會讓你感到你穩贏。

我從來沒有玩過這個「三張牌芒提」，但是我可看的夠多了。不過我只是從笨蛋的角度去看，所以老千究竟在什麼時候、如何做了手腳，我完全看不出來。我只知道，如果我每次不光是看，而是真的下了二十美金碰運氣的話，我大概已經賠了一部汽車了，因為我沒有一次猜對過，儘管當時我以為我有絕對把握。

可是我知道，你絕不是單單和那個老千一個人在押賭。這場騙局起碼有三四個人。一個站在攤子後面實際玩牌的老千，一兩個穿著打扮和你差不多的賭客，其中多半有一個是女的，而如果老千是黑人或拉丁人的話，那這一兩個陪賭的多半是白人。然後還有一個望風的。一見有警察，就打個暗語。老千把錢一收，一腳踢翻了攤子就跑走了。你如果這個時候正押了二十塊的話，那很抱歉，他留下給你的只是一兩個破紙箱子和三張破紙牌。

老千那一兩個同伙「賭客」的用意首先是吸引四周觀望的路客。他們在還沒有笨蛋下注的時候，多半是輸一把、贏三把，表示這是一場公平賭戲，完全靠機會。可是他們還有其他作用，我看過不止一次，比如說，假使有人萬一中的萬一，真的把二十塊押對了，正好押中紅心皇后。這個時候，那個「賭客」就立刻在另一張牌前放下六十塊。老千就說，他一次只和一個人賭，就把你的二十還給了你。除非你也肯出六十或更多，否則他只和賭注大的人賭。而如果你知道這次你看對了，非賭不可，掏出了一百，那你輸的更慘。老千根本就拿了你的錢就跑。他留給你的還是那一兩個破紙箱子和三張破紙牌。你想追都不行，你身邊還有他兩個同伙要找你算帳，說你搶了他們贏牌的機會，可能還要你賠。你想打嗎？（你想死嗎？）他們還有三個人。總之，這是百分之百、不折不扣、乾淨俐落地讓你上當的牌戲。你根本沒有贏的份兒。

我在曼哈頓上中下城的熱鬧街頭不知道看過多少次這類有時幾達藝術境界的好戲。一開始我還同情那些可憐無知的笨蛋，可是沒有幾次，我就不去想他們了，而只在一旁觀看欣賞。

一點不錯，天下到處都是騙子，從騙色騙錢到騙人，而人又可從個人一直到人民。我相信大部分受騙的人都值得同情。但問題是，過來人提出的警告，對那些正在主動被動受騙的人來說，是沒有什麼意義的。這些即將受害的人一定堅持他們看到了那張紅心皇后——千真萬確，一點沒錯，就是左（中、右）邊那張——然後押下他那二十塊錢，或一生理想。

後者固然值得同情，但我們也只能給予同情而已。押二十塊錢賭「三張牌芒提」只是，套用美國一句老話，每一分鐘出生一個笨蛋。而這些自以為聰明的人都是因為貪心，以為有機可乘，才當上了笨蛋，他們真以為天下會有隨手可取的錢財。沒有與生俱來的貪，騙子無以為生。

每一分鐘出生一個笨蛋（A sucker is born every minute.），看樣子是一個普遍真理。你如果想要過一下這個笨蛋的癮的話，在美國任何大城的任何一條熱鬧大街，只需要花上二十塊錢，最多十秒鐘，你就算是那一分鐘出生的笨蛋了。不過，你可以告慰，你輸的乾脆（尤其是你拒絕相信整個這「三張牌芒提」賭戲是場騙局的話），你輸的無話可說（而就算你有話，又跟誰去說？）。

同時你還可以告慰，在你之前有無數古人，在那時那刻，你又有無數同輩，在你之後肯定還有無數來者。換句話說，你絕不寂寞。

為吃而吃

很多很多年以前，當我還在加州唸書的時候，曾經和幾個美國同學在洛杉磯以北大約一百多英里的一座山上露營。雖然從山上遠遠地可以看見太平洋，可是山本身一點也不起色。選到這裏來露營的唯一理由是，這座山是和我們一起來的一位同學的父親買下來的。風光雖然並不明媚，倒是滿野的，至少附近四周五十里見不到人。在城市住久了，而現在連水都要到山中小溪裏去打，真有點慈禧太后吃窩窩頭的感覺。何況這還是自願的。

是在那次露營，我才第一次嚐到一道真正的美國野味菜，是他們事先準備好帶來的。這是一種老式鄉間燉肉（burgoo），用的好像全是野味，山雞、鹿肉、松鼠……可能還有其他幾種野味，我也不太記得了。總而言之，也許是山中空氣新鮮開胃，也許爬了山、提了水之後，真的餓了，也許那道燉野味真的好吃，反正不管怎樣，我們每一個人都吃得很過癮，從架在營火上的大鐵鍋中一添再添，再加上現烤的麵包、冰啤酒……我告訴你，那頓餐之後，我才真正體會出「朝聞道，夕死可矣」指的是什麼。

以後我再也沒有機會吃這道野味了，同時也從來沒有想到去找這道燉肉的食譜（山雞、鹿肉還好辦，可是我問你，上哪兒去找松鼠？除非你到公園去偷）。更何況大概就從六十年代末開始，美國飲食習慣起了一個大變化。活著不是為吃，更不是為吃而吃，而是吃是為了要活，而且要活的健康、活的久。什麼蛋白質、卡路里、高纖維、維他命、膽固醇、礦物質、脫脂……全來了。其實早就來了，只不過這次革命革的更徹底，你要科學地吃，你要健康地吃（health food，「健康食」一詞立刻成為日常英語），你要計算熱量，不能吃紅色肉，不能吃內臟，不能吃蛋，不能吃鹽，不能吃糖，不能吃牛油，不能吃炸的……等我七十年代初來紐約的時候，一頓標準的「健康食」午餐是一根西洋芹、兩片萵苣葉、三兩豆芽、四片蘇打餅乾，然後用一大杯足有十六英兩的胡蘿蔔汁將這一切給沖下去。（我說沖沒錯，不沖的話，誰能嚥得下？）

講究營養的老美要付出的代價可不輕。吃，就像跑步一樣，只是為了增進健康。他們也真聽話。醫生、營養學家叫他們吃什麼，他們就吃什麼。至於好不好吃、他們喜不喜歡吃，根本不在考慮之內。搞到後來，連最講究飲食的法國人，尤其是年輕一代的名廚，都不得不推出了所謂的「新烹飪」（nouvelle cuisine）。你吃過嗎？沒有任何味道的一片蒸魚、兩片檸檬、三棵菜花、四根豆角，還要賣你二十五塊美金！

所以誰還敢提燉肉？何況又是燉野味！這就是為什麼今年初，我非常驚訝地、更非常高興地在《先生》雜誌上看到有位食家（羅尼·倫地），把我很多很多年前吃過的野味燉肉加以改良，改為合乎今天城市人吃的非野味燉肉。雖然到目前我還沒有照他的做法燒過，可是光是看，就知道一定好吃了。總有一天我要燉一次。不過，現在，讓我先把他那已經並不太科學的食譜進一步簡化，介紹給天下所有為藝術而藝術、為吃而吃的享樂主義者。

這一大鐵鍋的燉肉是做給至少十二個人吃的。在你請客的前一天一大早，先把你的冰箱清理出一塊空間，足夠容納你那個大鐵鍋。這是因為所有燉肉都必須過一夜才好吃。

開始做的時候，把大鐵鍋（應該多大，在你知道它要裝多少東西之後，你就知道應該要多大了）放在溫火上，加一點菜油，再把切好（大約一寸見方）的一磅牛肉和一磅豬肉放在裏面小炒，炒到肉變成褐色，撈出來放在一邊。

加三夸脫（不到三升）冷水，水中放一隻雞、一個洋蔥、一大堆西洋芹，開了之後蓋上，溫火慢慢燉上大約一小時，將雞取出來去骨，把雞肉和炒好的牛肉、豬肉放在一起，而把雞骨和雞皮，再加上一條羊骨和一條牛尾，放回鍋中再燉上一小時。然後把鍋中的骨頭、皮、洋蔥、西洋芹等等全拿走，再把所有的肉放回鍋中。

加兩罐二十八英兩切好的蕃茄、一盒冰凍的美國蠶豆、一盒冰凍的豆角、一盒冰凍的秋葵（okra），和一大袋冰凍的玉米。

加四小罐綠辣椒（或兩個大青辣椒，切丁）、一個切成丁的洋蔥、一片月桂葉、一小湯匙辣醬油，鹽和胡椒隨意。需要的話，可以再加點水。再看你冰箱裏還有什麼其他好玩意兒你覺得可以加進去的，全加進去。再用慢火燉上一小時。然後讓它慢慢地冷，之後將整個大鐵鍋放進冰箱過夜。

第二天你客人來的時候，取出來慢慢地熱。這時候香味應該出來了，讓客人自己到火上坐的大鐵鍋中去撈自己的燉肉。除了新鮮麵包和牛油之外，你只需要準備幾打冰啤酒。

不錯，我自己還沒燒過，可是我仍然敢向你保證，只要你沒把它燒糊，這一大鐵鍋的現代燉肉，加麵包加冰啤酒，絕對賽過一根西洋芹、兩片萵苣葉、三兩豆芽、四片蘇打餅乾，和一大杯胡蘿蔔汁。

八七外史

讓我問你，現在一九八七年已經過去一個多月了，假如你和你的朋友在沒有事的時候聊天，聊，比如說，剛剛過去的這一年，就以和美國有關的話題來說，你想你們會聊些什麼玩意兒？

你們多半會聊聊美元貶值，因為它幾乎影響到每一個人。你們也可能會聊聊「黑色星期一」，華爾街股市暴跌，因為它也影響到不少人，更何況沒什麼錢的人看到有錢的人賠點錢，總是個有意思的話題。可是你們會無緣無故地聊戈巴契夫和雷根的高峰會談嗎？你們會聊中美洲的和平方案嗎？你們還記得是誰提出來的嗎？（哥斯達黎加總統，而且是該年諾貝爾和平獎得主）你們會聊美國最高法院大法官的提名嗎？而就算你們關心而且注意美國政治，就算你們聊起了國會聽詢伊朗─尼加拉瓜案件，那我猜你們聊天的中心多半圍繞在「藍波」型的諾斯中校，和他那位忠心貌美、將機密文件藏在內衣裏走出白宮的年輕女秘書芳豪爾。

這絕不是我在諷刺各位，這是人之常情。看《三國演義》的肯定比看《三國志》的人多，而且，說老實話，前者也比後者有意思的多。當然，除非你是搞學問的，而就連搞學問的，甚至於是搞中國歷史的，我敢打賭，他也許能把《三國志》背的滾瓜爛熟，可是欣賞的多半還是《三國演義》。

所以咱們就碰也不碰美國一九八七年正史，而談談美國八七年外史吧。你要知道，美國八七年外史也有不少可歌可泣的故事，只不過可歌的太少，可泣的又不是「可歌可泣」這句成語中原來的意思，而是讓你無奈的可泣，甚至於到了可泣得可笑的地步。與此同時，又讓你哭笑不得。

下面是我隨便選出來的美國八七年外史（簡編），不分時間優先次序：

在國會有關伊朗—尼加拉瓜軍火案聽證會上，國家安全顧問（普安德克斯特准將）五天之內在證詞中先後說了一百八十四次「我不記得了」。

德州一家愛滋病診所的大部分病人，因為不願公開自己的真名實姓，都自稱他們是雷根（總統）。

美國三角洲航空公司，在為期十五天的一段時間內，有下列事件發生：幾乎與另一架飛機在空中相撞，相距僅一百英尺；一位正駕駛在起飛之後數分鐘，一不小心關閉了引擎，飛機從數千英尺高空直落，直到距太平洋僅五百英尺的上空才又飛起；另一架飛機降錯了城市；又一架飛機降對了城市，降錯了跑道。

有位律師要出版一份新的刊物，名叫《離婚》。

身價五十億美元的美國著名黑人喜劇演員、電視紅星，比爾．考斯比，拒絕去史坦福大學演講，因為邀請信上沒有提到要贈送給他一個榮譽博士。

電視佈道家歐勞爾．羅伯茲告訴教民說，如果他籌不到八百萬美元的捐款，上帝就要他死。之後沒有多久，佛羅里達州一位汽車胎商人在電視做廣告，「上天告訴我說，下個月之前我要賣掉八十萬個車胎，要不然就會死。」

十月十九日黑色星期一，道瓊指數暴跌五百零八點，紐約證券交易所六小時的買與賣，五千億美元化為烏有，這相當於法國的國民生產總值。

紐約市一艘垃圾船，在海上航行了一百五十五天，從大西洋一直開到加勒比海，沿途尋索一個允許它停泊並處理其三千一百八十六噸垃圾的港口。美國沿海港市沒有一個肯收，墨西哥動員了海岸巡邏隊，貝利茲派遣了空軍，來阻止這艘垃圾船入其領海，結果只好又開回紐約。

美國一名高級衛生官員就愛滋病提出警告：當你和你的伴侶性交的時候，你不只是在和她（他）搞，你同時是在和她（他）過去十年所有和她（他）搞過的人搞。

一首流行歌曲的幾句詞：如果他明天來，有件事我想知道……耶穌會不會戴一支勞力士手錶，在他的電視佈道節目上傳教？

貓王逝世十週年。

西北航空公司一架飛機，剛從底特律起飛就墜機，只有一名四歲小孩生還，其餘一百五十四名全部死亡。

紐約的房地產霸王，唐納德．川普，公開聲明：我沒有競選總統，但是如果我要的話，我一定贏。

一位不願公佈姓名的收藏家，花了一百二十萬美元標到愛因斯坦一份$E=MC^2$的手稿。

紐約一位二十一歲的女士，塔尼亞．艾比，乘一艘二十六英尺長的帆船，獨自一人環球航行，二十九個月和兩萬七千英里之後，於十一日返回紐約。

五十週年紀念：舊金山金門大橋，白雪公主，超人。

美國憲法兩百週年。

田納西州一個十六歲小男孩——兩個小孩的生父，在向外人解釋為什麼他第二次離婚的時候說，「我煩了。」

新移民法生效的當天，有五萬非法移民出來申請。

涉嫌貪污的美國總檢查官艾德溫．米斯，在其證詞中，兩天的時間一共說了一百八十七次「我不記得了。」

四部男女關係暢銷書：《男人愛的女人，男人不要的女人》；《愛的太多的女人》；《聰明的女人，糊塗的選擇》；《恨女人的男人和愛他們的女人》。

一位黑人美式足球明星（勞倫斯．泰勒）在自傳中說，「我十三歲的時候告訴我媽，我要在二十一歲以前靠打（美式）足球賺一百萬美元，結果我晚了一年。」

德州一家實驗室出售不含毒品的小便的價格：每十二英兩十九元九毛五美金。

紐約的卡特—華萊士藥品公司的調查結果：美國平均每一秒鐘使用七個保險套。

美國每千人之中，只有兩百八十二個人買報紙看。

卡特總統十九歲的女兒艾米，為了抗議美國的中美洲政策，第四次被捕，但經審無罪，其辯護理由是，犯輕微罪行是可以的，如果是為防止重大罪行的發生而犯。

美國的母親上班，小孩週日每天看一小時五十分鐘的電視。母親不上班，小孩週日每天看兩小時十九分鐘的電視。

代表紐約州的共和黨參議員，阿爾方斯．達馬寶，競選時籌募到六百五十多萬美元，用去了八百多萬美元，可是還剩下六十五萬美元。

「新潮」搖滾樂手麗迪亞．倫赤說，「我反藝術，我反詩歌。我要盡我的一切可能來把我的個人痛苦加諸於全世界。」

杜雷恩大學一位法律系教授在替一份新刊物（《企業犯罪報導》，訂費五百九十五美元一年）做廣告的時候說，「企業犯罪才是律師們的好客戶，所以大大小小的律師樓都朝著企業犯罪方向走。」

好萊塢華納兄弟有限公司總裁史提夫．羅斯，根據他那「多花多賺」的企業管理原則，為自己訂了一個合同，年薪一千八百萬美元，相當於一百個參議員全部年薪的兩倍。

因賄賂而辭職的紐約市文化專員，貝絲·美雅森（第一位美國猶太人當選美國小姐，一九四五年），抱怨新聞界對她參與其事的報導，「之所以如此轟動是因為，我是女的，我是美國小姐，我是猶太女皇。」

《紐約郵報》宣佈一九八七年為「保險套年」。

底特律一位十五歲小女孩為「美國夢」下的定義是，「上中學，唸完書，可是肚子沒給搞大。」

眾議院議長萊特在一次演講中說，「我們已經說了六年了，說雷根總統根本不知道外邊發生了什麼事。可是現在他自己也這麼說的時候，我們又說他在騙人。」

不壞吧？美國八七外史。

……七六〇八……七六〇九！

錦標是全美職業籃球一九八七—一九八八季度總冠軍。決賽七場，七打四勝。在開始打第六場決賽的時候，上一季度總冠軍、本季度西區冠軍洛杉磯是三負二勝，它的最後對手，本季度東區冠軍底特律是三勝二負。所以，已經陷入困境的洛杉磯，要是再輸了第六場，非但衛冕不成，根本就沒戲可唱了，而後起之秀底特律即可有史以來第一次登上全美職業籃壇的寶座。現在這第六場決賽還在剩下十四秒，底特律一〇二，洛杉磯一〇一。洛杉磯的生與死，就在這十四秒……

我是洛杉磯「湖人」（Lakers，原屬號稱有上萬湖泊的明尼蘇達，故稱「湖人」，但是現在也有人將其音譯為「蕾克」）的老球迷。這倒不是因為我曾在洛杉磯看了他們十年的球，更何況我近十幾年一直住在紐約（這裏的「尼克隊」讓人不好意思去愛它）。我是「湖人」的球迷主要是因為它的主將，已經破天荒在全美職業籃球場上馳騁了聞所未聞的十九年，公認為（我更認為）自有籃球以來（對不起，羅素；抱歉，張伯倫）最偉大的中鋒，現在四十一歲的卡里姆·阿布杜爾-賈霸（Kareem Abdu-Jabbar）。

六月二十號，我那天晚上獨自一人在紐約家裏看這第六場決賽的現場轉播。不要以為只是球員迷信，球迷也迷信。我的慣例是，「湖人」每射進一球，兩分、三分、罰球，都無所謂，只要中了，我就喝一口酒。沒有進，我就吸一口菸。我知道我在付出身體代價、做出肉體犧牲；可是，不付出身體代價、做出肉體犧牲，又如何取得偉大勝利？尤其是考慮到底特律「活塞」隊（Pistons）的明星後衛，艾塞亞・湯瑪斯（Isaiah Thomas）在下半場第三節，十二分鐘之內，破紀錄地一人獨得二十五分，我告訴你，我的心都快要炸了……

十四秒，「活塞」中鋒藍比爾犯規，比數是一〇二比一〇一，底特律領先一分。年輕力壯的「活塞」距離總冠軍和創造歷史，只剩下這十四秒和賈霸。賈霸面無表情地走到罰球線上，兩腿站穩，拍了幾下球，右手在球上選定了他最舒適的部位，瞄準了籃圈，投進了他一生第七六〇八次得分的罰球……一〇二比一〇二……我鬆了半口氣，喝了一口酒……接著在震耳的歡呼聲中又投進了七六〇九……一〇三比一〇二。

就算這是事後聰明，就算我在兩天之後看第七場決賽的時候仍然不得不緊張，但那一剎那之間，我就知道，當賈霸，憑他幾乎四分之一世紀以前開始打大學籃球到今天這二十幾年的球場經驗，整個總冠軍錦標之有無就掌握在他的雙手、他的兩次罰球，而他面不改色、幾乎無動於衷地兩球全進，我就知道今年底特律是沒有希望了。

現在世界各地愛好籃球的人當然都知道（我知道世界各地愛好籃球的人都知道，因為今年從四月初到六月中，我去亞洲跑了一趟，我發現，從馬尼拉到雅加達到新加坡到曼谷到北京到上海到香港到台北，我都可以從當地的中英文報上看到全美職籃準決賽和決賽的消息），好，現在世界各地愛好籃球的人當然都知道，因賈霸的罰球而使洛杉磯領先一分之後，底特律雖然還有十四秒（在全美職籃，十四秒可以改朝換代），但損失了兩次機會，最後還是以這一分之差敗北。第七場，也就是最後一場決賽，儘管賈霸表現平平，可是其他「湖人」如渥西（James Worthy，三十六分，十六個籃板球，十次得分傳球，被選為本季度決賽最佳球手）和掌舵的「魔術」強森（Magic Johnson）的突出表現，終於使「湖人」實現了本季度開始的時候，教練萊利（Pat Riley）的承諾，自一九六九年波士頓「塞爾蒂克」（Celtics）最後一次（背對背）連拿了總冠軍以來，十九年第一次——也就是說，過去二十年來有二十個總冠軍沒能做到——蟬聯全美職籃總冠軍。

已被公認全美職籃最偉大的球隊之一，在八十年代尚未結束之前，已經拿到了五次總冠軍（八〇、八二、八五、八七和八八年）的洛杉磯「湖人」毫無疑問是八十年代的籃球王朝。

贏家全拿，這是美國定律。全美職籃只有冠軍，沒有亞軍（想想看，美國，或英文，連亞軍這個名詞都沒有，只是 runner up，意思是說冠軍的下面一個）。偉大如威爾特・張伯倫（Wilt Chamberlain），他可以一場（六九年？對紐約，他打費城）一人得一百分，也只替「湖人」拿過一次總冠軍，但未能蟬聯。只有冠軍，沒有亞軍。在美國買「樂透」彩票的人就更明白其中道理。一人（或數人）可以獨得（或平分）上千萬美元的「樂透」，而「下面」的人（數以百千計）最多分到一兩千。只有冠軍，沒有亞軍。這就是為什麼天才如底特律「活塞」的艾塞亞·湯瑪斯，在飲恨敗陣的第六場決賽，共得四十三分，並在第三節一節之內破紀錄地獨得二十五分，現在這一切也只不過是全美職籃紀錄簿上的一個腳註而已。可是在同一場決賽總共才得十四分的賈霸，因為他那兩個第七六〇八和七六〇九次得分罰球（兩箭定江山！），而有機會使「湖人」進入最後第七場決賽，而且蟬聯，卻成為全美職籃、「湖人」和賈霸的傳奇。

我不認得賈霸，我只看過他不少場球賽，大學的和職業的，但我發現他是我在美國最老的一個朋友。是我剛到美國的第一個秋天，我在洛杉磯報紙上看到新聞，在介紹一個初中才畢業、剛進了紐約哈林區一家天主教高中的籃球選手，名字叫做路（易斯）·艾爾幸德（Lew Alcindor），而且當時不少教練和職業運動記者已都在預測這個才十四歲、但已身高六英尺半的「小子」，將來一定獨霸籃壇。這是二十六年前，一九六二年。

照美國的說法，the rest is history。艾爾幸德替他那家中學連贏了七十一場球賽，連拿了三次全市冠軍，而且又長高了半英尺多。高中還沒畢業，全美各地已經有好幾百家大學在設法搶他，但他最後決定去唸洛杉磯加州大學。洛杉磯加大當時已經是全美大學籃球冠軍，而在他打中鋒的時候，又為母校連拿了三次全美冠軍。他只拿了三次是因為當時大一學生不能參加校隊。而在他上大一的時候，他的大一球隊贏了洛杉磯加大校隊。我告訴你，就像愛因斯坦、弗洛依德、馬克思、畢加索一樣，有的時候一個人的作用就會這麼大。他大學一畢業即轉入職業。照職業籃球的規矩，上一季度成績最差的球隊享有第一挑選大學球員的資格。就這樣，艾爾幸德便加入了密爾瓦基的「公鹿」隊，當時最糟的職業籃球隊。但兩年之內，在全美職籃最佳後衛奧斯卡·羅伯森（Oscar Robertson）的配合之下，艾爾幸德就替「公鹿」取得全美職籃總冠軍。繼波士頓的羅素（Bill Russell）和費城的張伯倫之後，職籃的艾爾幸德時代開始了。

凡是注意美國職籃的人都知道，更都欣賞艾爾幸德上乘的球技和優美的球藝。他無論攻守都是第一流。他的「天鉤」（sky hook），也是他的招牌球，不要說沒有人防禦得住，更沒有人可以模仿（對了，這個「天鉤」是因為他打大學籃球的時候，全美大學體協為了他而禁止在大學籃賽塞籃，才發展出來的）。他的塞籃兒，可以使觀眾的心停止跳動。他給對方吃或扣的「火鍋兒」，乾淨俐落。他傳起球來像個後衛，他一點也不自私，絕不獨霸。他之所以每場得那麼多分是他的投中率高。這是人人皆知的球場上的艾爾幸德。儘管如此，報紙雜誌對他相當苛求，好像因為他身高七英尺二寸（別忘了，對方也有七英尺高的中鋒，而且比他更壯更野），就應該每場都非贏不可，每場都應該至少得三十分，至少搶二十個籃板球，至少給對方吃十個火鍋兒，最好再塞五個籃兒。否則，不是他的球技下降，就是偷懶，或者說他的時代已經過去了。尤其是當他脫離了天主教，改信伊斯蘭，並將名字從路·艾爾幸德改為卡里姆·阿布杜爾-賈霸之後，更認為他背叛了美國所代表的一切。

他大約五年前寫了一本自傳，我也曾介紹過。看他的自傳使我對他有了新的認識。由於他那身材和天才，由於他不親近新聞記者（因而記者說他孤僻、不近人情，因而使他更躲避記者，但近幾年來好多了），由於他很少在公開場合表露自己，甚而面部都不帶任何表情，使（一般人不用說了），使他的普通朋友都難於了解這個人。但他在自傳中卻毫無掩飾地剖析自己。他談到他為什麼仇恨白人並回顧他如何看透了天主教。他提到他為什麼開始去思考美國黑人的歷史和處境以及他自己應該如何做人。他講他為什麼拒絕參加一九六八年的奧運會，因而等於自動放棄穩拿的一面金牌。他又敘述他為什麼改信伊斯蘭教，如何因此反而改變了他對白人，尤其對猶太人的偏見。他坦白地描述教派內的鬥爭和謀殺和其後他與教主的交惡。他回憶他如何在李小龍還在好萊塢當小配角的時候即和他交上了朋友，並且跟他學藝，而且成為知己。還有他的破裂的婚姻、他的兒子、他的女友……份量不輕的問題，份量不輕的自白。

賈霸自從加入了「湖人」之後，即一直住在洛杉磯，而且住在最高級的 Bel Air。從紐約的哈林到洛杉磯的 Bel Air 的距離不僅是三千英里，不僅是年薪一萬和一百萬美元，也不僅是美國夢的實現。他從塞進第一個籃兒到他今年六月二十號晚上投進第七六〇九次得分的罰球這二十多年球場內外的人生路途上，他無時無刻不在磨練、探討、追求和認識自己。而在這賈霸時代即將結束的時候，這全美職籃第一中鋒，就像日本第一劍宮本武藏一樣，找到了自己。

他的職業籃球生命還有一年，我不敢奢望「湖人」和賈霸下個季度再拿總冠軍。明天的冠軍應該是底特律之類的年輕球隊。但是我有願望，甚至於肯付出更大的代價和犧牲：每進一球，喝兩口酒；每不進一球，抽兩口菸。我告訴你，我絕對認為「湖人」之所以能贏第六場（七六〇八……七六〇九！）和第七場決賽而蟬職全美職籃總冠軍，是因為我在以喝酒的方式來加油。是，一點不錯，天下沒有不散的宴席（唉！）。賈霸打了二十年的職業，已經前無古人，後（肯定）沒有來者。在他退出職籃之後，不論他做什麼（別忘了，四十二歲只是不能（其實應該說是早就不能）再打職業籃球了，但是在「外面」社會上，這正是黃金年華），所以說，不論他做什麼，他都肯定會像他這二十年打職籃一樣：貢獻出他的最佳能力。

日落日出

我今年春天在亞洲跑了兩個多月，先公後私。雖然我未曾有意地去觀察，但是在幾個大城，比如像馬尼拉、雅加達、新加坡、曼谷、香港、台北、東京……只要你在人多的鬧區逛上一兩個小時，你就會注意到一個相當普遍的現象，那就是，這幾個亞洲大城的年輕人，十幾二十來歲的男孩兒女孩兒，好像特別喜歡穿，無論前後印有美國大學校名，例如 Georgetown, Berkeley, Indiana State… 或美國職業球隊隊名，例如 Celtics, Mets, Lakers, Dodgers… 或美國城名，例如 I Love New York, Hollywood, Las Vegas… 或美國幽默，例如 My parents went to Hawaii, and all I got was this lousy T-shit！（意思是說，我老爸老媽去了夏威夷，而我只得了這麼一件倒楣的T恤！）… 或關於美國的任何玩意兒，例如帝國大廈、狄斯奈樂園、自由女神，以至於紐約的地下鐵路系統圖等等、等等的T恤和運動衫。

以前我在世界各地跑的時候也看到不少，但穿的人好像多半都是美國遊客。這次的感覺卻不然，這次好像是以當地人為主，而且不論這些人是否有親戚朋友在美國唸書還是做事，這些人好像都是把這些印有美國大學校名、職業球隊隊名、城名，還有美國幽默、地鐵圖之類的T恤當做時裝來穿的。不要說上面提到的那幾個大城，就連這次在北京、上海、廣州，我都看到過。雖然不是那麼多，可是還是有。總而言之，突然之間，好像亞洲的年輕人不約而同地全都喜歡上了印有 UCLA, Princeton, Michigan, USC, Raiders, Stanford, Pistons, Atlantic City, Yankees, Disney World, Madonna, The Army Wants You!（〔美國〕陸軍要你！意思是要你參軍）……一件件五顏六色，多半是香港、深圳、台灣和韓國生產的T恤！

我告訴你，這麼多年來，在美國聽了不知道多少遍的美國沒落、「美國日落」之後，這的確是一個很奇怪的感受，尤其是在我好像沒有看到一個印有「港大」、「中大」，也沒有「東京帝大」、Oxford、Cambridge，更沒有「九七大限」、「鄧麗君」……，而全都是 Harvard, Yale, Ohio State, CATS, Superman, Giants, UFO 的時候，更覺得奇特無比。

早在七十年代，當美國自越南撤退之後，就一直有人預言「美國日落」了。而自從雷根上台至今，不到十年的功夫，美國又從世界最大的債權國，一淪而淪為世界最大的負債國，再加上貿易赤字、美元貶值、環境污染、工廠倒閉、失業、教育水平下降（大部分美國人不知道波斯灣在哪裏！），然後是無休無止的消費、消費、消費……稱今天的美國為羅馬帝國的末期，已經不是諷刺，而是現實寫照。反而是不承認這個現實，其本身才是莫大的諷刺。

怎麼搞的？怎麼連那麼多美國人自己都覺得美國肯定在二十世紀結束之前破產；而亞洲、美國以外的大國小國，好像反而對美國信心十足（好，八足）。在這次去亞洲之前，我也算是認為「美國在本世紀末之前破產」的那一類人。是在亞洲這幾個大城看到年輕人一個個穿上有關美國一切的T恤，才使我體會到，與其說是「美國日落」，不如說是「亞洲日出」。四條小龍（聽煩了吧？）之後，很快就會另外多上兩條（泰國、印尼），而且誰也不敢忽視中國大陸這條有無比潛力的大龍。可是一提到中國大陸，就不得不感到另一莫大諷刺。在上海看到一個男孩穿著印有 Michael Jackson 像的T恤，就是這個莫大諷刺最好的寫照……我是說，是大陸在設法拋棄試驗了三十多年的社會主義，又不管以什麼形式從頭試驗資本主義之後（成功多少誰也不敢講），至少才開始有了發揮這無比潛力的可能。換句話說，連一口咬定「美國日落」的人都不得不承認，東西方的意識型態鬥爭，是西方在領先，連蘇聯老大哥（還記得這個名詞嗎？）都快要不要它的蘇維埃了。

不論在亞洲哪個大城，我要比在紐約更能感受到美國的影響力。音響設備可能是日本牌子台灣裝配，可是所放的音樂卻是 Stevie Wonder。講究穿的人要看你的衣服是美國（或西歐）製造，還是台灣或韓國加工出來的，儘管這方面的意義已經不是那麼大了。男女小孩聚會的地方、混的地方、泡的地方、看人的地方、被人看的地方，不是牛肉麵館、沙爹館，而是「麥當勞」。亞洲各大城上演的電影，除了本國片之外，所謂的外國片其實就是好萊塢。任何大旅店，除了當地語文之外，只有英文，而除了新加坡和香港之外，這不是因為大英帝國。而就連這兩個所在，年輕一代的英文已經開始有美國腔了。美元再貶值，各地人們要的還是美元，而不是菲律賓比索、印尼盧比、泰國銖、人民幣——外匯券都比人民幣值錢。就算台灣有了那麼幾百億的外匯存底，這也主要是靠來自美國的一張張大小訂單賺來的。其他幾條小龍、準小龍的情況也差不多。而且說老實話，準小龍如果想要升級到小龍，首先要打進美國這個市場，而不是香港市場、台灣市場、新加坡市場……才有可能。日本不論有多少第一，部分原因是軍費不是其中之一才有了這些第一，而這也正是因為美國才有這個可能。而且就連這些第一也是從美國學來的，而不是日本創造的。不管日本的企業管理（儒家精神？）多優秀，連美國企業都在學、在研究，可是亞洲留學生還是跑來哈佛、史坦福……來拿他們的ＭＢＡ。

然而沒有話講，美國日落早就開始了，越戰慘敗就是它的開始。這樣看的話，今天美國應該已經抵達午夜，而從美國的赤字、貧窮、負債、消費、污染、失業等等來看，今天的確像是深更半夜，一片漆黑。可是如果這麼說的話，亞洲那些年輕人，就算是為了時髦，又為什麼要穿上這些印有美國（而非，比如說，法國）各方面扯上關係的文字和影像的Ｔ恤？我不敢確定，不過我想也許是他們在遙遠的亞洲，不曉得通過什麼渠道——通俗小說、教科書、電影、電視、搖滾、耳聞、目見、謠傳、想像……總之（我的老天！文化帝國主義！），他們心目中對美國有了一個看法，認為美國，不論它慘到什麼地步，還是有能力自拔。七十年代到今天的亞洲移民浪潮就是最好的證明。他們好像隱隱約約地感到，像美國這樣一個移民國家，這樣一個開放社會，是他們謀求生活與幸福的最佳保證。不過他們也許沒有想到，美國同時也要靠他們，他們這些一代又一代的新移民，這些新血，才能自拔自救。

在美國世紀業已告終、二十世紀還剩下十一年的今天，已經有人斷言二十一世紀是亞洲世紀、太平洋世紀。看樣子，只要不發生核子戰爭，這應該幾乎像是每天日出日落一樣的必然。只不過，美國是在期望它能製造一個新的奇蹟：到太平洋世紀，亞洲日出，美國也日出。

希臘咖啡店

不要溫情，紐約的希臘咖啡店和愛琴海扯不上任何關係。不要浪漫，這裏的希臘咖啡店和希臘的文化、藝術、哲學、烹飪，也扯不上任何關係。不要夢想，曼哈頓的希臘咖啡店非但沒有希臘咖啡，就連它們賣的咖啡，也都沒有什麼咖啡味道。

那還有什麼好談的？我能想出的理由大概只有兩個：一個是政治性的，一位第二代希臘移民是今天美國總統大選的民主黨候選人；一個是社會文化生活性的，在紐約你想找一家不是希臘人開的咖啡店，只比大海撈針容易一倍。

奇怪，希臘人自己都承認，希臘人是相當男性沙文的，大男人在家裏連雞蛋都不去煮，可是一旦移民來到美國之後，其中不在少數的一個個都變成了咖啡店的大師傅、二師傅和跑堂。

不在少數絕不是誇張之詞。紐約一地大約有兩千多家咖啡店，而其中大部分都是希臘人開的。這是近二十來的演變。我記得很清楚，一九六七年我從加州來紐約玩的時候，沒有見過、也沒有聽過什麼希臘咖啡店。那怎麼才短短二十年的功夫，紐約的咖啡店全都給希臘人霸佔了，就像街邊報攤全都變成了印度人開的、蔬菜雜貨店（二十四小時永不關門）全都是韓國人開的一樣？

當然，基本原因一樣，從頭幹起的第一代移民。也不必你非受過多少教育才能做。你甚至於也不必講一口流利的英文。聽得懂客人點菜就夠了。而且就像中國式的家庭餐館一樣，老闆可以僱一批剛移民過來的親戚朋友，可能連法定最低工資都不必付。不過，我猜還有一個原因，就是時間趕得正好。六十年代中以前，儘管希臘每年不斷有人移民來美，可是人數不過每年幾千人而已，但是就在那個時期（記得電影《Z》嗎？），希臘從開放一下子變為獨裁（我告訴你，容易極了），於是從六十年代末，希臘移民來美的人數倍增，有時每年高達一萬五千人。

我說時間趕得剛好的意思還有一層。餐廳就像任何一行一業一樣，永遠在變，只不過紐約的廉價餐廳，受了大家對所謂「健康食」的影響，它們那種又油又膩、全是脂肪、膽固醇的咖啡店菜碼，吸引力下降。其中有辦法的升級成為正式餐廳，有的做不下去了。就這樣，有供有求，剛來美的希臘移民，也許聽他們已經在美的親戚朋友提起，開咖啡店容易，只要投進足夠的時間和精力（會不會做菜無所謂），就立刻有錢進門。他們就算聽過什麼「健康食」之類的時髦名詞，也無關緊要，這是時髦有錢人講究的玩意兒。要不然他們也許就知道，不論醫生、飲食營養家們如何提倡健康地吃，社會上總有那麼一大批就是喜歡吃，或不得不吃炸的、煎的、又油又膩、全是脂肪和膽固醇的玩意兒。於是乎，就這樣，幾年下來，一家家「阿波羅」、「維納斯」、「地中海」、「愛琴海」、「奧林匹克」、「奧德賽」、「奧米加」、「蘇格拉底」、「柏拉圖」、「亞里斯多德」、「雅典」、「斯巴達」……上下左右，東西南北，開遍了全紐約，就像咱們的「川揚」、「四川」、「湖南」、「北京」、「香港」、「廣東」、「浙寧」、「江浙」、「客家」、「台式」口味餐館遍佈紐約一樣。非要說有什麼不同的話，那就是，我們的第一代拿諾貝爾，人家第二代去選總統。不過，這是另一問題，儘管這是我想到談希臘咖啡店的理由之一。

沒有在紐約住上一陣的人，可能還沒有搞清楚我所說的希臘咖啡店到底是家什麼樣子的店。這裏說的希臘咖啡店是指，主要在紐約，那些由希臘人開的美國咖啡店（coffee shop）。這類咖啡店不是港台所熟悉的那種咖啡店。港台的咖啡店相當於紐約的 coffee house，比較講究裝設和情調，步奏較慢，有三明治、湯、甜點之類的簡單小吃，有相當不錯的意大利咖啡，可以坐上一兩個鐘頭，談剛看完的那場電影，或者聲音不高地辯論一下結構主義的那個所在。而紐約的希臘咖啡店則剛好是上面這一切的反面。

光是菜單就會把你震住，密密麻麻的從意大利通心粉到猶太的燻鹹鮭魚到匈牙利的土豆加牛肉到俄國的羅宋湯到希臘的烤肉夾餅到老美的漢堡包不下一百來種世界各地的口味。份量是不小，可是沒有一道菜好吃。不管人們是為了什麼才光顧希臘咖啡店，但絕不是為了希臘大師傅的烹飪。唯一保險的是全天或二十四小時供應的早餐、煎蛋和炒蛋。

我一開始就警告過各位了，不要溫情，不要浪漫，不要夢想。希臘咖啡店是紐約赤裸裸的現實。

裝設和情調?簡單、實用、便宜、土。你很難想像時髦的曼哈頓會土吧?就算你想要替它說幾句好話,說這是誤打誤撞的後現代,那也是土的後現代。塑紙包起來的菜單、塑料檯面、紅塑料卡座、霓虹燈、最薄的紙餐巾、鋁製刀叉、希臘風景照片……考慮到要是不去這兒就得去座椅都連在一起的「麥當勞」,你多半也就不太在乎了。閉著眼睛,也別講究口味地吃吧。更何況,就算這裏談不上什麼烹飪不烹飪、情調不情調、服務不服務,倒是快(啊!讚美微波爐!),也沒有什麼囉唆。

沒有什麼囉唆,而且快,這是希臘咖啡店最吸引我的一點。想想看,星期五晚上你在朋友家喝多了酒,清晨三點才回家,第二天十一點半起身,買了報,走進一家希臘咖啡店,只吃得下一杯凍橘子汁、一杯熱咖啡、一片烤麵包,而在你點了之後還沒有看完第一版的標題的時候,這三樣東西已經全部擺在你的面前,而除非你要再添一杯淡咖啡,那個希臘跑堂的絕不囉唆你……我告訴你,這在紐約也算是一個小小的享受。

你不相信嗎?你不相信的話,去紐約的任何一家講究裝設情調烹飪服務的新潮餐廳試試看。剛坐下來點完了酒,至少一杯礦泉水,就來了一位年輕漂亮、打扮的像個模特兒、至少穿著比你講究的小子,滿臉微笑的告訴你,「嗨,晚安,我叫朱里安,我是你們今晚的侍者,請各位允許我向你們特別介紹幾樣菜。今天的第一個特別值得推薦的是微微烤一下的新鮮鮭魚,配的蔬菜是奶油菠菜和蒸蘆筍加荷蘭酸辣醬；另外非常受歡迎的一道是我們最得意的蟹肉煎餅，配的蔬菜可以是……」連續七八分鐘不間斷地在你身邊朗誦了七八道菜。我告訴你，比起這個來，希臘咖啡店那位又忙又不囉唆但也不大理你的跑堂，簡直幾乎近乎可愛了。

香港那獨一無二的夜景和燈光

我指的不是她的美，雖然她也夠美的了。但我相信，比如說，曼哈頓、舊金山、東京、巴黎、里約熱內盧的夜景和燈光，就美來說，至少可以和香港平起平坐。所以我指的不是她的美，雖然她也夠美的了。我指的是她的獨一無二。

而香港夜景和燈光的這個獨一無二，我是今年春天才得知、才發現的。

這麼多年來，香港我去過不曉得多少次。香港也有我不少朋友。然而奇怪的是，這麼多年來，我自己從來沒有注意到，而且也竟然沒有一個當地朋友向我提起這個可以說是香港所獨有的特色，她那獨一無二的夜景和燈光。看了這麼多年的香港報紙和雜誌，也從來沒有在其中看到過一篇關於此一特色的介紹或報導。當然這可能是因為對香港人來說，此一特色太平常了，根本沒有一提的必要，就像在任何大都市，到了傍晚，路燈都自動亮起來一樣平常。只有糊塗蛋才會向外地朋友解釋他那個城的街燈天晚的時候會亮。

凡是去過香港的人都知道，香港的夜景，如果不是天下第一，也至少可以和世界上極少的幾個城市平分這個第一。晚上坐在九龍尖吵咀麗晶大酒店的大廳酒吧，隔著幾層樓高的落地玻璃窗，來看對岸的香港夜景和燈光，其感受絕不亞於在美國西部大峽谷邊深思。可是這麼多年來，我自己（好，我先承認，我不那麼敏感），好，我自己從來沒有覺察到這香港，還有九龍，那五顏六色、光輝四射，半山鬧區、水上街頭，無論私用、公用、商用的燈光，和世界任何其他大都市的燈光都不一樣。我早已經承認我不那麼敏感了，可是難道我香港那些自命風流的朋友們也都不那麼敏感嗎？否則為什麼連他們這麼多年來也從未向我透露過香港夜景和燈光有這獨一無二的特色？所以我只能歸納出，這獨一無二但卻又極其平凡的特色，連大部分香港人都沒有覺察出來。

這個特色不太容易回憶，也就是說，就算你去過無數次香港，甚至於你昨天才離開香港，你都很難回憶香港夜景和燈光有此一特色。這也許正是很少人注意到它的存在的原因之一。所以，讓我先針對此時此刻在香港看這篇東西的朋友（此時此刻不在香港的人，只有請你們下一次去香港的時候在現場親自觀察）。

好，現在如果是白天，那等到夜色降臨的時候向市區張望，而如果此時此刻剛好是夜晚，那請你馬上放下你手中的這份雜誌，立刻向窗外看出去。我給你一分鐘……好，你注意到什麼了嗎？沒有？不用擔心，就算你沒有覺察出窗外的夜景和燈光有什麼獨特之處，充其量你也只不過像我一樣不那麼敏感而已。

你注意到沒有？香港九龍的燈光從不閃動——我再重複一遍，從不閃動——完全是靜態的。當然除了控制交通的紅綠燈之外。家用和公用還可以理解：無此必要，可是港九的燈光廣告，那數以百萬計的燈光廣告，從旺角到尖沙咀到天星碼頭到中環到灣仔……也不像，比如說，曼哈頓的時報廣場的燈光廣告，用閃動、變動、跳動……等等方式來吸引人的注意。香港夜間燈光都只是靜靜地亮在那裏，像魚的眼睛一樣，連眨都不眨。

這當然是有意的。不過，在你還沒有看下面的解釋之前，讓我先考考你，看是因為此一特色的太平常而不值一提，還是你像我一樣（像我今年春天以前一樣），對香港夜景和燈光此一獨一無二的特色，完全無知。

今年五月我在香港停了兩個星期，住在一位朋友的半山公寓。酒店實在太貴，我一年的稿費也不夠我在麗晶住上半個月。好，有天晚上我剛好沒有約會，半躺在朋友的半山公寓的客廳沙發上，翻看不曉得誰給了我的一本英文香港手冊，發現其中有一條附帶答案的問題，大意是：你知道為什麼香港的燈光，和任何其他城市不一樣，從不閃動嗎？

我心裏一震。是嗎？我立刻從落地大窗望出去，足足看了一分鐘——果不其然——香港、九龍，以及更遠，所有的燈光真的只是亮在那裏，絕不閃動，也不變動，更不跳動，只是安安靜靜、不聲不響地亮在那裏。我告訴你，這簡直像（有此意圖者除外），像是你交了多年的女朋友，結果發現是男的，或你交了多年的男朋友，結果發現是女的一樣不可思議。

香港當然有不少人知道理由何在（理由非常簡單，也非常邏輯）。政府有關官員肯定知道，是他們定的規矩。工作與這些不閃動的燈光有關的人也應該知道。編我當時正看的英文香港手冊的人也知道，是他們問的問題，答的答案。而且肯定還有不在少數的其他人也知道，只不過好像是知道的人都不是我的朋友。我只知道我不知道，而且我還知道，你們多半也不知道（事後聰明不算數！）。

我上面說過，理由非常簡單，也非常邏輯，幾乎反高潮。

世界國際大都市之中，只有香港的啟德機場位於市中心。也許當初不是，可是現在肯定是，不光是在城裏，而且是市「中心」，雖然靠海。一年三百六十五天，一天二十四小時，巨型飛機經常擦著三周公寓和辦公大樓的屋頂而起飛或降落。我知道，我曾經在九龍秀竹園道住過，離啟德機場已經不算太近了，可是我敢發誓，我不止一次幾乎看到機窗口裏面的人影。恐怖極了。但如果你是正駕駛，啟德機場已經公認正是世界上最難起飛降落的機場之一，而如果你在夜晚連跑道都看不清的話，那就連恐怖都無法形容了。是為了使啟德機場的跑道盡頭和兩側一閃一閃的引航指標燈，能立刻或盡快、至少容易，被這些巨型客機的正副駕駛注意到，香港政府才規定，除此和交通燈以外的所有燈光，都不得閃動、變動、跳動——保證飛機駕駛所看到的一閃一動的燈光，只是他們正在尋找的引航指標。而如果全市都早已塞滿各式各樣燈光的香港廣告燈光，也像其他大都市的電動廣告那樣千奇百怪地任意地閃、任意地變、任意地跳……那多半沒有一家航空公司肯飛香港了。

就這麼簡單，就這麼邏輯，香港的夜景和燈光才有了她那獨一無二的特色。有什麼了不起？當然，我想香港人自己都會承認，就算他剛剛才發現這個特色，這也不是一件多麼了不起的特色。尤其和「九七」相比，這更算是一件微不足道的小事。滿有意思，好玩而已。可是話又說回來，這件小事究竟是香港所獨有的小事。如果大部分香港人連他們本市這個獨一無二的特色都不知道，或知道之後也不在乎，更不關心，而仍想在「九七」之後「港人治港」，well，祝你們好運。

吃在紐約

不是因為我住在紐約，以紐約為家，才替她誇下這個海口：在接受中國菜和法國菜為世界第一流烹飪的條件下，總的來說，吃在紐約，天下第一。

法國本地的法國菜，肯定高過紐約大部分法國餐廳的法國菜。港、台、大陸的中國菜，也肯定高過紐約華埠內外的中國菜，這不是我說「吃在紐約，天下第一」的意思。我是指，只有在紐約，你一天三餐，外加消夜，一頓換一個不同國家、地區、文化、民族風味地吃下去，我差不多可以保證，一年三百六十五天，你絕對可以不重複相同的口味。而且我還可以保證，這在巴黎不可能，在北京、上海、廣州、重慶不可能，在香港、台北也不可能。

而考慮到紐約的年紀比上面提到的任何一個城市都要年輕，而且紐約直到大約兩百年前才有我們今天所謂的「餐廳」的時候，這的確不是一個簡單的成就。

在紐約，你不僅僅是去一家匈牙利餐廳、一家俄國餐廳、一家意大利餐廳、一家印度餐廳……你根本是進入了一個匈牙利社區、一個俄國社區、一個意大利社區、一個印度社區……。而一提到社區，那光是曼哈頓，除了上面幾個之外，已存在多年的還有黑人哈林、在其東邊的西班牙（或波多黎各）哈林，上東城的德國城、捷克城，中城的日本城、韓國城（比較年輕，但也有十幾年的歷史了），下東城的猶太區、烏克蘭區（內有「烏克蘭解放陣線」總部。不過，此一解放陣線旨在解放早已被蘇聯解放了的烏克蘭蘇維埃社會主義共和國。總部樓下是餐廳，有道地的烏克蘭猶太菜）。

所以，吃在紐約，天下第一，其意義在此。她幾乎什麼菜都有。而就以中國菜為例，紐約沒有一家四川、川揚、湖南、江浙、北方餐館，可與港台的相比（大陸不太好做比較），但是，除了古巴和邁阿密之外，你上哪裏去找一家專賣「古巴中國菜」的古巴中國餐廳？好不好吃暫且不談（食和色一樣，除了性也之外，還有情人眼裏出西施。例如有人就是愛吃炸醬麵！），所以，好不好吃暫且不談，紐約就有，而且不止一打。

這當然是因為美國是一個移民國家，而紐約又是一個移民都市。這是先決條件。有了這個先決條件之後，一個同樣重要的內在因素就可以發揮作用了。那就是，人的本性不光是吃，而是吃自己從小吃慣了的口味。所以來自世界各個角落到紐約定居重打天下的人，隨身帶來兩個丟不掉的包袱，一個是語言，另一個就是吃。一開始是自己人吃，然後……然後因為尤其是紐約人，什麼新東西他都要嚐一嚐，真的好的話，這個地方的菜就傳開了，不太好的話也能生存，反正永遠有一大堆自己人。古巴中國菜多半屬於後一類。

這是紐約（和西方社會）所特有的。我指的是宣傳。你只要打開這裏任何一份報紙，或雜誌，你就發現它每天或每期，都有食評。重要的食評家是社會的名流。他（她）們的影響力之大，足可以捧紅或搞垮一家餐廳或一個大師傅。也足可以推廣剛進口的任何一個地方的烹飪。食評家的地位絕不亞於書評家、影評家、劇評家、樂評家、舞評家、酒評家、政論家。是通過紐約大大小小的食評家的介紹和吹捧，才使紐約不在少數的美國人成熟到，比如說，當你約他吃中國菜的時候，他會問是吃廣東、四川、湖南、北京烤鴨，還是牛肉麵。

紐約的這類中國吃的歷史不是很久，而且也和移民有關。是六十年代美國修改了移民法之後，才有大批廣東以外其他省份的中國人來美定居。這就是為什麼在六十年代以前，除了專賣窮老美的「雜燴」館之外，幾乎清一色都是廣東菜。儘管今天大部分還是廣東菜，可是從六十年代中開始，先是四川，然後是湖南，一家家非廣東口味的餐廳，在紐約華埠內外，先後出籠，經過食評家的介紹，在紐約各自風騷了好一陣。可是在它們之後，就好像再沒有一個中國地方菜在紐約走紅了。江浙菜不死不活，台菜還沒有長大，北方菜簡直可悲。今天，從紐約的亞洲烹飪角度來看的話，最出風頭的反而是越南菜和泰國菜。

不管你搞的是哪行哪業，要想在紐約混出點名堂來都不容易。餐館業也是如此，或者應該說更是如此。然而，就紐約的中國吃來說，不論你可以舉出多少理由來解釋現狀，供求、成本收益、認識不足……在這裏住了一陣的中國人都會得出一個結論，那就是，非但各個地方菜的水平達不到同類菜在港台的水平，而且各個地方菜的代表性也不足。無論是對世界第一流的中國菜來說，還是對「吃在紐約，天下第一」來說，已經不是公平不公平的問題了，這簡直是侮辱。

美國咖啡？

我的朋友都知道，我每天的早餐是半加侖熱咖啡。

這是在正常情況之下。偶爾，有朋友相約，一年最多一兩次，我會去新老唐人街去吃廣東點心或燒餅油條豆漿。一年也可能有上幾十次，尤其是前一天沒有吃晚飯，我吃一頓豐富的英美式早餐：冰凍橘子汁、bacon、煎蛋、煎薯條、烤麵包、熱咖啡。可是，基本上，我每天早上，不論幾點起床，不灌下去至少半加侖熱咖啡，我不會開始工作。而且，要說的話，也不太可能工作。還有，我想你們多半已經猜出來了，我喝的是美國咖啡。

在歐洲大城小鎮，在中東北非，在黑色大陸各前殖民地的首府，在拉美，在印巴，除了去住希爾頓之類的美式旅館的人之外，也就是說，除了美國旅客之外，沒有幾個當地居民肯去喝這所謂的美國咖啡。甚至於亞洲新興工業化國家的幾個大城，當地那些近年來開始講究生活的中產或中上階層人士，要喝咖啡的話，也不屑於去喝美國咖啡。講究喝，或喝慣了土耳其咖啡、阿拉伯咖啡、意大利咖啡、法國咖啡、哥倫比亞咖啡、肯尼亞咖啡的人，第一次來美國，或第一次接觸到美國咖啡，簡直不敢相信美國咖啡喝起來像——像當年咖啡傳入英國的時候人們的咒罵——像一杯苦水，或烤牛奶。

凡是每天早上要喝半加侖熱咖啡才醒得過來的人，絕不會花時間去分析他為什麼要如此牛飲，也不會去研究這咖啡，這一大麻醉品，這美國一般人民的鴉片（早已取代了宗教），到底有什麼作用，當然也就更不會去解釋、去為什麼才算是美國咖啡下定義了。所以，是誰說的，你要想知道梨的滋味的話……所以，什麼是美國咖啡？你喝一口就知道了。

不過，美國咖啡也有兩種，好的美國咖啡和壞的美國咖啡。對第一次品嚐的人來說，這個初次經驗絕不亞於那個初次經驗。

壞的美國咖啡遍地都是。考慮到世界主要咖啡生產國就那麼幾個，再考慮到製造過程早已標準化，那壞的美國咖啡壞的道理就可以用一個字來表示了：貪。

咖啡已經是大小餐廳咖啡店最好賺錢的了，僅次於酒。可是，還有數不清的大小老闆們不知足，儘管我也明白知足的老闆是名詞上的矛盾。照道理，每一磅咖啡泡上四十杯最理想。好，就以中等價格的咖啡豆來算，五美元一磅的咖啡豆，四十杯五毛一杯的咖啡，就等於二十美元。就算加上人工、水、火等等，也是滿好賺的了。別忘了，紐約一個城每小時要喝掉一百萬杯。可是，有太多太多的咖啡店，甚至於正式餐廳，一磅給你泡上八十杯、一百杯，以至於一百二十杯。美國咖啡名譽之壞，就是這麼來的。

這是標準的摻水，是人類改變了吃咖啡的方式之後出現的惡果。

像我這樣喝咖啡的人是不會去研究咖啡的史實的。我只相信傳聞——省事、簡單、好聽。好，按照傳聞，咖啡是公元九世紀被一位埃塞俄比亞的阿拉伯牧羊人發現的。根據這個傳聞，我們這位牧羊人發現他那一群大大小小的羊，在吃了長在像灌木似的小樹上的一些紅果子之後，精神抖擻，又蹦又跳，高高興興，歡樂非常。所以他也摘了一把放在嘴裏嚼，而幾乎立刻就經歷一種歡躍活潑的感受。好在這位阿拉伯牧羊人並不自私，將這個秘密告訴了其他牧羊人。於是，一傳十，十傳百，而且不光是牧羊人，幾乎所有阿拉伯人都開始嚼這個紅果子了，而且一嚼就是四百年。這個紅果子，一點不錯，就是野生的咖啡果。

可是阿拉伯人嚼了好幾百年之後才發現，使他們高興的、興奮的、歡樂的，不是這紅果子的肉，而是它的核，即現在所謂的咖啡豆。大概是有了這個認識之後，才於十三世紀想到，何必為了最終的核，而吃一無是處的肉，才可能想到總應該有更好的方法去欣賞這個神品，才開始試驗，才，很可能看到中國人燒茶的方法，才發現將咖啡豆烤了之後用滾水去沖，更可以慢慢地盡情地欣賞此一仙液。而且，早上喝了這一壺滾燙的玩意兒之後，可以更好地牧羊。

如果這咖啡果是今天才被發現的話，很可能會被各國的衛生部列為毒品而禁止公開出售。它也許不是大麻，可是咖啡豆裏的咖啡因所麻醉的也是中樞大腦神經。還是大腦中樞神經？總而言之，這從來就不是秘密。就在阿拉伯人先大嚼、後大喝咖啡的同時，《古蘭經》就明文規定禁用咖啡。十六世紀傳到歐洲大陸的時候，也受到當時各地不少衛道人士的反對。不過，當英國開始建立了海上霸權，開始四處殖民，也正是倫敦開辦最早的咖啡室的時候。很難想像最熱烈擁抱咖啡的反而是保守的英國人。倫敦的咖啡室不但時髦，而且變成了當時英國的政治、經濟、貿易、社會、文化中心。十七世紀末，它來到了南北美洲。當然，這個時候的咖啡不但早已經從野生物變為養殖物，而且已經成為一大經濟作物了。今天，這公開出售的合法麻醉品是僅次於石油的世界第二大貿易商品。

所以，除了摩門教以外，沒有任何人敢主張禁它。何況，你如果不加奶不加糖的話，咖啡本身不含任何卡路里，是減肥的良友。更何況，就算它是麻醉品，也是溫和而慢性的麻醉品。伏爾泰就說：「不錯，它是毒藥，但它是慢性毒藥，因為我已經喝了八十四年了。」

我知道，你們還在等我介紹好的美國咖啡，如果真有的話。我告訴你，有。下次你來，比如說，紐約，不論你住在哪裏，千萬不要去任何大旅店、咖啡館，甚至於大餐廳去喝美國咖啡。我告訴你，如果你不住在下城，那你去搭往下城開的六號慢車地鐵，在堅尼路下車，往東走，只要看到一家真正老廣開的賣小吃的茶室，就進去叫一杯咖啡。我向你保證，最好的美國咖啡，一點不錯，是在唐人街。

一分錢的故事

好像是九月的一個星期六下午，我正要走進曼哈頓下城一家小店去買一份週刊，看見一個人，一個很普通的年輕白人，剛好從店裏往外走，在他經過門旁的落地菸灰碟的時候，順手丟了些東西到裏面去，叮、噹、叮……我低頭一看，那乾乾淨淨、沒有一片菸灰的金屬菸灰碟中，躺著三個一分錢銅板。

就算多年來一直有通貨膨脹，就算多年來美元一直在貶值，這項行為仍然未免有點過分。如果不算是對美金的侮辱的話，那至少也是對美金一分錢銅板的侮辱。

其實，我在去年九月中那個星期六下午所目擊的一分錢銅板的淒慘下場早已命中註定。至少早在七十年代末，就有來自各個角落的聲音，主張根本就取消、乾脆就廢除這一分錢「便尼」（penny，淵自英磅「便士」，也適用於美元）。不少經濟貨幣學家甚至於稱之為「公害」。

怎麼搞的？這美元的基本單位怎麼竟然成為資本主義美國的人民公敵？

我記得我剛來美國的時候（六十年代初），銀行每個窗口都有一個數一分錢銅板的機器。你可以把你幾個月存下來的一大堆一分錢銅板，倒進機器，沒有多久就全部給你數出來了。然後，銀行的會計小姐（那還是「婦解」之前，窗口後面全是小姐，沒有少爺），她就給你換成紙鈔和較大面額的硬幣，三塊七毛五、十二塊三等等。而現在，非但銀行早已不再為我們提供這項義務服務，還要你本人先從銀行去取來一卷卷可以裝上五十枚銅板的紙筒，自己一枚枚地數（你以為數上三五百個銅板好玩嗎？），自己再一枚枚地裝（不予置評！），裝滿封好之後再送去銀行，它們才肯給你換紙鈔。換句話說，連銀行都懶得去理這倒楣的一分錢便尼。

何止銀行。伸手向你要錢的酒鬼都不收銅板。而如果你不幸給了一個有毒癮的君子幾個銅板，肯定你還會挨揍。

怎麼搞的？我想我們先不要去責備銀行和酒鬼。讓我們先回顧一下我們自己，生活在美國，如何對待這個好像一文不值的一分錢銅板。

根據我不太科學的觀察，如何處理銅板也是男女有別。一般女人都用手提包，外出不發生任何存放硬幣的問題，但是男人一般使用的皮夾則沒有地方放硬幣，而且只有少數人肯用保管硬幣的小皮包。其餘的大部分人，像我一樣，只好裝在上衣口袋或褲袋裏，磨口袋不說，而且不舒服。所以大部分人，也多半像我一樣，每天回家第一件事就是把口袋裏裝的硬幣全掏出來，留下五分、十分、二十五分的硬幣，而將當天不幸找回來的所有一分錢銅板，丟進大玻璃罐，或空鞋盒。我的銅板倉庫是多年前我從非洲帶回來的一個比炒菜鍋稍微小一點的石頭盒。現在已經快滿了，重得我一隻手是絕對拿不起來，兩隻手也要用點力才行。可是長久以來，我沒有精神，也好像找不出時間，坐下來一個個地數、一個個地裝進紙筒，好去銀行換成能夠使用的「真鈔票」。

不住在美國的人可能會問，為什麼不用掉它。當然，我無時無刻不在盡量找機會把它打發掉。可是，說比做容易。銀行和酒鬼不要它先不說，越來越自動化的美國，根本就不給你留任何餘地。首先，所有販賣機都不收銅板，連售價才三毛五（《紐約時報》、《紐約郵報》……）的售報機都不收。我以前最容易打發掉的辦法——給小孩子——都行不通了。一分錢的糖果機現在變成了五分錢糖果機，而且也不收銅板。通貨膨脹非但削弱了美元，更影響了美國兒童的經濟觀。不錯，慈善機構倒是肯收，只不過誰也不好意思只是捐上一百來個銅板（一塊多美元），好像至少也要好幾千幾萬個才拿得出手，而考慮到它們不會來收、而要你親自送上門的話，你就不得不再一次考慮這幾千幾萬個銅板有多重了。

但最重要的是，美國商店的售價都不是整數，全有零頭，什麼一塊幾毛之類的等等，已經夠麻煩的了，再加上（紐約）百分之八的銷售稅，在紐約買東西難得有個整數。而如果你身邊剛好沒有銅板，那找錢的時候反而會因此多收進好幾個。一點不錯，有它也不是，沒有它也不是。

不過，一分錢銅板曾經有過一次短短的一個輝煌時期，雖然不是身價百倍，倒是人人想要。那是一九八一年，因為上一年的銅價突然暴增，好像是從每磅七毛幾美元升到一塊四左右，而又因為人們誤以為一分錢銅板那百分之九十五的銅的價值超過一分美金，所以幾乎每個人都存銅板，等著銅價再漲的時候高價脫手。結果全國市面大亂，幾乎沒有幾家商店找對錢，不少店主要以一元五毛美金（一百五十個一分錢）去買一百個一分銅板。其實，銅價要漲到至少每磅一元五毛美金，才能使一分錢銅板的身價提高。然而，道還沒高一尺，魔可高了一丈。美國財政部為了防止以後再發生類似情況，就在一九八二年將一分錢銅板的銅和鋅的比率改變，從百分之九十五的銅改為才百分之二點五，其餘百分之九十七點五全是鋅。一分錢銅板的最後一個吸引力也隨之消失。

不過，就算你手上有幾百幾千個一九八二年以前銅含量百分之九十五的一分錢銅板，每一枚的價值也仍然只是一分錢而已。只有一種一分錢銅板，如果不是身價百倍，也至少六倍。那就是一九五八年以前的所謂林肯「小麥」銅板（Lincoln “Wheats” cents）。我曾經看到一個廣告，每兩千個林肯「小麥」分，要價一百二十九美元。換句話說，本來面值二十美元的銅板，卻賣你一百二十九塊美金，只有收藏家肯花這個錢。

這主要是物以稀為貴。所謂的「小麥」分是美國政府在一九〇六年，為了紀念林肯誕辰一百週年而鑄造的（反面有兩束麥穗），但只到一九五八年。從一九五九年開始，也是為了紀念林肯（一百五十週年），才改為所謂的「林肯紀念堂」（Lincoln Memorial）銅板。正面仍然是林肯側面半身像，反面則由華盛頓的林肯紀念堂取代小麥。銅含量如舊，百分之九十五。這個設計一直沿用到今天。唯一不同的是一九八二年將銅含量降到百分之二點五。現在市面上流通的幾達一千億個一分錢銅板，其實全是鋅，只是在表面薄薄地鍍了一層銅，稱之為銅板的確太捧它了。

所以，在美國，省一分錢並不等於賺了一分錢，只等於多了一個累贅。

你也來ＦＡＸ，我也來ＦＡＸ

去年春天，香港一家雜誌社的編輯打越洋電話到紐約我家，說稿子還沒有收到，要我立刻ＦＡＸ*給他。從那一刻開始，我就恨透了這個現代文明，它剝奪了我在這種情況之下找藉口、說白色小謊的自由和權利：「我昨天剛用特快寄出。」「美國郵政……你也知道……一塌糊塗。」使我簡直無從躲藏，連喘氣的機會和餘地都沒有，徹底暴露出我那種偷懶的態度。

如果到現在竟然還有人不知道ＦＡＸ是什麼，或我在說什麼，那你多半剛從南太平洋一個無人小島隱居了十幾年之後，才回到文明世界。

我第一次真正與ＦＡＸ發生關係是在（很難想像，不過是真的），是在東部非洲的肯亞。那是一九七六年，我在總部設在該國首都奈洛比的聯合國環境規劃署主管中文翻譯。那一年，設在巴黎的聯合國教育、科學及文化組織剛好也在奈洛比舉行年度大會。我一方面算是半個地主，另一方面因為教科文組織要用那一屆大會做一次實驗，而這個實驗又與我的工作有關，因此我應邀以觀察員的身份參加。

實驗分兩個部分，一個是利用美國與法國（西德）為這次實驗而捐出來的一個人造衛星，由紐約和巴黎同聲傳譯（口譯），通過衛星傳播的電視，來為大會服務。也就是說，口譯人員無須離開歐美而為在非洲舉行的會議現場服務，但這與我無關，我搞的是筆譯。好，FAX上場了，而且首次正式參與國際會議。教科文組織那年大會的所有文件、報告、決議等等，在現場一經擬好，即FAX到巴黎或紐約，由這兩個地方的聯合國翻譯，分別譯成聯合國的五種正式語文，再將手稿或打好的譯稿FAX回奈洛比。不用我說，這次實驗完全成功，之後之所以沒有能夠在聯合國使用只是因為經費問題。我當時的感覺是，這是未來，要到我兒子的時代才有可能普及。這是我一九七六年，才不過十三年前的想法。

我現在發現，我當時這麼想的時候犯了兩個錯。錯誤之一讓我現在承認都太晚了，自八十年代初以來，你難得度過一天而不聽到看到某人要FAX什麼東西到某個地方去。什麼「特快」、「隔夜投遞」、「限時專送」都太慢，不論寄收什麼，都要對方立刻、當時就收到。FAX變成了——怎麼說好，訊息傳送領域中隨發隨到的FAX，相當於娛樂領域中隨時隨地有音樂可聽的Walkman，一樣方便，一樣令人心煩。

而錯誤之二更是一個莫大諷刺。這個新工藝、新科技、這個現代文明、這個我所以為的未來，已經有將近一百五十年的歷史。一點也不錯，遠在一八四二年，利用電線傳送影像的技術即已問世（發明家為 Alexander Bain），唯一的問題是，電話還沒有問世，只有電報。因此，從十九世紀中到二十世紀這一百多年來，只有電報局或諸如路透社、美聯社之類的新聞通訊社，用來發送電報傳真或無線電傳真。抗戰的時候，我們在重慶，之所以能夠在報紙上看到前一天的戰地新聞照片，完全是靠這個。就算二次大戰之後電話在全世界日益普及，也是因為長途電話太貴，以及一般商業公司都不可能有收發設備而無法流行，直到，還用我說嗎？直到日本人上場。

我覺得中國對得起日本的，也可能是最對不起日本的，那就是，日本從一開始就採用了漢字。我不打算同任何人辯論方塊字和拼音的問題，我只是說，漢字在現代訊息傳送方面具有內在的困難。所以日本在沒有完全拋棄漢字而改用拼音之前（這當然更是我們的問題，不過好像總是日本比我們更關心、更有心），就必須設法有效地傳送日文訊息，以便跟得上日本在其他領域的進展。基本上是靠日本人多年來在電話傳真方面的研究與發展，才有可能到了七十年代，ＦＡＸ的工藝已經成熟到一般商業客戶可以使用的地步，而到了八十年代，其價格更已降到一般個人也都負擔得起的程度了。

根據美國電話傳真協會的統計，日本打到美國的所有長途電話，一半以上都沒有聲音，全是ＦＡＸ。一點不錯，機器對機器的時代來臨了。

因為有了ＦＡＸ而失去了怪罪美國郵政不行這一理所當然的藉口，使我連因而可以拖上一兩天趕稿的時間都偷不來了。這是我去年春天恨透了它的主要原因。可是，ＦＡＸ已經無所不在地普及到了這個地步，我又開始有一種恐怖的預感。

美國郵政之所以不行，除了經費和官僚這兩座大山之外，主要是郵件太多——美國一國一年的郵件，大約在一千五百億至兩千億之間，超過了全世界所有其他國家的郵件的總合。光是一個帝國大廈一天的郵件，很可能就會比，比如說，非洲的博茨瓦紐一國一年的郵件要多。但最要命的是，這一兩千億個郵件之中，總有一半是所謂的「垃圾郵件」（Junk Mail），就是說，各式各樣的廣告和通知。對一部分人來說，有一些也許可能有用，可是對大部分人來說，它們只能算是將信箱塞得滿滿地、也把郵差累垮了的「垃圾郵件」，而且還要費事去丟。好，想想看，ＦＡＸ比投郵便宜、方便、快、可靠，那一旦（早晚的事）這些大大小小負責推銷的人掌握了你的公司，甚至於你私人用的ＦＡＸ號碼，那你可完了，再也別想過一個安靜的日子了。而且，這一大堆「垃圾ＦＡＸ」不但佔用了收件的時間，而且，這簡直該吊起來打，而且連紙都是你出錢買的！

不能再想下去了。何況，時間已到，繽紛版主編昨天半夜已經來過長途電話，我還要趕去ＦＡＸ這篇稿子。

＊ＦＡＸ全稱是Telephone Facsimile Transmission（Machine），即電話傳真（機），ＦＡＸ是Facsimile第一個音節的發音的簡寫。

東河大橋的故事

世界上幾乎每一個大都市或歷史悠久的城市，都有一個或幾個可以做為自己的象徵的建築物。巴黎的鐵塔和凱旋門，羅馬的競技場，倫敦的白金漢宮和議會，開羅的金字塔和獅身人面像，北京的天安門，莫斯科的克里姆林宮，華盛頓的白宮，洛杉磯的超級高速公路……只要一提起或看到這些建築物，你就知道是哪個城市。在紐約，這類建築物也不少，帝國大廈、自由女神像、聯合國總部、世界貿易中心……但是對老紐約來說，最有紐約味兒的象徵，卻不是那幾個形象全球皆知的著名建築物，而是橫跨東河、將布魯克林和曼哈頓連結起來的東河大橋（East River Bridge），也就是五年前（一九八三）就滿了一百歲、現在已經有了一百零五年歷史的布魯克林大橋（Brooklyn Bridge）。

美國是一個年輕的國家。紐約的歷史雖然比美國要久一點，可是在這兒也沒有什麼古蹟可言。所有可以拿來代表紐約的，差不多都是現代的產物，而任何現代的玩意兒總是要讓更現代的給淘汰。東河大橋是美國第一座跨越如此之寬的水面的現代化吊橋。就偉大的橋樑來說，它一直高高在上，直到本世紀有了紐約的喬治．華盛頓大橋和更晚的舊金山金門大橋（今年才五十歲），才能說在長度上、也可能在工程上，趕上了它。而今天，更長、更雄偉、工程更艱鉅的吊橋在世界各地幾乎到處可見了。儘管如此，布魯克林大橋仍然具有無比的吸引力。

這主要是因為它本身具有的象徵意義，否則就不會有那麼多的詩人歌頌它、作家寫它、畫家畫它、雕塑家雕塑它、攝影家拍攝它，而最根本的是它象徵紐約，尤其象徵一八八〇年代正處於即將進入現代大都市時刻的紐約──摩天大樓，大規模移民，經濟的爆炸性增長、擴張與發展。這個大橋的落成就是這樣一個時代精神的具體表現。紐約人在把它做為這個大都市的象徵的時候，可以說是希望這種時代精神，尤其在今天，能夠繼續存在下去。

當然，人們不是單從這座橋本身去體會這種時代精神的。就算你昨天才第一次看到它，你也會覺得它是藝術和技術的最佳綜合，也會感到它的壯觀，也可以想像它的確曾雄霸一時。紐約人之所以如此熱愛這座布魯克林大橋，還因為他們熟悉有關它的歷史，知道這座橋的背後有三個人，父親、兒子和兒媳，而且是這父子媳三人，在從夢想到構思到設計到建造到完工的漫長過程中，表現出了紐約人所珍惜的動力、膽力、衝力、耐力、創造力、想像力和人定勝天的意志力。

紐約和橋

你手邊如果有一張美國或紐約地圖的話，你就會發現今天的紐約市剛好把住紐約州的海口。當東河大橋在一百多年前通行的時候，紐約市只是指一個小島，就是幾百年前歐洲來美的第一批殖民者，花了二十四塊美金，連哄帶騙，從印地安人手中買過來的曼哈頓（Manhattan）。今天的紐約市由五個區組成，其他四個區差不多全是在十九世紀末併入的。你如果站在曼哈頓的中部，比如說，站在帝國大廈的瞭望台上，面向南方，你往前看，在紐約海灣中的是史塔登島（Staten Island）；往後看，就在哈林河的對岸，是布朗克斯（Bronx）；往右看是哈德遜河（Hudson River），河的那邊是另一個州，新澤西州；往左看就是東河（East River），東河的那一邊是長島（Long Island）。長島是個大島，其靠近東河一帶的，上面是皇后區（Queens），下面就是布魯克林（Brooklyn）。這五個區，只有布朗克斯位於北美大陸，其他四個區全在島上。稍微提一下這裏的地理情況，是讓沒有來過紐約的人明白這一點：環曼哈頓皆水也。

所以不難了解，沒有橋的曼哈頓，當年與其他城市來往是多麼不方便，而且橋又對曼哈頓是何等重要。今天，如果你只把跨越水面的交通建築稱之為橋，那紐約市至少有六十多座，早已將各區各島之間連結起來好幾次了。而要是你把所有陸橋、行人橋、鐵路橋、水道橋等等任何跨距也算在內，那紐約就有兩千座以上。紐約已是全美的金融、貿易、出版、廣告、藝術、時裝、飲食、歌舞劇等領域的首都，但還沒有人稱它為橋樑的首都。現在，要是這麼稱呼它也不算過分，而這都是從東河大橋開始的。

遠在十九世紀開始的那一年，就有人嚴肅地考慮過在東河之上建造一座大橋。之後六十多年，仍不時有人做類似的建議，可是一點下文也沒有。原因很簡單，沒有錢。另一個原因是東河本身。嚴格來說，東河不算是一條河，而是一個潮水灣，但卻是當年最繁忙的航運水道，美國的一個海運中心。水急之外，河身也寬。今天東河大吊橋跨越的水面大約一千六百英尺。要在這條河上建造一條可將當時各自獨立的布魯克林和紐約市（指曼哈頓）連結起來，免除擺渡的時間浪費和麻煩和危險，既不妨礙東河上下游的航行，又不危及高達一百多英尺的遠洋帆船的大橋，必須是一座從岸到岸飛越帆船桅杆的大橋。

一八六七年的四月，紐約州政府終於通過了一項法案，核准成立一家私營的「紐約大橋公司」，來負責建造東河大橋。法案沒有規定是哪一種橋，只將初期創辦資本定為五百萬美元，落成之後以收過橋費來補還。於是，這家公司立刻聘請聞名全國的橋樑專家約翰．羅布林（John Roebling）為總工程師。四個月後，他提出了總設計圖。

老羅布林

約翰．羅布林這個時候剛過六十一歲。他於一八〇六年生在德國薩克森省的一個古老小鎮。父親開了一家菸草店，沒有什麼雄心大志，老老實實地過著安穩但並不富裕的日子。可是約翰．羅布林卻有一個有個性、有決心、有遠見的母親。她終日省吃儉用，把兒子送到著名的柏林理工學院去上學。

約翰．羅布林學的是建築、橋樑工程和水力學，可是他還跟隨當時正在柏林大學授課的黑格爾唸哲學。在普魯士專制政權之下讀黑格爾哲學，確實對羅布林有莫大的啟發。但是照他的一個朋友的說法，這種影響有好有壞。好的方面，黑格爾教他獨立思考，永遠按照自己的結論的正確與否行事。壞的方面，這又使羅布林妄自尊大、目空一切。然而也是黑格爾使年輕、傑出的羅布林想到了美國：「對於古老的歐洲這個歷史雜物庫感到厭倦的一切的人們，美洲正是他們憧憬的國土。」他完全接受了黑格爾的這句名言。他確信在那個廣大的空間，一個人可以決定自己的命運，可以創造未來。於是當羅布林畢了業，在普魯士政府做了三年修建公路的差事之後，就在母親的鼓勵之下，決心移民美國。在這幾年之中，唯一值得一提的是，他第一次看到一座新的鐵鏈吊橋。

他所率領的由五十三名男女老幼組成的移民隊伍，在一八三一年乘一艘美國帆船抵達了東岸的費城，在海上走了十一個星期，比當年哥倫布航越大西洋還要久。但奇怪的是，移民到了美國之後，這位柏林理工學院的高材生、哲學家黑格爾的得意弟子，卻決定在賓州的西部建立一個帶有理想主義色彩的大農場。他和他的兄弟買下了七千多英畝的荒地，從頭幹起，並且把他創建的農業社區，照他的籍貫命名為薩克森堡。經過五年的奮鬥，這個農場雖然不能算是人間樂園，但至少蒸蒸日上，而且吸收了不少新的德國移民。一八三六年，約翰・羅布林娶了當地一個裁縫的女兒。一年之後，他入了美國籍，並且做了父親。

也就在這一年，意料之中的事果然發生了。這位橋樑工程師種田種煩了，跑去給州政府做測量員。兩年之後升為總工程師第一助理。這一段時間裏，他造過水壩、船閘，測量過賓州鐵路路線，並且設計和製造了美國第一條鐵索，來取代當時鐵路系統將船通過陸地運到另一條河用的、又粗又易斷又貴的粗麻繩，他還創立了大批生產這種鐵索的「羅布林公司」。

可是這位橋樑工程師直到一八四四年，當他三十八歲的時候，才有機會建造他生平以來第一座橋。其實是一座水道橋，而他設計並負責建造的更是世界第一座水道吊橋。之後他連著造了另外四座水道吊橋。

這個時候，羅布林為了擴展他的鐵索業務，使生產中心更接近工業區和更方便的交通運輸，便在一八四八年毅然決然地離開了他一手創辦的薩克森堡及其大農場，將全家和工廠北遷，搬到新澤西州的特倫頓市，而且在那個城附近建立了一個新工業城。這次他也不用德國老家命名了，乾脆就叫做「羅布林村」。工廠業務和他建造水道吊橋的聲望，至少在工程界，同時與日俱增。這才獲得機會建造一座鐵路橋，一座跨越美國和加拿大邊境、位於尼加拉大瀑布下游峽谷的國際大橋。當這座跨距八百二十五英尺的鐵路吊橋於一八五五年通車的時候，他的大兒子華盛頓．羅布林（Washington Roebling）已經在紐約州特洛伊市的倫塞勒理工學院就讀一年了。

尼加拉瀑布吊橋的建成更提高了老羅布林的聲譽。一八五七年，他又被任命在匹茨堡建造阿勒格尼河大橋。開工一年，便由剛剛大學畢業的二十一歲的華盛頓．羅布林接了過來。這座公路吊橋於一八六〇年完工之後，父子二人又立刻在俄亥俄州與肯德基州之間的俄亥俄河上建造辛辛那提（市）—科文頓（市）大吊橋。但開工不久，南北戰爭爆發，老羅布林當時就對他大兒子說：「你不覺得你的兩條腿在我的餐桌下面伸得夠久了嗎？」於是，華盛頓．羅布林第二天就去當兵去了。

華盛頓．羅布林先在新澤西州民兵團當了兩個月的一等兵，對非戰鬥勤務煩透了，就退了伍，又到紐約州入了伍，還是一等兵。不過這次他上了戰場，除了建造軍用橋之外，還參加了南北戰爭中好幾場著名的戰役。一八六五年內戰快結束的時候，他又退了伍。那個時候，他已官拜陸軍上校，也結了婚，娶的是他老長官華倫將軍的妹妹，埃米莉．華倫（Emily Warren）。

小羅布林夫婦

內戰一打完，小羅布林夫婦便去和老羅布林一起建造因戰爭停工、當時最長（跨距一千零五十七英尺）的辛辛那提大吊橋，兩年後完工。這是一八六七年，老羅布林已經六十一歲了，但東河大橋還是無影無蹤。

實際上雖然無影無蹤，但並不是說大橋的形象沒有在老羅布林的想像中出現過，據羅布林上校的回憶，當他還在上中學的時候，曾有機會在冬天隨他父親去了一趟紐約。東河剛解凍，水面上全是一塊塊的冰，擺渡過河的時間比坐火車從紐約到一百英里外的州首都還要久、更要危險。他說他父親當時就在擺渡上決定要在這裏造一座大橋，後來他更曾公開提出他的建橋計畫，但又因內戰而拖延了。好，現在機會來了，剛成立的東河大橋公司正式聘請約翰・羅布林為大橋總工程師，請他設計並建造一條從來沒有人敢想像可以飛越如此寬的水面的大橋。

十九世紀六十年代是美國和歐洲的工業突飛猛進的時代。就以工程建築來說，在這十年之中，倫敦造好了世界上第一個地下鐵路系統，法國掘開了蘇伊士運河，阿爾卑斯山打通了當時最長的隧道，美國從東部大西洋到西部太平洋的跨洲鐵路通車。後者更成為當時美國擴張主義的具體表現。因此，東河大橋在這個時代出現，正象徵著前往西部大草原開拓發展所必須跨過的第一座橋。

羅布林一上任就先派他兒子和兒媳前往歐洲考察，研究那裏剛發明的氣壓沉箱，因為整個大橋的成功與否，完全在於沉箱。他本人則日夜不分地製作工程設計和繪圖。約翰・羅布林是一個有歷史感的人，他毫無疑問認識到他現在設計的這座世界最長的吊橋，不但在橋樑工程上，甚至於在美國發展史上的意義。他幾乎像發了瘋一樣地投入工作，或許他有一個預感，他將不久於人世。

羅布林上校從歐洲寫回來的信其實就是一份份詳盡深入的研究報告，都是關於他們夫婦二人在英、法、德參觀的重要橋樑、鋼鐵工廠的資料，以及有關冶金、酸性轉爐煉鋼、鋼纜製造，尤其是氣壓沉箱的最新發展材料。德國的克魯伯鋼鐵工廠不但以上賓招待這位「德僑」，還給他看了這個工廠專為東河大橋生產的孔杆樣品。連華盛頓・羅布林都感到驚訝，他父親還在製作工程設計圖的時候，大橋的名聲已經傳過了大西洋，而且已經有人等著要做生意了。

老羅布林的計畫和他的死

約翰・羅布林於一八六九年二月向東河大橋公司正式提出了他的工程計畫，而且堅決要求公司成立一個由七名外聘工程顧問組成的專家委員會，來詳細審核如此重要的巨大的工程計畫。

他的計畫是：這座吊橋以一個跨距橫過東河。在河兩邊近岸水中各建一座哥德式橋塔，每個橋塔有兩個尖拱使橋面路通過，並且以石頭建築。水面之下用石灰石，水面之上用花崗石。橋塔的作用是支撐四條巨型鋼纜，並將鋼纜和懸空路面的河跨支撐到不妨礙水面交通的高度。每條巨纜在兩塔之間以所謂的懸鏈（自然）曲線掛在空中，曲線最底部則與河跨微微上彎的中央部分相接。四條巨纜掛在橋兩側，一側一條，橋中央兩條。然後從這四條巨纜掛下來的是一根根核桃般粗細的懸索，將巨纜與橋面拉緊，吊橋於是就這樣給「吊」起來了。而四條巨纜從橋頂到陸地之後，就由石頭築成足有九層樓高的鋼纜墩給「錨定」住。

他的計畫是：河跨長一千五百九十五點五英尺，其中央距高出水面一百三十五英尺。橋塔高出水面二百七十六英尺，高出路面一百五十九英尺。路面寬八十五英尺。兩岸路跨各九百三十英尺。布魯克林方面引橋九百七十一英尺，紐約方面引橋一千五百六十二點五英尺。橋全長五千九百八十九英尺，也就是說，一英里以上，是當時世界上最長的吊橋。

大橋公司的工程顧問專家小組很快就認可了羅布林的計畫。但因東河大橋也將是全國公路系統的一部分，所以還需國會通過。羅布林父子於是為七名工程顧問、國會指派的三人審查小組，和布魯克林幾位最早鼓吹建橋的未來股東安排一次「橋樑旅遊」，參觀他們在各地建造的公路鐵路吊橋和水道吊橋。之後不久就得到了正式的書面核准，這才開始著手聘請除行政財務以外的所有工程負責人和技術工人。與此同時，羅布林還帶著兒子繼續前往實地進行最後一次勘察。

他們這天是在紐約岸邊工作。約翰・羅布林站在擺渡船台一堆木頭上。當他看到一艘渡船要靠岸的時候，想要往後退一步，但不知給什麼東西絆住了腳，渡船一撞船台，就將他被夾在木頭中的腳趾頭壓碎了。這實在是一個莫名其妙的、根本不該發生的意外，但是發生了，而且更不該發生的也發生了。

我們這位科學家、橋樑工程專家、哲學家、黑格爾的學生和朋友，那個時期竟然迷信上了水療法，而且發現有了破傷風症狀之後仍堅持用水療法，將醫生趕走，自己治療。就這樣，一個月以後，一八六九年七月二十三日，約翰・羅布林極其痛苦地死在家中。

出師未捷身先死。沒人曉得他臨死之前掙扎的時候在想什麼。他腦筋清醒，只是因為破傷風而牙關緊閉。他的傑作東河大橋還只是平面的躺在紙上。也許他並不擔心，甚至於還有信心，因為他知道他有一個可以將他的夢想變成事實的兒子，華盛頓・羅布林。

政治黑手

建造東河大橋的歷史當中，我們幾乎可以武斷地下個結論，就是，全體工作人員，從老羅布林到小羅布林到埃米莉到總技工到所有工人的工作表現，都是傑出而無懈可擊的。唯一的污點來自政治，具體地表現在一個貪官污吏身上。這個貪官污吏就是十九世紀五十年代到七十年代初掌握紐約政壇的威廉・特維伊德（William M. Tweed），外號「大老闆」（Boss）。

特維伊德是學會計的，可是他從組織志願消防隊嚐到了搞政治的甜頭，並且受到他所屬的民主黨的器重。他做過國會眾議員，但他發現他更精於搞地方政治。他做過市議員、州議員，他是紐約政治最腐敗時期最腐敗的政壇惡霸。市長、州長，全屬於所謂的「特維伊德幫」。紐約沒有一件事不經他點頭就可以辦得了的。他本人曾公開表示過，自從搞上了政治，他發現根本就不需要「誠實地」去工作了。舉一個小例子。紐約市在一八六〇年代要造一幢普通的三層樓的法院，造價為二十五萬美元。但是這幢房子蓋到七十年代還在蓋。市府老爺們，即所謂的「特維伊德幫」，一再劃撥經費給他們自己的承包商，而後者又一拖再拖，延期完工，可是又永遠不使工程停頓。等到終於蓋好的時候，這幢法院（現在還在，就在我家附近，只是窗門緊閉，已經空了好多年，現在有人建議將它改為「紐約之恥博物館」），好，這幢法院花去了市政府（也就是說，花去了居民的納稅錢）一千三百多萬美元，幾乎是美國從帝俄手中買下阿拉斯加的價錢的兩倍。

所以說，如果特維伊德有本領從這樣一幢並不起色的樓房就能撈去一千多萬美元，那工程如此之巨的東河大橋，那簡直是個取之不盡的聚寶盆了。

州政府規定紐約大橋公司的初期創辦資本為五百萬美元，由布魯克林市政府提供三百萬，紐約市政府提供一百五十萬。餘下的五十萬美元資本則以公開出售的股票籌措，每股一百元。可是問題在於，整個公司的業務卻由買了公司出售的股票的人來控制。

特維伊德很清楚這些規定。當大橋公司成立之初，最早鼓吹建橋者之一，曾任州議員、布魯克林市長、美國駐海牙大使的公司總經理亨利・墨菲，即以大約六萬美元賄賂了特維伊德，請他影響紐約市政府出資參與其事。除此之外，特維伊德又與後來出任大橋公司總管、另一個鼓吹建橋者、布魯克林企業家威廉・金斯利，達成了另一項「諒解」，即由特維伊德和他兩個密友購買初期開始發售的五千股中的一千六百八十股，而且只付面值的百分之二十，餘額則由金斯利代付。交換條件是，特維伊德以他董事的身份撥生意給金斯利。

不難看出，特維伊德要的不僅是「紅包」，他要的是大橋控制權，而且他還要大橋公司總經理和總管將這個控制權雙手奉送給他。

上校與氣壓沉箱

東河大橋公司在老羅布林去世之後半個月即任命他的兒子華盛頓・羅布林上校為總工程師，年薪八千美元。這是意料中事，連特維伊德都無法反對，只有羅布林上校知道老羅布林構想的是一座什麼樣子的橋。

羅布林父子有相像的地方，但不像的地方更為突出。父親是個有想像力的天才，兒子則是個第一流的專家；父親妄自尊大，冷酷無情，兒子則極自尊，並尊重別人；父親嚴肅刻板，兒子則幽默可親；父親非常固執，兒子則非常開放；父親是古老歐洲的產物，兒子則是新興美國之子。

但父子都追求完美，意志鐵一般的剛強，而且都深信自己有完成手邊歷史任務的能力，都喜愛文學和音樂。

新任總工師羅布林上校當時只有三十二歲，而他組織起來的六人工程小組的平均年齡比他還小，才三十一歲。千頭萬緒的工作全由他們開始著手進行。光是繪圖和藍圖就有上萬張，另外還要定下所有基本材料的標準。所有特殊器材不但要預定和訂做，甚至還要自己設計。而所有這些器材之中最具有挑戰性、最沒有把握、最危險的，就是幾乎致他於死命的氣壓沉箱（caisson）。它是東河大橋存在的基礎，也是羅布林上校在建築這座大橋中所做出的最大的貢獻。

氣壓沉箱於十九世紀上半葉已先在法國、後來在英國和德國使用多年。可是沒有一個比得上羅布林上校設計的規模。氣壓沉箱講起來和造起來都很簡單，麻煩和危險是出在下水之後。它是一個沒有底的大木箱，空的部分灌入壓縮空氣，然後在箱上建造橋塔水面下根基部分的時候，其重量就慢慢將木箱沉入河床，再隨著木箱空間內工人將河床越挖越深的工程進展，木箱上面石塔越建越高，越高越重，而將木箱逐漸穩定地越陷越深，一直陷到堅固的基岩而定住。然後，以水泥填滿下面空間部分，木箱這個時候就成為橋塔的基礎。

也許用「大木箱」來形容氣壓沉箱會給你們一個錯覺。木箱再大能有多大？好，東河大橋建工程用的這個像大木箱的氣壓沉箱，長一百六十八英尺，寬一百零二英尺，高十四點五英尺，「屋頂」厚五英尺，空間部分，也就是工人進行挖掘場地高九點五英尺。沉箱的「牆」是上厚下薄，從九英尺逐漸縮減到只有八英寸的「牆根」，也就是用鍋爐鋼板包起來的沉箱裝甲「刀口」。羅布林上校決定用美國南部的一種黃松來造沉箱，這是因為黃松是如此的多脂，以至於將一塊一立方英尺的黃松丟進河裏，它連浮都浮不起來。為了使木箱不漏氣，他先以堵縫的麻絮將沉箱內外的接縫填滿，然後在「屋頂」和四片牆之中，再夾一層錫鐵皮。最後又將沉箱內部上一層不透氣特製清漆。

沉箱「屋頂」上裝置兩個氣匣室（即俗稱的葫蘆）、兩個補給豎井、兩個通水豎井。氣閘室為筒形，大約可以容納十來個人。這些人從上面的人孔進入，關上閘門，外邊的工人將沉箱空間的壓縮空氣慢慢釋放到氣閘室，直到氣壓表指出閘內的氣壓與下面相等。這時，室內的工人再打開腳下的人孔，進入沉箱。工作完畢出來的時候，則反其道而行之。

布魯克林方面的氣壓沉箱於一八七〇年三月下水。沉箱下水和大船下水一樣，只不過這艘船是底部朝天，倒過來下水的，而且它的處女航也就是它的末次航。

沉箱內的挖掘工程可以想像是非常苦的。大橋總技工法林頓（Farrington）稱這個場地為「但丁（《神曲》中）的地獄」。工人大部分是新近來美的歐洲移民，有愛爾蘭人、意大利人和德國人，還有一些印地安人和少數的中國人。他們一個星期工作六天，星期天休息，一天三班，每班八小時，每班大約一百一十人，午夜班四十人。這種非技術勞工每天的工資是兩塊兩毛五，其他技術工人的待遇稍為好一點，比如說，索具裝備工兩塊五，漆工三塊，木工三塊五，石工和鍛工四塊。早期移民創造了美國，現在輪到這批新移民來建設美國了。

沉箱的進展和沉箱病

羅布林上校這個時候好像又回到了戰場，而且還要東河上下兩面作戰。此外還要佈署工人、研究計畫、與工程小組協商、保存紀錄、向大橋公司執行委員會定期報告，以及應付所有一切不可預測的意外。

在挖掘工程剛開始，當工人們發現在氣壓沉箱中既吹不響口哨、也吹不熄蠟燭的時候，大家都把它當做是一件新鮮好玩的事，直到一名工人誤將堵塞麻絮點燃而引起了一場大火才驚醒了眾人，使他們恐怖地發現，在壓縮空氣裏，不但人吹不熄蠟燭，滅火器也滅不了火。羅布林上校下令用水灌滿沉箱都沒有能將火撲滅。這場大火在沉箱的「屋頂」中燒了兩個多星期。

火炭像蚯蚓一樣在木頭裏上下左右隨著空氣可到的地方一點一點地吃過去。等到終於將大火制伏、並將燒的火洞修補好了之後，工程已經給延誤了將近三個月。但最慘的是，羅布林和六個工人因搶救這場大火而得了所謂「沉箱病」（caisson disease）。

今天人們都了解這個沉箱病是怎麼回事和怎麼預防，但在當時是因為有了沉箱才出現的新的疾病。病因很簡單，太快地從正常氣壓的空間進入有氣壓的空間，或從有氣壓的空間進入正常氣壓的空間。儘管當時也有氣閘室來預防，但在其中停留以減壓或增壓的時間太短，只不過才五分鐘。得了這個病之後，肚子痙攣、想吐、視覺模糊、半身或全身麻痺，甚至於死於非命。羅布林就是在救火之後從氣閘室爬出來的時候倒了下來，肚痛、頭暈、直不起腰，令人驚奇的是，他第二天又來工地工作了。

布魯克林沉箱終於在一八七一年三月初在河床之下四十五英尺地方的基岩上定住了，空間部分也灌滿了水泥。之後兩個月，由同一家工程公司照羅布林上校設計建造的紐約沉箱下水。他知道紐約沉箱至少要下沉河床之下七十多英尺才能在基岩上定住，所以設計也有些改動。首先，因為下沉的更深，所以上面的石塔更高（指水下部分，水面之上則當然相等），因此沉箱「屋頂」也更厚，有二十二英尺，比布魯克林沉箱後來加厚之後還要多出七英尺。另外，他用的是雙重氣閘室，各容六十人。豎井也改為圓形，沉箱內部整個貼上一層鍋爐鐵皮，再也不能允許任何人一時粗心而燃起另一場火來。他因此還改用煤氣燈，並將沉箱內部漆成白色。雖然「地獄」沒有立刻變成天堂，但工作環境好多了。

到一八七一年底，布魯克林橋塔已經高出水面七十八英尺，紐約沉箱則在照計畫不斷下沉。羅布林上校考慮到患沉箱病的人日益增加，便於次年初建議公司聘請一位醫生全時照料這些病人。另外，他還將工作時間減少到每人每天上兩個小時班。公司方面則經過工人為期四天的罷工而將一般工資增加到兩塊七毛五美金一天。一八七二年四月二十二日，在紐約沉箱下降到七十一英尺的時候發生了第一個因沉箱病致死的事件。

這一段期間的羅布林上校更像是作戰一樣，而且已經成為傷兵。他以抱病之身在兩個沉箱下面工作，而此時上面的工作是他在面臨著一個大問題，必須立刻做出他一生最重要的一項決定。

紐約沉箱已經下沉到七十八點五英尺，但碰到的仍然只是沙土和碎石，完全沒有基岩的影子。這時，又有一名工人因沉箱病死去。他估計如果再繼續挖下去還要損失更多的生命。這幾個星期以來，他一直在檢驗下面挖出來的沙石。羅布林上校還是一位地質學家，他私人的礦石收藏計達一萬六千多件，當時已知的礦石之中，只有四種他沒有。他研究了紐約沉箱下面的沙石之後發現，這些地質結構幾百萬年都未曾有過絲毫變動。於是他做了一個大膽冒險的決定。

就把紐約沉箱定在這種壓實的沙石之上，不再尋找基岩。這個決定不但影響到羅布林父子的聲譽，更重要的是，整個東河大橋的命運都要建立在這個決定必須正確之上。現在回看，完全正確。

也是一八七二年，經過紐約各報紙雜誌、民間組織，以及兩黨改革派長久以來一連串的揭發、調查、抗議，再直接經過選民利用上一年的選舉，特維伊德和他那個幫整個垮台。紐約市這才發現特維伊德前後撈去了七千多萬美元。不要忘記這是一般勞工每天三美元工資時代的美金。特維伊德雖然入了獄，但沒多久就逃亡到了歐洲。但是，如果說東河大橋因而躲過了特維伊德的徹底搜刮，卻沒有躲過另一個悲劇。也就在這一年冬天，羅布林上校受到了一次更嚴重的沉箱病的襲擊，整個人垮倒了下來。只不過這一次，他知道他再也不能上工地去了，而他確實從這一年起，一直到十一年後東河大橋落成的一八八三年，就再也沒有邁進過工地一步。

「窗中人」與埃米莉

大橋總工程師負了重傷，但他並沒有退出戰役。他的夫人埃米莉代表他向董事會保證羅布林上校將在次年春天開工的時候繼續指揮工程的進展。他並沒有像當時許多人所以為的那樣變成癱瘓，他是神經系統受到損害，全身疼痛，臂腿痲木，視力衰退，只能維持幾分鐘的談話，經常靠嗎啡來解除痛苦，而且據說因此他上了癮。儘管如此，他利用橋樑工程因氣候而停頓的整個冬天，在家中設計和製作了下一階段的最後工程計畫和繪圖。這即使對一個身體健康的人來說，都是一件了不起的工作。次年春天，他看到一切工程都在順利地進行，便向公司請假到德國養病去了。

好在這個階段的大橋工程也的確是例行工作，就把橋塔和兩岸的鋼纜墩向所設計的高度和寬度去建造就是了。所以當他們半年後回來，羅布林上校發現他健康情況沒有任何改進，便回「老家」新澤西州的「羅布林村」去長期休養了。總工程師與工程小組和總技工之間，除了寫信之外，每天還靠電報來處理非需要他來解決的任何問題。直到兩座橋塔分別於一八七五年和一八七六年建成，岸上的鋼纜墩也將完工的時候，他們才回到了布魯克林，並在東河之濱距大橋半英里的地方買下一幢小樓房。坐在這個房子二樓的窗口，羅布林上校可以看見大橋的全景。他用望遠鏡可以看到建橋工作的進行。從這個時候起，羅布林上校就開始有了一個外號：窗中人。

可是這位「窗中人」這時所看到的河中兩座直上雲霄的橋塔和兩岸像城堡似的鋼纜墩，現在已經不屬於東河大橋公司了。前一年通過州立法決定將公司解散，把東河大橋變成政府的公共工程，並由布魯克林和紐約兩市接收，而且出資將所有初期和其後的私人股本，外加利息，收購過來。這個時候對大橋的投資早已超過最早的初期創辦資本。為收購這些私人股本，布魯克林負責籌三分之二，紐約負責籌三分之一。因此，東河大橋的正式名稱成為「布魯克林大橋」（Brooklyn Bridge），而非紐約大橋。當然有人繼續叫它東河大橋，甚至於有人叫它羅布林大橋，但不管怎麼稱呼它，「窗中人」和所有其他人現在看到的大橋是真正屬於兩市人民的大橋。

埃米莉現在的作用是如此之重要，而且發揮的如此之有效，以至於不少人誤以為她已實際取代了她的丈夫羅布林上校，而成為東河大橋的總工程師。事實當然不是如此，但人們的懷疑也不是沒有道理。因為從這個時期開始，是埃米莉閱讀所有信件、資料和工程進展情況報告，並且唸給羅布林聽；是她每天前往工地兩三次去監督工程，傳達他的指示；是她代表他出席工作會議，答覆技術問題；是她檢驗承包工程和產品是否符合規定。簡單地說，埃米莉是羅布林的眼耳喉舌，是他的左右手。但也許還不止於此。當羅布林因病不再前往工地之後，來自各方利益集團的壓力幾乎將他解僱。埃米莉這時下定決心，犧牲一切，也要將羅布林父子的夢想化為現實，更何況，這個夢想現在也是她的夢想了。

對羅布林夫婦二人來說，工程易搞，政治難纏。正當橋塔和鋼纜墩於一八七六年完工，正當一條工作鐵索已跨越東河而懸掛在兩座橋塔之間，正當他們和工程人員全力準備進入製造巨纜和完成最後工程的時候，又一次官商勾結為羅布林帶來更多的苦惱，並且給東河大橋染上了雖然是微小、但卻是永久的污點。

羅布林上校為了使他父親一手創辦的、現在由他幾個弟弟經營的羅布林父子公司，能夠參加大橋纜索的投標，便決定放棄他在那家公司擁有的大約三十萬美元的全部資產，以免發生利益衝突。到年底，大橋理事會在審查了來自全美和歐洲的投標之後，決定將纜索合同給予這個世界聞名的羅布林父子公司，由其供應酸性轉爐鋼。可是一過了年，大橋理事會在其一名理事的操縱下，又決定改用坩堝高級鋼。這位理事叫休威特，是紐約眾議員，也是一家鐵工廠的老闆，且與「特維伊德幫」有種種微妙的關係。

休威特左右了理事會，將合同給了他的密友洛伊德·海格所擁有的鋼鐵廠。羅布林早就對海格鋼鐵廠的產品有懷疑，對海格這個人更有懷疑，而且早就曾警告過理事會。但因為這是擁有採購簽約權力的理事會的決定，他也無能為力。結果，海格公司提供的鋼絲出了毛病，發生斷裂，兩名工人死亡，兩名重傷。事後核驗才發現，海格賣給東河大橋的不是通過檢驗合格的那一批。

海格永遠以同一批合乎標準的產品送去審核，但卻偷樑換柱地供應次級產品。調查團發現海格要將這筆生意上收入的十分之一付給為他爭取到鋼絲合同的休威特。雖然在這個官商勾結的貪污事件之後又改由羅布林父子公司供鋼了，但不幸的是，海格那一批有缺陷的鋼絲已永久地裝置在鋼纜之中。然而幸運的是，羅布林上校早已預料可能發生這種事，他設計的巨纜強度超出所需強度的六倍。所以他說，儘管其中有些不合標準，但無損於鋼纜和大橋的堅固和安全。

大橋的獨特風格

也在這一年，剛好是美國建國一百週年，全體工程人員一致推選總技工，六十歲的法林頓，第一個乘那個運行索上的工作吊板過河，因此他也成為第一個過東河大橋的人，或第一個從空中過東河的人。不光是兩岸上萬市民和工人仰面向空中吊滑的總技工歡呼叫好，東河所有大小船隻也都高鳴汽笛向他致敬。

一座人行橋（工作橋）緊接著在第二年春天搭好。此後就開始扭製和裝置鋼纜。大橋一共有四條巨型鋼纜，每條直徑十五點七五英寸，其中是像毛線那樣捲起來的十九縷鋼束，每束又有兩百八十六根直徑八分之一英寸的鋼絲。所以每條鋼纜總共有五千四百三十四根細鋼絲。如果把它們全加起來算，其總長度達三千五百十五英里。裝置好了之後，錨定在布魯克林鋼纜墩的四條鋼纜，先升到橋塔頂，臥在一個凹形的滾動「馬鞍」上，再自然下沉至橋中央，然後又上升到另一橋塔頂，再臥一次馬鞍，再下落到河岸，錨定在紐約鋼纜墩中。馬鞍可以滾動是為了使鋼纜具有適應橋載量變化的伸縮性。羅布林為了使鋼絲不受海灣的鹹溼海風的侵蝕，還給鋼絲鍍了鋅。這是前人所沒有想到過的，而且可能有些後人也後悔沒有這樣做。

除了鋼纜之外，整個橋面路也用的是鋼。這是一項重大的工業和技術革新，開始了紐約摩天大樓時代。鋼鐵工廠因而必須為製造這些鋼桁架（大樑）設計新的機器。由螺栓在鋼纜的垂直懸索（主要跨距為每鋼纜兩百零八根，陸跨八十六根，每根強度七十噸），每隔七點五英尺，將這些桁架一段段吊起來。此外，東河大橋還有一個其他吊橋所沒有的特色，就是在這些垂直懸索上，還由橋塔頂部拉出來的一條條斜撐來穿叉，給了東河大橋一個獨特的風格。這些斜撐的作用是為了解除懸索的一些負擔。但後來工程顧問們估計，光是這些斜撐就足以將路面吊起。可是對習慣於哲學性思考的老羅布林來說，由於斜撐而形成了它和橋塔和路面組成的一個三角形的弦，這就像鋼纜的懸鏈（自然）曲線一樣，似乎象徵著與大自然的某種和諧。

除了海格鋼絲造成的意外，和紐約市一度拿不出錢而使工程停頓四個月之外，其他一切都照計畫進行。一八七九年開始建造兩岸的引橋，這兩座引橋也是巨大的工程，布魯克林引橋九百七十一英尺，紐約引橋一千五百六十二點五英尺，只比河跨少三十多英尺，但是由於氣壓沉箱、橋塔、鋼纜、懸索這些工程如此之激動人心，以至於建造引橋反而成為一個反高潮了。

橋是給人使用的。老羅布林的設計是，路面中間部分是兩隻鐵軌，上面行駛對開的纜車（通車後一人一次收費五分）。纜車兩旁是車行道、馬行道、牛羊豬行道。單憑這件事，就可以看出這東河大橋是在一個什麼時代背景之下造成的。如此現代的一座橋，當時還要為牛羊馬豬的通行做出安排。但過橋費可並不便宜，騎馬五分，馬車牛車一毛，牛五分，豬羊兩分。而行人（開始一分，後來不久即免費）則有一個特種享受，也是其他任何橋樑所沒有的特色。在橋正中央上方十八英尺的空中有一條木板路的高架行人道。這是老羅布林送給人民的一個禮物。設計這條行人道的目的不僅是為了供來往東河兩岸城的步行交通，也不僅是為了使行人道與車馬道分開，保護人身安全，而且也是為了給住在擁擠的大都市居民一個散步休息的地方，使人們可以在海拔一百五十多英尺的高空，在海風吹拂之下，遙望兩岸擠塞的房屋、街道和人群，灣中來自遠近海洋的帆船、藍色的天、白色的雲，和在空中任意飛翔的海鷗……

永遠的大橋

東河大橋整個工程於一八八三年春天結束。羅布林上校要求由埃米莉享有第一個正式過橋的榮譽。全體工作人員全心全意地贊成。當她帶著一隻做為勝利象徵的活公雞，乘著馬車，從布魯克林緩緩地馳過大橋前往紐約的時候，沿路每個人都停下來脫帽向埃米莉歡呼，並通過她向羅布林父子致敬。

如此巨大的一件工程，實在很難說是什麼時候，或者是哪一天真正全部完工的。總有一大堆工作，就像寫詩繪畫一樣，還需要最後在這裏那裏潤潤色。但總的來說，東河大橋是落成了，而且訂於五月二十四日舉行正式典禮。當時年紀才四十六歲的羅布林上校的身體恢復了許多，視力也好多了。他從他家二樓後窗可以清楚地看到這個龐大的建築物，這個耗費十四年，幾乎是他人生三分之一的光陰，奪取了他父親的生命和他本人的健康，耗資一千五百萬美元而後落成的東河布魯克林大橋。在建橋期間，電話和電燈都發明出來了。美國東西越州鐵路現在已經不止一條，而是四條，並且正在造第五條。特維伊德早死了，公司總經理墨菲也死了，連羅布林上校自己的兒子都將在那年秋天入他父親的母校上大學了。過去的何止是一個世代。大家似乎可以從東河大橋感覺到它所象徵的科技時代的來臨。

兩市居民和政府都一致要求在五月二十四日那天空前地慶祝東河大橋的落成。典禮則由美國總統（切斯特．亞瑟）親自主持，然後是大遊行，海軍大西洋艦隊在東河巡航，晚上在大橋上放煙火。只有羅布林上校覺得完全沒有這個必要。照他的意思，在橋兩頭各釘上一個牌子說，「大橋開始通行」，就夠了。建橋十四年來，這大概是唯一的一次沒有人聽總工程師的話。埃米莉知道她丈夫的身體狀況不允許他參加典禮，但她又認為有必要向羅布林表示一下，所以決定在家舉行一個小慶祝會。東河大橋落成典禮結束之後，亞瑟總統親自率領大家來到總工程師的家，當面向羅布林上校和埃米莉祝賀。

現代紐約可以說是從東河大橋開始的。它的橋塔也可以說是當時仍在平面發展的紐約市的第一座摩天大樓。固然有人認為以花崗石建築的哥德式橋塔帶有古老的浪漫主義色彩，但這正好表示這座大橋跨越的不僅是東河，而是跨越兩個時代和兩個世界。傳統的石塔與創新的鋼纜，除了在質地、在造型上給人一種強烈而優美的對比之外，是在象徵著脫胎於歐洲的美國，也正是繼承過去、展望未來，及漸壯大的新強國。東河大橋的成功，是美國在無言地告訴歐洲，說她站起來了。這可能又太簡單了，而且過時了。這也許是為什麼一百多年來，文學家、藝術家們一直不斷對它重新解釋。也許永遠不會有一個最後定義來說明為什麼東河大橋如此令人著迷。但是從前幾年它一百週年紀念的盛況來看，似乎給人一種感覺，好像人們今天更加讚賞這個美國製造的傑作，尤其當他們意識到，「美國製造」這曾經為全世界所羨慕的幾個字，已不再能保證以前不久所代表的意義了。

羅布林上校離開紐約之後，身體好了許多。他眼見羅布林父子公司在新澤西州又建立了一個新的工業城（命名「羅布林」），來滿足日益擴大的生產需要。埃米莉則不但在紐約大學攻讀了一個法律學位，還從事著作，編寫她出生小城的歷史。她於一九〇三年去世。羅布林上校則比誰都活得久。他把自己比做一棵大樹的最後落葉。他是大橋工程人員中最晚離開人世的一個，甚至於在埃米莉去世五年之後，為了年老有伴，又結了一次婚。這還不說，當他八十四歲的時候，因為他弟弟和侄子突然死亡，他還再度出山掌管羅布林父子公司的龐大企業。華盛頓・羅布林上校於一九二六年七月二十一日平靜地死在家中，享年八十九歲。

所以說，直到他死，他都沒有看見美國或世界上任何新的橋樑在工程上能趕得上東河大橋。河跨比東河大橋長一倍的紐約喬治・華盛頓大橋於一九三一年才落成，但這座橋樑傑作卻在短短的六年之內就被更雄偉壯觀的舊金山金門大橋所超越。然而這些大橋還不只是在這層意義上是東河大橋的後代，它們所用的鋼材，多半來自羅布林父子公司。

那東河大橋，或布魯克林大橋呢？一位評論家在一百零五年前大橋落成的那一天說，「可能成為我們最持久的紀念物，並將我們這一世代的一些情況傳達給最遙遠的子孫們的，卻是一件簡單的實用物體：不是一個聖殿，不是一個堡壘，不是一個皇宮，而是一座橋。」

實用，也許就是它的意義所在。一百零五年後的今天，東河大橋每天仍運載著上百萬的行人和車輛，直接地、不斷地與人的生活發生關係。一九四六年，經過為期兩年的全橋檢查，一組橋樑工程專家只建議加一層新漆。不錯，纜車早已隨著時代進步而消失了，東河大橋自一九五二年起只供汽車和行人使用。最近，政府專家、大學教授和工程顧問又徹底檢查了一次東河大橋。他們認為，懸索有被侵蝕的現象，尤其是斜撐，可能以後要逐條更換，必要時懸索也換，再必要時鋼纜也可以換。他們的結論是，東河大橋，只要它所服務的紐約市民要它活下去，就可以永遠存在下去。這就是今後世代需要面臨的挑戰。

一塊錢和一個夢

對紐約居民來說，一九八九年第一件大事，是一月四日的兩千六百萬美元一人獨得的「樂透」獎。

就獎金而言，這兩千六百萬並沒有破紀錄，這個數目只不過是有史以來第五大而已。而就獨自一人中獎而言，這個數目也非最大，而是第二大（第一大是八六年一人獨得的三千零五十萬）。而自紐約於大概八年前開辦「樂透」（LOTTO）以來最大的一筆獎金，好像是去年十二月初的四千五百萬。不過，那次有十二張票中獎，每張票只分到四百萬左右而已。你看，一談到「樂透」，尤其是這次一人獨得兩千六百萬，連四百萬美金也只能算是「只分到四百萬左右而已」了。連八年之中只玩過兩次的我都莫名其妙地開始白日夢式地貪了。

我是這次才發現，挑選六個中獎數字的幅度，已從當年的一到四十八增至現在的一到五十四。中獎的機會（哈！）是大約一千三百萬比一，差不多相當於你坐飛機失事的機會。儘管前者是希望中，後者是希望（老天幫忙！）不中。

不要以為你中了兩千六百萬，你就可以拿到兩千六百萬。任何中了獎的人，真要說的話，永遠有一位伙伴。不，不是你家人，而是美國政府，半個家人，山姆叔叔。稅率是多少我不清楚，但除非你把獎金放入免稅的投資，否則這筆錢就像任何收入一樣，該付多少就付多少。而因這次中獎的人是個非洲窮留學生，他還要另付百分之三十的非居民稅。紐約「樂透」是按二十年分期付款的，所以這兩千六百萬，扣掉一小部分給獎金儲備金之後，就變成每年一百二十三萬八千零九美元。不過，因為這「窮」小子是個外國留學生，所以還沒付所得稅之前就少了百分之三十，而變成每年八十六萬六千六百六。他最後一筆獎金要到公元二〇〇九年才能拿到。至於到了二十一世紀第九個年頭，這一百二十多萬美元，扣掉所有該扣的稅之後，還剩多少，還值多少，我想連猜都不用猜了，反正總該可以買部汽車、吃頓飯吧。

所以，不管誰贏了這個每星期開獎兩次的「樂透」，真正穩贏、而且連贏的是紐約政府和聯邦政府。當然，話也需要講回來，他們是為了保證自己一定受益以便為人民服務（「樂透」獎大約有一半以上的錢和利息好像是用來支持紐約州的教育系統），才肯主辦。要說狠的話，政府可比拉斯維加斯和大西洋城還要厲害，而且經過人民的核可，冠冕堂皇。

這就回到我們頭上了。這個「我們」是指所有肯花一塊錢去做一個夢的人。

為「樂透」做宣傳的這句「你只需要一塊錢和一個夢」（All you need is a dollar and a dream.）是近年來最成功的一個廣告口號。我相信每個人都心裏有數，玩和不玩的結果一樣。

因為除了中獎的那一或數人之外，我們每個人都有一千兩百九十九萬個機會不中。所以這句宣傳口號直接打進一般人的內心深處。明明知道贏的機會實際上是零，可是期待著中獎，以及計畫如何花這筆錢的滋味卻是其美無比的。更何況一塊美金並不多，夢想又不要錢，而且人人都有。只要沒有開獎，你就可以繼續享受這個夢。開了獎之後，你幾乎可以立刻快樂下去，需要的只是另一塊錢和同一個夢。這樣看的話，玩的人都是贏家。一塊錢買來幾小時或幾天的快樂和幻想，實在比看電影便宜得多。

我沒有做過研究，但照我這幾年的耳聞目見，中獎的幾乎都是打工仔。你可以說「樂透」是在中下階層做每星期兩次合法的財富重新分配。

我猜這倒不是因為千萬富翁們捨不得這一塊錢，或沒有這個夢，而是他們在玩「大樂透」，而且保證中獎的機會絕不是一千三百萬比一。我想大概正是因為「外面」真有這麼一批真刀真槍的大玩家，才有了只需要一塊錢和一個夢的千百萬個小玩家。在真刀真槍的世界裏，小玩家的各種煩惱和苦痛，都可以靠中「樂透」來解決，至少解決一部分。就算錢買不到愛情，但是錢還是可以買到幾乎所有其他的一切。大玩家都明白這個祕密，但同時也明白天下很少有白給這回事，更何況這個「白給」的機會又是一千三百萬比一。

這也是為什麼「樂透」的宣傳是針對小玩家。在紐約乘過巴士和地鐵的人都應該很熟悉這個「樂透夢」了：「買下我做事的那家公司，叫我的老闆給我做事。」

曾幾何時，有遍地機會讓你努力奮鬥而成功的「美國夢」，變成了盼望這一千三百萬比一的機會做老闆的「樂透夢」？

我既不是大玩家，也不是小玩家，但我有一大堆夢想。我算是一個職業夢想家。對我們這類職業夢想家來說，夢想不需要成為現實，夢想高過現實。這就是為什麼我不玩「樂透」，我怕中獎。

感謝上帝，禮拜五了！

曼哈頓東城有家有名的單身酒吧，是六十年代性解放時代的產物和象徵，叫做「感謝上帝，禮拜五了」（TGI Friday，全稱是 Thank God It's Friday）。

這家單身酒吧兼餐廳（漢堡包、炸雞等道地美國玩意兒），不但是全美各地數以百千計的單身酒吧，意思是說，陌生的年輕單身男女挑選會見對象的一個所在的老前輩，而且是一個龐大企業。總部設在德州，股票在紐約證券交易所上市。同時，光是在美國，就有一百多家「感謝上帝，禮拜五了」。我最近聽說，它現在已經一切就緒，準備在不久的將來，進軍全球。至少先是西方世界。這家連鎖店計畫在九十年代在歐洲各國開設一百家。

引起我注意的倒不是「感謝上帝，禮拜五了」即將成為全球多國企業，也不是它可能會改變無數孤男寡女的身份，而是它竟然不走「麥當勞」的成功之路，在新加坡、香港、台北、漢城同時開辦。道理固然非常簡單，也正好證明亞洲四小龍至今仍只不過是「小龍」而已，那就是，亞洲地區，禮拜六還要上班。週末，如果有的話，要從星期六下午才開始。儘管「感謝上帝，禮拜五了」夜夜營業，但是「感謝上帝，禮拜五了」這句話對四條小龍的上班族，甚至於對那裏的「單身貴族」來說，沒有什麼意義。亞洲的星期五和美國的星期五不一樣，它不會帶有任何期待之感。

就美國來說，每週工作五天四十小時，從羅斯福時代定下這個標準以來，已經有了五十多年的歷史了。這是自十九世紀中葉開始，社會改革家和工運人士奮鬥的一個成果，先是二十世紀初的每週六十小時，然後降至二十年代的大約五十小時。後來雖然曾有一段時間每週工作三十五小時，但那是大恐慌時期，目的是使人人都有工作才實行的。

我不知道採用了半個多世紀的每週四十小時工作的標準，在政治、經濟上有什麼或多大的影響，但我的感覺是，在文化、社會上，它使老美首先領教如何去度「週末」（weekend）。用心良苦的社會改革家們也許感到失望，這批勞動人民並沒有去利用這爭取來的空閒時間去讀荷馬、莎士比亞和《羅馬帝國興亡史》，也就是說，不去提升他們的文化水準，而去聽收音機、看電影、上遊樂場、泡酒吧、看職業球賽，和五十年代以來日益普遍的電視。「週末」一詞開始走紅，「感謝上帝，禮拜五了」變成打工仔和上班族最喜歡聽的一句話。

我覺得除了「家庭」這個制度之外，再沒有任何一個人為的限制要比一週，或一個禮拜，或一個星期，這個人類另一大發現，更影響我們的日常生活了。這個好像是源自古代猶太宇宙學和古代西亞星相學的七天一週，在今天看來，是如此之自然，如此之基本，如此之平常，以至於幾乎沒有人會去問「為什麼」了。我也不去問，我只知道近兩百年來兩次修改七天一週的試驗徹底失敗（法國大革命時曾一度規定十天一週，蘇聯也曾一度試行五天一週）。所以，這個根本不自然的七天一週的規律，卻變成和完全與大自然有關的年、月、日一樣自然。還需要證明嗎？好，每年一月一日絕對是一年之始、一月之始、一日之始，但卻又難之又難同時又是一週之始。週是時間上的異數。它可以任意地跨月、跨年，而我們的日常生活卻又以它為主。

週的概念和標準隨著宗教和殖民帝國主義傳遍了世界。就算你不信教，不稱其為禮拜，而呼之為星期，你也逃不出它的掌握。可是，亞洲雖然早已接受了週，但至今拒絕接受一週工作五天四十小時。最近香港一家美國大酒店以每週工作四十小時來僱人所引起的強烈反對，就是最好的例子。

不論這個例子證明了什麼，它至少證明「週末」一詞的意義在亞洲不同，更不如在歐美那麼重要。「感謝上帝，禮拜五了」之所以暫時不去開闢新加坡、香港、台北的市場，不是因為這幾個城市的消費力不夠，而是因為「感謝上帝，禮拜五了」這個概念，在亞洲那幾個哪怕已經是新興工業化國家，都還陌生。禮拜六還要上班上學，禮拜五因而不是一個期望不上班不上學的日子。在那裏說「感謝上帝，禮拜五了」等於在美國說「感謝上帝，禮拜四了」，別人會認為你在開玩笑。儘管也有人覺得星期四比星期五還過癮，因為可以更早一天期望——期望第二天在高喊一聲「感謝上帝，禮拜五了」之後，一下班就真的去「感謝上帝，禮拜五了」去吃、去喝、去玩、去樂……

然後？然後週末一過就是「藍色星期一」！

還沒有被日本人發現的紐約一景

我最近在曼哈頓中城一家滿有名氣的外國海鮮餐廳請幾位香港來紐約拍片子的朋友吃生蚝和生蠔。那家餐廳相當大，但仍然客滿。等我們有了檯子之後，四週一望，發現一半都是日本人。

這本來不應該使紐約人或香港人有任何驚訝之感。日本遊客，就如日本汽車一樣，幾乎每條街上都有，無所不在。這家餐廳肯定在某個日文紐約旅遊指南手冊上出現過，於是非常聽話的日本人就都來朝聖了。而且，對他們來說，又便宜。一塊六毛美金「一個生蠔」，對他們來說，大概相當於東京「一粒花生」的價格。簡直等於白送。

而且何止這家餐廳。凡是紐約值得一遊一逛一覽的任何一地一景一物，也就是說，凡是有遊客的地方，絕對有日本人。就連我家附近一個以二次大戰美國空軍制服為主題的時裝店，都經常出現一批又一批的日本年輕人。無論他們穿著什麼走進去，走出來的時候總是一人一件空軍皮夾克，而且是轟炸東京的時候美國空軍上尉飛行員穿的那種，連徽章番號都在，雖然大半是複製品。而這家店只不過才開張幾年而已，又不是「佈明代」。這就不光是日本人有錢的問題了，這是——其實這也與錢有關——這是消息靈通。日文報紙雜誌肯定經常有人報導介紹美國的時髦事物。

相比之下，港台（大陸還沒有出國旅行的純遊客）的中國人就不一樣。幾年前，我曾經介紹過，對我來說，曼哈頓一條很有意思的大道，一條貫穿幾個文化的大道。我幾乎每天都會走過或經過那條大道。可是，幾年下來，我可以說我還沒有見過任何港台觀光客遊覽那條大道（原因在哪裏，我是連想都不願意去想）。當然，我也沒有見過日本遊客，但那主要是因為還沒有人在日文報紙雜誌上介紹過這條大道。幸好沒有，所以這條大道（曼哈頓下城橫貫東西的好士頓）是你們想要嚐點地道紐約風味而同時又想要躲避日本遊客的好地方。

不要以為日本人已經買下了半個曼哈頓的房地產，就以為日本人很懂得紐約了。還有一陣。日本觀光客所觀光的基本上還是一般其他觀光客所觀光的，也就是說，上了風景明信片的一個個所在。不錯，這些地方都值得去，也應該去，就如同去埃及就非得見識一下金字塔一樣：「去過埃及嗎？」「當然去過。」「你覺得金字塔怎麼樣？」「什麼金字塔？」——你會和這種人結婚嗎？

可是，如果說日本人自認現已成熟到一批一批去一家一般紐約人都不見得聽說過的時裝店去買二次大戰時期美國空軍皮夾克，那光是曼哈頓就應該還有太多太多具有歷史文化藝術意義的景物更值得他們去觀光了。

比如說，我家附近有幾條街是曼哈頓著名的「鑄鐵區」（Cast-iron District），十九世紀下半葉的建築物。我一直覺得它很有意思，而且我還在一幢鑄鐵建築住過一年多。可是，日本遊客也開始來了，你經常可以看到一兩個日本人在那裏拍攝這些鑄鐵建築構圖優美的防火梯。我的心就涼了，再下去這些受到紐約市文物保護委員會保護的歷史性建築早晚都會給日本人買去。這究竟是「美國郵簡」，而非「日本郵簡」，至少一兩年內不會變。

我當然是在半開玩笑，不過我有根據。這個根據是最近流行的白宮政治笑話：布希總統得了昏睡病，一睡三年。醒來之後，他問他的國家安全顧問，「國際情況怎麼樣？」「非常好，天下太平。」「國內情況呢？」「非常好，國債消失，赤字消失，人人就業，物價穩定。」「啊，那一杯咖啡現在是多少錢？」「一百日圓。」

所以，「還沒有被日本人發現的紐約一景」這個標題本身有點立不住腳——除非我在標題後面加上一個問號。可是一旦變成了問題，上面那個白宮政治笑話就不好笑了。

鑽石不朽！

只要你翻閱過任何美國綜合性雜誌，月刊或週刊，或者是報紙，你總應該看過這樣一幅廣告：一對緊緊擁抱中的年輕男女，碧眼金髮的她，臉上帶著充滿愛情的微笑，手指上一粒兩點五克拉的鑽石閃閃發光。背景浪漫，求婚的理想所在。整幅廣告只有三個英文字：Diamonds Are Forever——鑽石不朽。

我們不必去過份挑剔這句話的真實性，因為誰都知道，再過六十幾億年，如果不是更早的話，連我們的地球都要消失了，何況「不朽」的鑽石。不過，考慮到這句話比它們所套用的名言「愛情不朽」要稍微實在一點——想想看，你能數得出幾個不朽的愛情？——那它不但科學，簡直近乎美了。

不管怎樣，這其實是一大陰謀，是鑽石工業為了挽救鑽石業一度的極不景氣，而設想出來的一句宣傳口號。

鑽石和愛情的關係很難解釋。就算他們之間真有關係，那也是近世紀，而且是（西方）人為的。十八世紀以前，好像只有印度和東南亞一帶產鑽石，而且好像它只和貴族的愛情有關。直到十九世紀中，才在南非發現大量的鑽石礦藏，金鋼鑽才逐漸開始流到民間，儘管這個民間的範圍非常非常之小。

鑽石與美更難分析。你也許無法為「美」定價（比下定義還難），但任何珠寶都各自有一套既定的標準來鑑定優劣。就鑽石來說，是用所謂的4Cs（carat, color, clarity, cut），指任何一粒鑽石的大小（克拉）、色度、清晰度和切磨出來的形狀，來決定其好壞，因而決定其價格。但就美來說，誰也不能一口咬定鑽石絕對比，例如，紅寶石、珍珠等等要「美」。

只有一點，鑽石絕對壓倒其他一切，而且不光是壓倒其他一切寶石，而是壓倒其他一切已知的自然物質——它的硬度。所謂的「鑽石不朽」，其意義，至少是科學性的，在此。然而，唉，諷刺中的諷刺，鑽石的問題也正是出在這裏。我是說，除非你將他磨碎，用於工業，或真的用天然鑽石來切玻璃，否則它本身沒有多少實際用處，連鐘錶都不太用它了。金鋼鑽不像黃金或白銀，既不能加以鍛鑄，也不能取代他物。它只有被取代，例如人工鑽石。人們唯一想出來的用途，也正是它多年來，而且至今仍然扮演的角色，只有在貴婦手指上閃閃發亮，向其她太太小姐少奶奶們示威。

這樣看的話，鑽石的確比珍珠要珍貴。人老珠可以黃，而鑽石則明亮不朽如舊。

然而問題和麻煩，從長遠的角度來看，也正好出在這裏。

依照市場經濟的供需規律，每挖出一粒新的不朽的鑽石，就會使已存在多年無數仍然未朽的鑽石的真正價格降低一點（不過，已經成為藝術品一部分的鑽石不在此限。可是話又說回來，大理石，在米開朗基羅手中，或在羅丹手中，也可以達到這個境界）。於是，鑽石的價值，就這樣一點一點一分一秒地變成……好，也許不能夠說一毛不值，但應該能夠說可以變得像沒有成為藝術品之前的大理石一樣，不大便宜，但也不太貴。

好，既然如此，那為什麼鑽石還如此寶貴？道理相當簡單，讓我先舉一個旁例。紐約有一大一小鑽石中心。大的，也是全美最大的，在曼哈頓西四十七街，五、六大道之間；小的在唐人街堅尼路。你去打聽一下價錢，同樣一點五克拉左右的鑽石，在不同珠寶商號，可以賣到四千美元、八千美元、兩萬八千美元。除了其他（色、清、切）的鑑定因素之外，我告訴你，無瑕的鑽石就和無瑕的鑽石商一樣難以遇見。

不管怎樣，我要說的是，鑽石不便宜。而且其道理簡單無比。因為有一家比美國「國際電話電報公司」還龐大、比「日產」也龐大的壟斷企業，即以南非的奧本海默家族（Oppenheimer）為首的「德比爾斯統一礦業有限公司」（De Beers Consolidated Mines Ltd.），半個多世紀以來，一直靜靜而巧妙地左右全世界的鑽石分配。其手段是雙管齊下，一方面限制鑽石的供應，但同時又大力鼓吹人們對鑽石的渴望與需求（「鑽石不朽」）。不少女人真以為沒有鑽石就沒有愛情，不少男人也真以為沒有鑽石就得不到愛情。

就宣傳戰略來說，如果真有百分之百的成功的話，這大概就是了。然而，這大壟斷企業厲害的地方還更基本。全世界百分之八十五的粗鑽石的買、賣、存，都由它一家公司經手，而且只能在色度和清晰度方面討價還價。價格本身根本無價可談，完全由它一家決定。世界所有有主要鑽石出產國，包括蘇聯，甚至於包括反對南非種族隔離政策的非洲國家在內，都不得不與它充分合作。而這家公司的創辦人，正是大英帝國殖民非洲的老始祖，西塞爾・羅德茲（Cecil Rhodes），前羅德西亞（Rhodesia）即以他的大名建國。

不過，金鋼鑽的日子不可能永遠「不朽」。今天，世界一般大眾手中擁有五億克拉以上的鑽石。任何哪怕是小規模的傾銷拋售都必定會打亂市場。你只要想到如果沙烏地阿拉伯全額生產，全額向外拋售石油，對世界汽油價格的影響，你就大概可以體會到同樣的情況在鑽石市場上的破壞力了。最有可能打破「德比爾斯」美夢的是鑽石存積已經到了溢滿程度的以色列。另一個可能是正在積極抗拒「德比爾斯」對其日益興起的鑽石工業加以控制的澳大利亞。再有可能的話是最終的可能，那要來自我們。總有一天，一般人也開始慢慢地認識到，鑽石本身不見得有什麼內在價值。它的任何價值都是人所賦予的。而凡是人所賦予的，人也可以取回。人如果要這麼做的話。

而且，鑽石好買不好賣。你手中如果有一個鑽戒，不妨去試試看，你絕對賣不到你買的價錢，除非你哄你的弟弟妹妹，鑽石商可不會上這個當。

換句話說，總有一天，人們就會發現，鑽石因其不朽的特質而貴，同時最終也因此一不朽的特性而賤。所以，只有笨蛋才買金鋼鑽。

當然，我也知道，只有笨蛋才陷入愛情。

等待和希望

一寸光陰一寸金，寸金難買寸光陰。

中國這句古老的童謠（應該是古老的童謠，而非「子曰」，子只能曰：逝者如斯夫），好，這個真理，是人類發明了時間之後又一個智慧的結晶。西方，至少是美國，有一個幾乎完全一樣的名言。可是因為像美國這種高度工業化的社會，講求效率，爭取時間，任何事物都盡量不拖泥帶水，所以他們有關時間的結論也就更為直接了當，一個口號式的警句：「時間就是錢」（Time is money）。

如果說「一寸光陰一寸金，寸金難買寸光陰」是東方古典美的浪漫主義詩歌，那「時間就是錢」絕對是西方工業社會冷酷無情的現代派真言，你看到的就是你看到的。前者讓你去聯想，後者絕不讓你去溫情。

更何況，無論你是用中文還是用了中翻英說完了「一寸光陰一寸金，寸金難買寸光陰」的時候，大約兩寸光陰已逝。與此同時，如果真有此市此價的話，也失去了至少兩寸金。

好，不管怎樣，我們似乎都承認，時間寶貴得和我們認為非常寶貴的金錢一樣寶貴。既然如此，那為什麼近代西方文明（我首先想到的是電子計算機和隨身攜帶的電話）在提高了效率、節省了時間之後，美國人非但沒有餘下更多的錢，而且也沒有餘下更多的時間？

在美國大城住久了的人，除去退休和不幸失業等人之外，都或多或少會有一個共同經驗，就是幾乎沒有人有時間。起步都一樣，我們每個人每天都非常公平地分到二十四小時，但結果也一樣，我們每個人都好像沒有足夠的時間去做我們想要做的，不論是什麼。每個人每天都在忙，可是如果你問他在忙什麼，他多半也說不出一個所以然，包括我自己在內。

我們一般人（世界上大部分的人都是一般人，所以誰也不必高估自己，也不必低估自己），我們一般人其實就是這樣過日子，只不過我們不敢去問這日子是怎麼過的，至少在忙什麼。直到我最近看到一篇美聯社的報導，才發現，真的有人，有的時候還手按著記秒錶，來調查研究我們的日子是怎麼過的、時間是如何打發的，至少每天在忙著幹什麼。

美聯社報導說，美國賓州匹茲堡有一家研究時間管理的機構（匹茲堡優先管理公司），不久以前，在全美各地做了一次調查，統計出來美國一般人一生之中的平均時間消費。

我沒有看到這家公司的研究成果，而美聯社的報導又非常簡短，所以我只能推測他所指的美國一般人的「一生」是指今天美國一般人的估計壽命。是多少我也不清楚，而且男低女高，所以為了方便起見，不妨就定為七十好了。

好，在這七十年的時間裏，除去（報導沒有提）工作和睡覺的時間之外，美國一般人要花去一年時間去找他忘記放在哪裏的東西；六年時間吃飯；八個月的時間拆「垃圾郵件」；五年時間排隊；四年時間清掃房間；六個月時間等紅燈變綠……

我猜大部分人在看到上面這幾項統計數字之後，多半會發出驚訝地微笑。什嘛！美國一般人一生七十年時間內要花去一年時間去找他忘記放在哪裏的東西？一寸光陰一寸金，我的老天，光是找筆、找鑰匙、找地址、找耳環、找……就失去了一年光陰一年金。美國一般人怎麼可能會有時間會有錢！

不過，這除了怪自己之外不能怪任何人。是你自己忘記你把當時需要的東西放在哪裏了（有家的倒是可以怪老公老婆或未成年的孩子頭上）。除此之外，吃飯必須。拆垃圾郵件也是你自己要拆（你可以不拆）。清掃房間也必須，除非你有錢請人來打掃。所以說，就算你不喜歡，也沒有什麼好抱怨的。

美聯社報導所列舉的幾項時間消費活動之中，我認為最不令人心甘情願的是五年時間排隊、六個月時間等紅燈。真正浪費時間，而且誰也無可奈何。

我是早已接受了這兩個現代生活所無法逃避的倒楣現實。不是心平氣和地接受排隊買票、進場、付帳、寄信、提款、存款……也不是口無怨言地接受坐在駕駛盤後面等紅燈變綠……但仍然只好無可奈何的接受。可是在我看到美聯社的報導之後，我發現我的態度未免有點消極、有點被動、有點認命。我必須從另一個角度——不行，還是太實際，但又沒有排隊和紅燈那麼實際，所以，我必須從，比如說，四次元空間的層面來改變我的排隊觀和紅燈觀，我需要覺悟。

我記得很清楚，那是在我看完那篇報導之後不久的一個懶洋洋的下午，我靠著客廳黑皮沙發上那粉綠色枕頭沉思（OK，做白日夢），考慮我這一輩子光是在排隊和等紅燈上面所已經浪費的和將要浪費的五年六個月的光陰和寸金……就在這一剎那，我突然想到基度山伯爵，想到他在經歷了他所經歷的千辛萬苦、千山萬水、報了恩、報了仇之後的臨別贈言：「……永遠不要忘記，在上帝揭露人的未來以前，人類的一切智慧是包含在這兩個字裏：『等待』和『希望』。」

就在這一剎那，我覺悟到「等待」和「希望」正是同一個銅板的兩面……啊，伯爵！您不但徹底改變了我的排隊紅燈宿命論，而且讓我再也不覺得我這一生之中五年六個月的光陰和寸金是一種毫無意義的浪費。

後現代旅遊

現代旅遊的高潮可以用一句話來表示：「如果今天是星期二，那這裏一定是比利時。」這是典型的十四天八國一切全包（包括小費）旅遊團式觀光。這也是戰後旅遊平民化民主化的結果。

為公為私，自願或非自願，遠離家鄉，去陌生的外地，中外一樣，自古有之。但不論是為了討生活、被流放、做生意、跑單幫、闖江湖、傳教、取經，或為了任何其他目的周遊列國的時候，觀光旅行非其優先，而是次要的、附帶的、順便的。自古至今（今是指五十年代以前），真正為旅遊而旅遊，為觀光而觀光（甚至於都不是「讀萬卷書、行萬里路」那種），除了極少數性情中人之外，基本上是有錢人的享樂。也許享樂二字有點過分，我是說，如果你看過一些前人的遊記的話，你就發現他們除了記載所見所聞等印象以外，總抱怨某地多冷、某地多熱、某地多髒、某地多苦、某地多蟲……

不管怎樣，在噴氣機沒有普遍化之前，旅遊是一件大事。西方有錢人要專為旅遊置裝，以前中國外地上京趕考的也要花上一年半載的時間做棉衣、縫棉被、籌盤纏，還要找個書僮幫你挑書。就算到了二十世紀一次大戰前後，以美國為例，也至少是中上家庭才有資格送子女乘郵輪前往歐洲大陸經歷一下所謂的「大旅遊」（Grand Tour），去尋一下他們文化的根，同時也向親友表示一下，「出過洋了」。這是當年美國有錢有文化家庭子女成長過程中的一個成年典禮，人生旅途的一個里程碑。

而這一切到戰後五十年代就全變了。最明顯的跡象是一九五二年國內國際航線上開始有了的「遊客艙」（tourist class），就是今天的「經濟艙」（economy class）。從這個三等機票名稱的改變，就可以感到「現代旅遊」的巔峰已過，沒有人願意被別人看做是「遊客」。是，我坐「經濟艙」，我的錢不多，但我可不是一般的觀光客，儘管我是坐「經濟艙」去牙買加度假。

接著是五十年代中問世的波音七〇七，一直到六十年代初的七四七，乘客從戰前一架飛機只能坐幾十人一直增加到一架飛機可以坐一百、二百、三百，以至於四百來人。隨之而來的就是一家家旅行社、旅遊公司、旅行團、包機……一直搞到六十年代初的「如果今天是星期二，那這裏一定是比利時」，一直搞到連聯合國都不得不宣佈一九六七年為「國際旅遊年」。

第一批平民化民主化的國際旅客理所當然的是老美。打完了二次大戰之後，只有他們最有錢，連平民百姓都有錢，而且這個錢是美金。是這一批五十和六十年代的美國遊客為美國人爭取到的「醜陋的美國人」的外號：一個個下中產中年白人，不論男女都是肥肥胖胖的，男平頭，女燙頭，百慕達短褲、夏威夷花襯衫，有小孩的話也是吵得要命，背著旅行包，掛著柯達，在名勝古蹟前到處互相拍照，收集他們的確到此一遊的證據。

到了七十年代，這現代國際旅遊陣容又多了一大批角色，歐洲遊客。「馬歇爾計畫」真的使戰後歐洲像鳳凰一樣，從灰燼中復活。七十年代的馬克和瑞士法郎相當於五十和六十年代的美元。一國的國際遊客，變成了那一國經濟成長的溫度表。所以一點也不奇怪，到了八十年代，一個個手拿小太陽旗的日本遊客來了，更多更好更便宜的日本相機，更多更好更強硬的日元。

今天，只有對第三世界的人民來說，國際旅遊是一大奢侈。今天，對第一世界的半個世界、對整個第二世界的人民來說，為國際旅遊而國際旅遊已經有點過時了。今天，你在美國聽到有人還去參加「如果今天是星期二，那這裏一定是比利時」之類的旅遊團，就算你本人很少旅遊，你也會覺得有點可笑。今天，真正旅遊者外出旅遊的第一個考慮是，所去的地方是不是擠滿了觀光客。換句話說，西方世界已經達到了「後現代旅遊」。

其實，「後現代旅遊」就像後現代任何玩意兒一樣，又回到了從前，再回到未來。美國嬉皮是它的前衛。

這個前衛是在六十年代末、七十年代初，開的路，並且以他們的大名為名，就是所謂的「嬉皮路」（Hippie Trail）。路線不止一條，但最出風頭的是從摩洛哥的馬拉喀什，穿過北非和中東，前往阿富汗、不丹、尼泊爾、巴基斯坦、印度，再去印尼。之所以選擇這個路線也不難理解，沿路都是大麻，又便宜又好又多，而且多半不犯法。七十年代初高潮階段，甚至有人將其命名為「兒童長征」。我七十年代初在北非和西非、東非和印巴，碰到過成批成批的這類嬉皮，只不過當時沒有任何人覺得自己是在搞後現代旅遊。

那這批反現代旅遊常規的「後現代遊客」今天哪裏去了？變成了什麼？以我為例，多半都變成「後後現代遊客」，也就是說，哪裏也不去。

旅遊和人一樣，也和王朝和國家一樣，都有一個興盛衰的週期。每一代都有初次遊客（興），有人初次之後就不再遊了，有人則成熟到老（經驗）遊客（盛）。如果不是職業或專業旅遊家，那大部分老遊客最終就變成了非遊客，或反旅遊（衰）。之所以會有這樣一個消極下場是因為，旅遊，除了所有其他各種目的之外，一個最基本的是通過對世界和萬物的認識和觀察而最終認識自己。老遊客們遲早都會發現，世界是看不完的。因此，初次的興奮好奇之感一過，該遊的想看的基本上都經歷了之後，你就了解到再給你五百年也遊不完你還沒有遊過的地方。一旦有了這個覺悟，那你馬上就成為反旅遊的「後後現代遊客」，哪裏也不去了，除非當地有你要見要談的好朋友。

正是這一點，使我更不要去旅遊看世界找朋友去了。

我最近一次旅遊是一年半以前，主要是看朋友。結果我發現，我在香港的朋友去了巴黎，北京的來了紐約，台北的去了洛杉磯，洛杉磯的去了埃及。我回到紐約之後又發現，不到兩個月，這些在香港、北京、台北、洛杉磯沒有能見到的朋友，一個個先後都來到我家。我去旅遊看世界的最後一個理由也因而消失。

所以，我現在面臨的問題是，「後後現代旅遊」之後，我應該怎麼辦？

方便之餘的煩惱

就在我花了好幾年的時間才勉強地接受了、也慢慢半情願地習慣「電話答話機」（telephone answering machine）在方便之餘所帶來的煩惱的時候，二十世紀八十年代的電訊科技，又搞出來一個新發明，要我從頭再煩惱一次。

難怪最近美國知識界的熱鬧主題是「後歷史」（Post History）：西方自由民主資本主義已告勝利，歷史已告終結，餘下的只是無奈和無聊。換句話說，大局已定，已無需再大處著眼，現在能做的只是小處著手。

我猜這個新發明，所謂的「撥（電話）者人身證明機」（caller ID machine），就像它的前輩「電話答話機」一樣，正是這個「後歷史」時代（如果真有的話）的產物，就是說：在以為大局已定、已無需大處著眼的前提下，從小處著手而推出來的新玩意兒。

而我本人，生活在這個「後歷史」的美國，百般無奈和無聊，也只好以為大局已定（最近來美訪問的蘇共獨立派領袖葉爾欽 Boris Yeltsin 對紐約記者們說：「你們的貧民區相當於我們的舒適住房，如果我們分得到的話。」而中國又永遠是例外，到一九八九年還在用自己的軍隊殺自己的人），已無需大處著眼。既然如此，那我們就全都小處著手吧，很小很小，小到談一下「電話答話機」和「撥者人身證明機」在提供方便之餘的煩惱。

十八歲以上的人都應該記得七十年代以前，即「電話答話機」之前的時代，打接電話都很簡單的時代。你撥，對方鈴響，對方接。你撥，對方鈴響，對方沒有人接，很簡單，對方不在（人在而不接等於是說人不在），如此而已。

好，「電話答話機」來了。我們每個人大概都記得自己的第一次——別想歪了——我是說第一次接觸到這個「新發明」的時候的驚恐。你撥一個電話給你的親朋好友，結果，鈴響三聲之後，出現一個你又熟悉又不熟悉的聲音，說他（她）很抱歉不在家，然後叫你在「嗶」一聲之後，留下你的姓名、電話號碼、日期、時間，和幾句要說的話，接著就是那混蛋的一「嗶」。你緊張，你不知所措，你好像一個害羞的人第一次上臺面對萬千觀眾，你想不出任何東西可以說，你完全忘了為什麼要打這個電話，你連你的名字都忘了，你乾脆傻傻地掛上電話。

自卑的人開始自責。不自卑的人這時也開始抱怨這個親朋好友，在互打電話這層關係上，乘其不備，單方面訂了一個不平等條約，而且還逼他簽字。

這不平等條約在你第一次和機器相對的時候就發揮了它的影響。你不留話是影響，你留話影響更大。你一留話，你就亮了你的底牌，主動權也沒有了。對方回家後，可以先聽「答話機」上所有留下的「話」，再決定先回哪個電話、後回哪個電話，或根本不回哪個電話，反而是你主動打電話的人要被動地乾等對方回你的電話。當然，你要是聰明的話，你也立刻裝一架。

而如果你不但聰明，而且是那種要別人站在明處、你自己站在暗處的人，那你會將你的親朋好友一軍，裝一架附有「甄別來電」（call screening）的「答話機」，使你能夠在對方正「留話」的時候聽得見對方的聲音，由你當時決定是接還是不接。

但如果你是一個極端的要別人在明處、你在暗處的人，那上面那種機器還不夠，因為還是要「答話機」開始運作，也就是說，要「留話機」（你）「接」了對方的電話的時候，你才能知道這個對方是向你討債的人、問你借錢的人，還是你正在盼望的情人。換句話說，這種有能力「甄別來電」的「電話答話機」還不夠不平等。你需要的是「撥者人身證明機」。

這是個什麼玩意兒？這是一個才問世不到一年、目前正在美東一兩個州試行、對少數人有利有用、對大部分人無利無用、只會增添新煩惱的又一新發明。有了這樣一個「撥者人身證明機」，當你的電話鈴一響，這架機器就立刻自動亮起了打電話對方的電話號碼，如果你知道這個號碼是誰的，知道它屬於你根本不要理的人，那你可以根本就把「留話機」關上，使對方連話都沒有機會留。你還可以更陰險，根本就把電話的插頭拔掉，讓對方以為鈴一直在響，而又留不了話，同時又吵不到你。

這都是方便之餘的煩惱。我想等我今年冬天房子整修好之後，我也要裝了。否則，在「後歷史」時代的美國，不自尋煩惱，那存在的只是百般無奈和無聊。那才是真正的大煩惱。

從土中來，到土中去

今年（一九八九）夏末秋初之際，我上了大約五十分鐘有關人類文明史中重要的一堂課——我參與了一次黃金旅遊。

我知道，就在我嘲笑「如果今天是星期二，那這裏一定是比利時」之類的觀光，甚至於武斷地宣佈現代旅遊的終結之後不到一壺茶的時候，我自己卻扮演了一次觀光客。我的辯護是，我有工作要做：我要向你們介紹全世界最大的金庫。

就在我家附近，步行二十分鐘可到，曼哈頓地下八十英尺深處巖基內，埋藏著一萬多噸的黃金。就算按照今天並不景氣的金價，也應該值差不多一千五百億美元。

這是世界上最大的金庫，所藏的黃金佔全球非共產國家總儲備的三分之一。其實，也許應該稱之為「國際金庫」，因為只是庫屬於美國（聯邦儲備銀行紐約分行），而不是黃金。美國的黃金庫存主要是在肯特基州的諾克斯堡和紐約的西點等地。這裏只存一些方便美國政府付帳的零頭兒。所以說，這個聯邦金庫的主要和真正客戶是各個國家和各個國際組織，加起來一共大約有七十多個，而且這裏從來不為任何個人設任何私人戶頭。聯邦金庫的國家客戶，比任何銀行的公司和私人客戶還更不願公開其身份，更不要說公開其資產。所以除了儲備銀行少數當事人之外，沒有人知道這一大堆黃金是哪些國家的。

但不論它們是誰，顯然都對美國有信心。很簡單，二十世紀只有美國最平靜，沒有發生任何大戰或危及其黃金庫存安全的動亂。當然還有其他原因，紐約是世界金融和貿易中心，美國當年以固定官價買賣黃金，紐約儲備銀行為聯邦政府處理國際交易等等。

而且，這對金庫的國家客戶和國際組織來說也不無小補，美國為它們免費保存，只是在黃金進出、轉戶的時候收一點微不足道的手續費。而且絕對保險，誰也偷不走。但是我必須要親自看一下。

這個金庫是無論工程還是安全工程上的一大傑作。你只要考慮到黃金的密度（19.3），其分子量（197），你就知道問題在哪裏了。如果你的高中數理化都是丙，那讓我用另一個方法解釋（我也是聽了這個解釋之後才明白）。

自人類大約於紀元前四千年開始挖金子至今，也就是說，今天世界上出土的黃金總額，差不多相當於十萬噸。而由於它的密度和分子量，這十萬噸黃金的體積可不像十萬噸的木頭，十萬噸的黃金還裝不滿一個十八公尺的立方體。

今天的任何一艘現代油輪都可以裝載全世界已開採的全部黃金，只不過沒有任何保險公司，無論獨保還是聯保，保得起這價值上萬億美元的貨罷了。

這表示什麼？這至少表示凡是能在面積只不過比一個禮堂還小、但卻還承得住一萬多噸黃金的所在，必須有一個非常紮實、非常堅牢、非常穩固的基礎。這就是為什麼這個聯邦金庫坐落在我家附近步行二十分鐘可到的下曼哈頓地下八十英尺，因為這一帶的曼哈頓，地層穩穩固固，數億年來未曾有任何移動的巖石。

所以，是選中了這裏的巖石，才決定在這裏建金庫，才在其上建造後來的聯邦儲備銀行紐約分行的古典建築。

聯邦金庫其實是曼哈頓地下八十英尺深處巖石脈中一個石庫，而且只佔這個三層高石庫房的最底一層（上面兩層存放並處理現鈔、硬幣、證券等，數也以千億美元計）。而且金庫沒有門，完全要靠一個九英尺高、九十噸重純鋼圓柱形保險裝置（嵌在一個一百四十噸鋼框架中旋轉）一條窄小的通道進出。黃金如此，人也如此。當然還有定時鎖、暗碼鎖之類的裝備，完全電子化、電子控制，無人知道全部細節。總而言之，你喊「芝麻」是絕對開不了這個門。

這一切都滿有意思，但更有意思、甚至於有點怪的是，在世界各大銀行都早已採用電子作業的今天，當一國以黃金付款給另一國的時候，儲備銀行的工作人員居然真的把一國置放在屬於它的某一室中的黃金，硬搬到屬於另一國的某一室中。每個室的邊界真好像是國界一樣。你還我八噸黃金，我就非要你將這八噸黃金回歸到我的「國土」上不可。難怪裏面工作的搬運人員儘管有機器代勞，仍然在兩腳上套著一雙特製鞋。想想看，一塊金磚（聯邦金庫只存放金磚，不收金條、金片、金葉或任何散金），好，一塊金磚，大小與普通建築用磚相似，但卻有四百金衡兩（troy ounces），大約是二十七英磅重，落在腳上絕不是件輕微的小事。

這一塊塊光明耀眼、加起來有一萬多噸的金磚已經夠人反省的了。我是說，開採黃金絕非易事，要大約三噸礦石之中才能提鍊出一英兩純金。而難上加難的是，金脈在山中地下的厚度，差不多相當於一部牛津字典那麼厚的書中薄薄的一頁，而且還不是完整連續的一頁。這薄薄的一頁一部分在第二十五頁，下一部分在第一百八十頁，另一部分在第三百五十頁。所謂的三噸礦石才出一兩純金的意思是，這三噸礦石來自這薄薄、不完整、不連續的一頁。

反省？自從有了文明以來，人類為了追求這獨特的黃色金屬，入山下地，冰寒火熱，冒著危險，犧牲生命，更不要提為它殺人放火，欺詐背叛，暴動革命，征服部落，消滅民族，國界因之而變……直到今天，我們未曾間斷地想盡一切辦法從土中取金。然而，經過了如此千辛萬苦而後從土中取出的金，我們又將它送回到土中去。反省？我想這也許是為什麼紐約的聯邦儲備銀行，在其金庫入口處，漆了一行字：「從土中來，到土中去」（From earth to earth），讓我們不要以太入世的態度去看我們將要看到的一塊塊光明耀眼、加起來有一萬多噸的金磚。

反省？考慮到人類從遠古至今只開採了大約十萬噸的黃金，而其中百分之九十四是在本世紀開採的；再考慮到今天的黃金生產早已無法增加科技、工商、藝術、裝飾用途之外用來支助世界貿易所必須的國際貨幣儲備，那我們不妨回顧一下本世紀一位以全人類幸福為其最終目標的革命者的預言。列寧說，社會主義早晚會將黃金的價值降低到它只配塗公共廁所的牆。

反省？還是「從土中來，到土中去」吧！

訃聞

自從我大約十八年前由洛杉磯搬到紐約，開始定期（每天）看《紐約時報》以來，我逐漸不知不覺地有了一個可以告人、但從未告人之密。我每天必看它當天的訃聞。

我已經發現了好一陣了，就是，不止我一個人有此一很少告人之密。紐約有一大堆每天必看訃聞的人。我最近又在一篇文章裏讀到，《紐約時報》訃聞版編輯說，以前人們是在年紀大了之後才開始看訃聞版，現在，他發現許多年輕人也在看。

我想這不僅僅是因為八十年代出現了愛滋病，使上了訃聞版的大小名人的年紀，從以前的七十、八十、九十幾，可以突然下降到四十、三十幾。之所以難得有二十幾歲的人上訃聞版，只不過是因為難得有二十幾歲的人，不管其死因為何，有足夠的成就或聲譽，使他的死亡消息值得在《紐約時報》上佔哪怕只是一個兩英寸欄的篇幅。例如，今年十一月初有這樣一則訃聞，標題是：「蒂莫西・巴瓦德拉（Timoci Bavadra），五十五歲，斐濟前總理。」訃聞說他因癌病去世；一九八七年任斐濟國總理，一個月後因軍事政變而下臺等等……只有一段，不到八十字，兩英寸欄。這是我的意思，就連一國總理，哪怕只做了一個月，也只不過配給到兩英寸欄的篇幅，那二十幾歲的人，除非當事人是娛樂或運動明星，或神童棋王，否則就很難在訃聞版上競爭了。

當然，我這裏談的是所謂的「社論性」（editorial）訃聞，指報紙認為有值得一提的死亡報導。另外當然還有誰都可以出錢刊登的「死亡通告」（或訃告，至少四行，大約六十美元，額外的每行另外算錢），只不過報紙要有確實的死亡證據，例如死亡證書、殯儀館或教堂等地的喪禮通知等才肯登。這一方面是負責，另一方面是防止有人搞惡作劇，還怕被告。

不過，就算「社論性訃聞」，也分大小兩種。《紐約時報》每天一頁的訃聞版，除了自費的告喪通知之外（三十至六十則不等），其他都是「社論性訃聞」。報導斐濟前總理去世的同一天，另外還有七則。這七名死者之中，我只知道一人，就是當年（一九六六）越戰期間以「綠色貝雷帽部隊之歌」（Ballad of the Green Berets）聞名全美、並引起當時反戰分子反感的巴利・沙德勒（Barry Sadler）：他近年來在瓜地馬拉訓練尼加拉瓜反抗軍，頭部中彈，死於美國，年四十九，留有一妻二子一女。其他六名死者，想來各有各的成就，但是除了當事人的親戚朋友同行同業等人之外，大概沒有幾個其他人會注意到他們的死，更不要說為他們的死而悲痛（我這裏絕沒有對死者有任何不敬的意思），儘管他們都上了「社論性訃聞」版，儘管一人是五十八歲的投資銀行家，一人是七十七歲的心理學家，一人是七十五歲的醫學院教授，一人是四十九歲的藥品公司主管，一人是三十九歲的護士兼律師，一人是七十歲的愛爾蘭文學評論家。

不論他們在訃聞版上得到的篇幅是兩英寸欄，還是六英寸欄，有沒有照片，顯然訃聞版編輯認為他們各自一生事業成就或貢獻，足以佔據這寶貴的兩英寸欄。我祝他們在天之靈。但這些仍然算是「小」訃聞。只有從《紐約時報》頭版（國際國內大事）刊起的訃聞才有資格被稱為「大」訃聞（這大小之分是我的說法，報紙自有它們的標準）。最近只有一人有此榮譽和資格（十一月六日）：「弗拉基米爾．霍羅威茲（Vladimir Horowitz），八十六歲，鋼琴大師，故世。」在頭版左下角佔了三個六英寸欄加半身照之後，下轉到第三部分的整整一頁，同時還有七張照片。這七張照片之中，除了生活的、家庭的（其夫人為托斯卡尼尼之女）、年輕時代的、演奏的、謝幕的之外，還有一張是他在世界各地演出時永遠使用的那架鋼琴，正從他曼哈頓家的樓上被吊著搬運出來的照片。只有這樣的大師才能享有如此大的「社論性訃聞」的待遇。霍羅威茲晚年的閱報習慣是，每天早上首先看訃聞版。他對朋友說，如果當天訃聞版上見不到他的名字，他這一天就很快樂。由此又可證明，看訃聞的有各式各樣的人，而各式各樣的人又有各式各樣的目的。

當然，這類大師或大人物（如尼克森、季辛吉，或鄧小平）的「訃聞」早都已經寫好，存放在《紐約時報》的訃聞數據庫，只等他們某年某月某日嚥下最後一口氣（死最民主，死也最絕對），再加上幾段最新情況罷了。

如果說新聞是歷史的初稿，那訃聞可以算是尚未蓋棺的論定。大訃聞不談，日後多半自有無數傳記論著另外介紹分析研究，但小訃聞的當事人則，不是說絕對沒有，而是很少有機會成為一部傳記或論著的主角。前面提到的那位越戰美軍沙德勒，很可能有人為他作傳，但是，不論他一生是多麼傳奇性，他那訃聞的標題，即蓋棺前的論定，卻是「巴利・沙德勒，四十九歲，民謠樂手，故世。」打了一輩子仗的沙德勒，給今天比較年輕的訃聞讀者留下的最後印象卻是六十年代的一位歌星死了。

我的意思是說，因為大部分哪怕是上了《紐約時報》訃聞版的人，多半也只有此則訃聞做為他一生的總結，那這尚未蓋棺的論定就很突出了。想想看，關於蒂莫西・巴瓦德拉的小標題只是「斐濟前總理」，那「某某某，四十九歲，藥品公司主管」的標題，的確顯得和死一樣的冷酷。但反過來說，就算有關斐濟前總理的訃聞，除了提到他幹了一個月的總理就給軍事政變趕下臺之外，還介紹了他幼年生活、教育背景、成長過程、奮鬥經驗、家庭狀況、社會貢獻、品行為人、喜怒哀樂——這才可怕，有誰在乎嗎？斐濟到底在哪裏？

我覺得這是定期看訃聞的人的一種自然而又矛盾的反應。所以，除非一則訃聞無論在哪一方面和你能夠扯上一點點關係（親朋好友理所當然，我指的是不相識但卻例如同校同屆同行同業同年同病……），你會經歷一種所謂的「認識的震驚」之外，絕大部分的訃聞，我們只能站在遠遠的地方看。這樣比較保險，因為，儘管是在報紙上公開發表的，我們畢竟仍然是在偷看一個否則永遠無從得知的陌生人的一生，哪怕這一生只容納在一個六英寸欄。

冷酷嗎？我想不是。不錯，我從未見過任何人為一個陌生人的訃聞流淚，但他並不比那則訃聞，或這個世界，更冷酷。

回顧九十年代

在回顧之前，先搞清楚九十年代。

以百年做單位的世紀，為了方便起見，又給劃分成十個「十年」（decade），這誰都知道。而每個「十年」又有——請不要怪我重複——又有十年，這也誰都知道，也都不是問題。問題出在這每個「十年」之始與終。

以九十年代為例，一個說法是九十年代始於一九九〇，終於一九九九。另一個說法是九十年代始於一九九一，終於二〇〇〇。

兩個說法都有道理，但所指的不是同一件事，儘管差別是非常之微妙。「韋氏」英語詞典給英文 decade 這個字的定義，除其他之外，是任何一組的十年。你可以隨便定這個十年，比如說，定一九七八到一九八七年為，再比如說，為「美國優皮十年」。

但「韋氏」又說，這個「十年」特別是指以「零」結尾的那一年開始的十年。如以二十年代為例，就是一九二〇年一月一日到一九二九年十二月三十一日。那九十年代的開始就應該從今年一九九〇年一月一日算起到一九九九年十二月三十一日為止。

然而，英文的「十年」還有一個意思，是這個意思才使人們搞不清九十年代到底應該從一九九〇年，還是一九九一年開始算起。這個意思的 decade，「十年」，是指一個世紀（一百年）被分成十個「日曆組」（calendric parts），而任何一個「日歷組」的開始卻是，這才要命，卻是以「一」結尾的那一年。因此，按照這個定義來稱呼二十年代的話，就有了根本的改變，至少我們不能稱其為「二十年代」，而只能說「本世紀第三個『十年』是從一九二一年一月一日到一九三〇十二月三十一日。」

所以，九十年代應該是從今年一九九〇年開始，到一九九九年為止，而二十世紀第十個「十年」才是一九九一到二〇〇〇（認清這一點之後，由你們自己決定應該在一九九九還是二〇〇〇年慶祝世紀末）。

「回顧九十年代」是我借來的標題。我是在八十年代末（還記得八十年代嗎？那個美好的十年，那個醜惡的十年？……）買的這本書：《九十年代，一次回顧》（*The 90's A Look Back*），副標題是「九十年代史，在發生之前」。標準、道地的美國幽默與諷刺……也就是說，多半只有美國人自己才會覺得好笑。

這本書有六十多位作家，其中不少是名家。他們在九個主題之下（世界、美國、民主、科技、生活、運動、小孩、人民、世紀末），來「回顧」在發生之前的九十年代史。我想我只要隨便選幾篇文章的標題，你們就可以大致領會這美國幽默與諷刺的幽默與諷刺了——關於世界：「蘇聯：資本論」；關於美國：「無第二個家可歸」；關於民主：「右派如何上了中間頁」（同時附一張現任副總統夫人的裸體照）；關於生活：「醫療：要錢還是要命」；關於人民：「動物也是人」……

編者的用心良好，也用心良苦。以幽默與諷刺的方式來預測九十年代，可以說是滿精采的噱頭。何況六十幾篇文章，雖非篇篇傑作，但至少篇篇都帶有不同程度的幽默與諷刺，哪怕是美國式的，只有美國人欣賞。問題不在這裏，問題是在，預測，無論是否幽默與諷刺，都有可能，有幸或不幸而言中。讓我以一篇題為「日本『和』氣上升」（WA's Up In Japan）為例，而下面所概述的只是該文所「回顧」的幾件史實：

一九九一年十二月七日，日本買下了珍珠港……歐洲經濟共同體一九九三年的調查結果發現，百分之七十七到八十的基本文化歐洲資產，不是由日本人擁有，就是由他們經營……。九十年代中另一地理政治集團（社會主義南美洲共和國聯盟）的一份研究指出，日本統治，或至少擁有，整個世界的所有重要方面。他們也許輸了二次大戰這場戰役，但他們無可爭辯地贏了那場戰爭……一九九三年：中央情報局和美國工業界對日本經濟奇蹟做了一次聯合研究之後，建議設法說服日本以兩枚小型原子彈轟炸兩個美國工業城，以刺激經濟發展。選出來的兩個城市是匹茨堡和克里夫蘭，但這兩個城市到處遊說，認為應該去炸底特律。日期也已選定，一九九五年八月十四日……日本拒絕，說它沒有原子彈。美國開始對日本徹底軍事封鎖。日本則僱了美國參謀總長為顧問來應付……日本科學家於一九九七年掌握了「時間旅行」的奧秘，並將其技術人員先送到未來，抄了對手的新設計之後，再運回現在……等等，等等。

我的意思是說，這篇文章的作者大概真以為他在幽默與諷刺地「回顧」九十年代史。我敢保證日本人絕不認為這是幽默與諷刺，哪怕是美國式的，而是先見之明。編者的用心良好，也用心良苦。他們在「前言」裏就說，「美國世紀結束，美國千年（millennium）開始。至少這是我們的希望。而在九十年代，希望與現實經常無可區分。但如果有足夠的人認為希望就是現實，那誰又能說它不是……」

好，現在是一九九〇年初，一年之始（新年快樂！），而且難得又是九十年代之始，所以，如果你是從「如果有足夠的人認為希望就是現實，那誰又能說它不是」這句話得到任何啟發，那我可以預見你的九十年代不會白過，到了九十年代末、二十世紀末，你應該會有一種，照那幾位編者所說的，「有一種成就感」。但如果你得到啟發的是「美國世紀結束，美國千年開始」那你就多半誤會了什麼是美國幽默與諷刺。

動物權利

不論你住在哪裏，現在既然已經是九十年代的第二個月，你應該早就非常熟悉一九八九年的國際國內大事了，甚至於也應該看了不少有關整個八十年代的國際國內大事。但如果你住在紐約（或美國任何大都市），那你就應該無可避免地發現，美國社會在八十年代出現了一股勢力，一個壓力集團，而這個壓力集團，不到十年功夫，不但日漸興起，而且已經龐大到，不論一九八九年有多少驚天動地的大事，從天安門到柏林牆到臺灣選舉到巴拿馬到羅馬尼亞……幾乎有資格將一九八九年命名為「動物權利年」了。

據動物權利積極分子（Animal Rights Activists）散發的宣傳文獻，到一九八九年，全美有七千多個各式各樣保護動物的組織，從歷史悠久、態度溫和的「人道協會」（Humane Society）到主張打城市游擊戰的「動物解放陣線」（Animal Liberation Front），一共有一千多萬人全時或非全時投入。

美國國會在一九八九年收到的有關保護動物的來信或抗議要比有關任何其他問題的信都多，

而這是在毒品和毒品犯罪破紀錄地高、墮胎又可能非法、紐約一地高達八萬人無家可歸、愛滋病日益嚴重、美國侵略巴拿馬的一九八九年。

當然，為動物講話的動物權利分子並不個個都是積極分子。他們之中大部分是在呼籲人們不要虐待動物（不要殺生取樂）、不要利用動物做試驗（美國一國每年為此犧牲大約一億個動物，從猴子到老鼠，從試藥到試化粧品）、不要用不人道的陷阱或鋼鉗（美國毛皮業的動物消耗量每年七千萬）等等，但滿腔熱血的動物權利積極分子們可不就此罷休。他們是在打城市游擊戰。這些積極分子們以噴漆、番茄醬、閃光色筆為武器，在紐約時髦的五號大道上，看見身穿貂皮大衣、豹皮大衣，或任何毛皮（皮草）大衣的太太小姐、貴婦少奶奶們，就向她們噴、灑、畫。溫和一點的積極分子則開口罵，「屠夫，劊子手！」再溫和一點的則利用諷刺打心理戰，「你穿貂皮大衣便顯得肥了。」

有用嗎？我不知道，雖然最近紐約一家非常有名的皮草公司「安東尼維奇」（它的電視廣告是一個個穿著貂皮、狐皮、豹皮大衣的美女，性感地叫，「啊——安東尼維奇」）宣佈破產，儘管它的負責人否認破產與動物權利積極分子們近年來不斷在公司門前示威有關。我只知道一九八九年的秋冬季的一個熱門時裝是假毛皮。連名時裝設計師阿爾瑪尼（Giorgio Armani）都在他的作品上發表他的動物權利聲明：他在他那起價五百美元的假毛皮外套和大衣的絲襯裏印的全是虎、豹、熊、海狗……並且說，「謝謝你，阿爾瑪尼，救了我們的毛皮。動物是人最好的朋友。」

如果動物權利積極分子認為這是件好事、是進步，那環境保護主義者可不這麼認為。他們說，自然毛皮是天然的，可以生物退化，而假毛皮卻無法自然地生物退化，長久下去會和任何塑料產品一樣對環境造成危害。

不管這類爭論是不是茶壺裏的風暴，非動物權利積極分子（儘管這些人也多半不會無故地傷害任何動物）很自然地會問，「為什麼只限於毛皮，牛羊豬就不是動物了嗎？就沒有權利了嗎？你們不吃肉嗎？不穿皮鞋嗎？」說實話，照動物權利積極分子這幾年在報刊上打的筆仗來看，積極分子們好像真的多半都不吃肉，也多半不穿皮，包括皮鞋皮夾克。對這些以身作則的動物權利積極分子來說，這是正確的政治態度，儘管運動內沒有明文規定。就算其中有人偷吃牛排，也絕不碰斷奶前就給宰了的乳牛肉。

但是反他們的人挖苦說，這些積極分子們之所以專門找穿毛皮的太太小姐、貴婦少奶奶們的麻煩是因為噴漆、嘲弄女人可要比灑瓶番茄醬到一個「地獄天使」之類的摩托車幫老大的黑皮夾克上保險。這也許是挖苦，但這也是積極分子的戰略。哪一個比較優先？只要人吃肉，就有皮鞋皮夾克。然而我們不吃用來做毛皮大衣的動物的肉。一件貂皮長大衣需要六十張皮，但穿貂皮的人不吃「貂排」，或「青椒貂肉絲」。

好，這一切都暫且不談。我的意思是說，當今天世界上過半數的人民連基本人權都還只能是夢想的時候，竟然一本正經地來談動物權利，本身就是一個莫大諷刺。更不要提無論從道德、宗教、生物、政治、社會，甚至於慈愛角度來看，動物究竟是否能夠享有權利了。至於說，在整個自然界，只有人以外的肉食動物在殺別的動物的時候，完全是為了生存──吃，或者被吃──而不是為了披上牠的毛皮，那就越扯越玄了。我的意是說，如果你接受人類生存的意義不僅只是歹活的話。

我的意思是說，為動物權利進行鬥爭本身可以算是一項神聖使命。神不但愛世人，也愛所有生物。但是別忘了，也是耶穌本人把五條小魚變成五千還是五萬條小魚來餵他的信徒。人有惻隱之心，不錯，但是我們的先聖老早就告訴我們，要做君子嗎？遠庖廚！因此我們才可以又做妓女，又立貞節牌坊。

然而動物權利積極分子則告訴我們，魚與熊掌（我沒有意思開他們的玩笑）不可兼得。他們要我們尊重一切形式的生命。但是在，至少是美國，當什麼是生命、生命從什麼時候開始、什麼人有權剝奪這個生命（我是在講人）等等這種影響到幾乎每一個人的大問題都還在進行火熱辯論的時候，保護動物權利真可以說是清高無比，甚至於是一種奢侈、一種逃避。

可能正是如此。像美國這樣一個社會，現實相當殘酷。人和人之間關係越來越複雜。而動物不搶你、不偷你、不姦你，也不歧視你，更不侵害你的人權。為動物爭取權利，真要說的話，的確比每天面對我們生活四周的痛苦和現實要輕鬆多了。

一個美國現象

雖然說只要是人，就有這個基本經驗，可是卻是美國最先把人類此一共同經驗中的一段，變成為一個現象。

我們都是從我們母親肚子（好，子宮）裏生出來的；我們吃奶、斷奶、爬、坐、站、走、跑；我們上學、長青春痘；我們唸書、打工、做事；我們成家、生子、立業……最後是誰也免不了的一死。大同小異，我們的祖先如此，我們如此，我們的後代也如此。不去做任何價值判斷的話，這就是所謂的人生一世。

但是這個人生一世有那麼一段期間是所謂的「尷尬」期間——青春期。這不是問題，至少不是我要談的問題。我要說的，是美國在二十世紀下半葉，把這個人生階段的男孩女孩，不但推上了社會舞臺而變成了一個人口組群，而且變成了一個龐大的消費集團，同時還為英語制定了一個特定名詞——teenagers。

中文始終沒有一個恰當的相對名詞。「青少年」是傳統的說法，沒有錯，只是不夠精確。所謂之「妙齡」是在形容，而且更不精確。不論生理上青春期是從幾歲開始，英文teenagers 明確地指「十三」（thirteen）到「十九」（nineteen）歲的男孩女孩。

雖然 teenagers 這個英文字戰前即存在，但是做為一個特定名詞來普遍使用，卻是五十年代下半期開始的。為了方便起見，我這裏用「三九少年」來表示，來指英文teenagers 所指的十三到十九歲的少男少女。好，它之所以到了五十年代才在美國流行，成為一個美國現象，如果允許我用大字眼來說的話，很簡單，自由、民主、開放、富裕。

直到二次大戰，美國或西方社會在童年和成年之間、在一般觀念上，並沒有一個固定的中間地帶。「青春期」基本上是一個生理名詞，指發育的一個必然過程而已，不帶有任何社會意義。說實話，即使在西方國家，戰前的規律是，絕大部分人家的子女，一旦唸完小學或初中（十五歲左右），都幾乎立刻開始工作賺錢，因而被視為「成人」。而如果不是法定成人的話，也至少被普遍看做是「成人」。因為哪怕還是小孩兒，一旦開始工作，就有了收入，就貼補家用，就有了責任。只有至少中上階層家庭才享有讓子女繼續就學、甚至於上大學的奢侈，而使他們在步入「成年」之前享有更久的緩衝時期。

是富裕社會的普及教育根本改變了美國青少年的生活週期。想想看，只不過本世紀初，十四歲到十七歲的青少年，只有百分之十三就學；而到五十年代初，這個比例已經增加到百分之七十五左右；再到六十年代中，可以說幾乎全部（百分之九十五以上）就學，而其中過半數上大學。

「成年」於是就這樣給推到二十歲以後。

所以，就算在自由、民主、開放的基礎上，社會不富裕也仍然不會出現「三九少年」這個集團，人們也不會確認「三九少年」為一個單獨的、個別的實體。而「三九少年」之所以得到社會確認，很簡單，他們有錢了。

他們有人是家裏給的零用錢，而這零用錢在六十年代初的一般規矩是一天一美元，相當於今天至少五美元。除此之外，他們多半都有機會打零工，或週末工。這表示什麼？這表示他們多數吃在家裏、住在家裏、基本開支全由家裏負擔，而自己又無家累，所賺所得全花在自己身上。突然之間，「三九少年」變成了社會上重要的消費者。好，也許不是那麼突然，總之，到六十年代初，不考慮父母花在初高中子女身上的錢，「三九少年」自己的消費額是令人震驚的每年一百二十億美元。而這些錢不是用來買房子買家具，而是去買時裝、化粧品、唱片、汽車……

這個美國「三九少年」現象雖然在五十年代中開始成形，但是在五十年代下半葉，幾個連續發生的事件加強、鞏固、擴大了「三九少年」的聲勢和地位：好萊塢關於「三九少年」和青少年幫派的電影（James Dean, Marlon Brando 等等）；搖滾樂；和一九四六年出生的第一批戰後嬰兒（Baby Boomers），他們於一九五九年剛好滿十三歲，「三九少年」的第一年。「三九少年」一詞從此在美國文化上刻上了它的大名。與此同時，「代溝」（generation gap）一詞也因而誕生。

「三九少年」不但在馬龍．白蘭度和狄恩身上發現了自己，更在搖滾樂中發現了自己，同時還隨著它跳，隨著它愛，還有後來的隨著它抗議和示威。「三九少年」有了屬於自己的音樂。

但是真正把「三九少年」變成社會一股不容忽視的力量的是戰後嬰兒的加入。你知道他們當時的力量有多大嗎？

戰後十五年之間，「三九少年」的數目，從一千萬增加到一千五百萬；再到一九七〇年，又增加到兩千萬。他們的購買力？所有冷飲的百分之五十五；所有電影票的百分之五十三；所有唱片的百分之四十三。他們每年平均花在唱片上是一億美元，五分之一有自己的汽車。

此外，以「三九少年」為主要對象的快餐店，業務每年增長五分之一。六十年代中的一百股「麥當勞」值二千二百五十美元，而到一九七二年，已經漲到不可思議的十四萬一千美元。「肯特基炸雞」從一九六四年的四百家增加到一九七一年的三千三百十七家。「三九少年」不但去光顧，而且同時也靠在那裏打工服務賺錢。

此外，僅佔總人口百分之十一的「三九少女」，卻購買了化粧品總銷售量的百分之二十——光是口紅，就是一千二百萬一年。六十年代初，越戰之前的一項調查發現，三分之一的「三九少年」認為最嚴重的問題是青春痘。

到了五十年代末，已經成了氣候、變成一大勢力的「三九少年」完全知道他們要什麼。用最簡單的話來說，就是做他們要做的，聽他們要聽的，去他們要去的，吃他們要吃的，穿他們要穿的，玩他們要玩的，也就是說，遠離父母家長社會的干擾和控制。

這就是為什麼只有一個自由、民主、開放的社會，還要有錢，才有可能形成「三九少年」這種集團。專制社會免談。第一它專制，誰也別想獨立生活；第二它沒錢，就連比較富裕的家長式社會也不太可能。很簡單，「三九少年」第一個要擺脫的正是這個家長式權威。而在戰後美國，他們成功了，甚至於改寫了美國現代史。

五十年代中的頭一批「三九少年」今年都應該五十上下了。就連一九四六年出生的第一批戰後嬰兒，今年都四十三、四了。這些人是今天美國社會的中堅分子，同時也多半是今天的「三九少年」的父母家長。所以，我想，當他們發現今天的「三九少年」每年在衣裝上花費一百一十億美元、美容上花費元六十億美元，「三九少女」二十歲以前花在化粧品上的錢，超過她們以後一輩子的化粧費的總和，那就不應該有什麼抱怨了。

同時，如果再想到今天「三九少年」之中的三分之一也認為最嚴重的問題是青春痘的話，做父母的簡直要發出會心的微笑了。

又一個美國現象

雖然說只要是國家，就有這個基本需要，可是卻是美國，因其獨特的歷史、政治、社會、文化背景，才把一個國家的一個基本需要，或其中一個單元，變成一個獨特的美國現象。

我指的這個基本需要是它的國防部隊。如果你考慮到連一個只有一百來萬人口的國家，都有一支幾百幾千、甚至於幾萬來人的武裝部隊來捍衛其疆土（有多大效率暫且不管，總之它會有），那美國，紹級大國美國，世界第一強國美國，當然有一支絕不會輸於任何國家的國防部隊了。儘管自十九世紀初以來，除了當年的日本（好，日本軍國主義者），不知天高地厚，偷襲了一次珍珠港之外，從來沒有遭受過任何外國軍事侵略。

美國的國防（兼治安）部隊的通用名稱是 National Guard，中文一般譯為「國民警衛隊」。其實，這樣譯法未免太小看美國國防軍的力量了。國民警衛隊？連英國的 The Guards 都是「皇家禁衛軍」，怎麼堂堂美國的這支國防部隊，光是它的陸軍，就是其國防地面部隊的最大組成部分，是其戰鬥部隊兵力的一半（其正規部隊佔另一半的大部分，餘下的是陸軍後備），而其國防空軍負責四分之三的日常攔截任務（如果它是獨立的空軍部隊，那它是世界第五大的空軍）等等，所以，怎麼變成了「國民警衛隊」了？它畢竟不是防小偷，看守大廈、工廠，維持城鎮交通秩序和治安的警察！

不管怎樣，就讓我沿用大家慣用的「國民警衛隊」吧。不管怎樣，它的歷史比美國的歷史還要久。說實話，「警衛隊」倒是很恰當地說明這支部隊在美國獨立前，在荷蘭和英國殖民時期的情況。

要追溯它的前身的話，可以一直追到一六三六年。是當時的商人、醫生、律師等專業人士，出人出錢出力組織起來的，一點不錯，一支志願警衛隊，來保護他們免受印地安人的襲擊。換句話說，他們是當時的民兵，但是因為他們非但自願，而且自給自足，所以參加的人多半是地方上的特權階級，至少你要有錢到自己買得起槍，買得起馬，有空操練打靶。美國國民警衛隊的這個特權性質，至少在主管一級，一直延續到二次大戰。

美國憲法授權國會組織民兵來執行立法、鎮壓動亂、擊退侵略。可是國會，大概認為無此需要，一直沒有採取行動。到十九世紀初，各州才將有兩百年傳統的民兵組織起來；而直到二十世紀初，國民警衛隊才正式成為聯邦部隊的一支。空軍警衛隊直到一九四七年才建立。因為有這樣一個歷史淵源，國民警衛隊就有了一個獨特的雙重性質。戰爭時期，它是正規軍的一部分（去年美國侵略巴拿馬的部隊主力之一就是國民警衛隊）；但在和平時期，它由州政府管轄，如果該州發生任何嚴重事件，例如大規模暴動、重大自然災害，或當年龐大的反越戰示威等，而如當地警察無法維持秩序，則可由州長下令動員該州國民警衛隊來負責保安工作，控制局面。

美國憲法只說「民兵」（militia），沒有說「國民警衛隊」（National Guard）。這個英文名稱直到一八二四年才出現。但在我講它怎麼出現這個故事之前，讓我先拐一個必要的小彎。

今天，在全美及其屬地的兩千多個大城小鎮，駐紮著四千多個不同兵力（師、團、營、連）、不同兵種（步兵、裝甲、導彈、通訊……）的陸軍國民警衛隊。我想各地自有各地自己的名師、名團，也就是說，有光榮作戰或其他傳統的部隊。但就整個國民警衛隊來說，一個最有名的是總部設在紐約曼哈頓公園大道和六十七街的國民警衛隊「第七團」。

第七團是紐約一些地方名流在一八〇六年，為了應付當時英國提出的要求，即在美國船隻上搜查英國逃兵而組織起來的。它雖然參加一八一二年戰爭的一些戰役，但並不出色。可是到了一八二四年，它卻出了一次大風頭，並且給美國一直被稱為「民兵」的民間部隊，取了一個響亮大名——National Guard。

因理想（和反英）而參加美國獨立戰爭，華盛頓之友，而且官拜美國陸軍少將師長的法國貴族拉法耶特侯爵（Marquis de Lafayette），於美國建國之後回到法國，參與政治，並在大革命期間攻破巴士底監獄的次日，奉命統率剛組成的法國「國民自衛軍」（Garde Nationale）。他於一八二四年訪美，而美國指派紐約州民兵第七團擔任護衛。第七團因為拉法耶特侯爵是法國「國民自衛軍」的總司令，於是就藉此機會自稱他們是美國的Garde Nationale，即National Guard。結果一砲而紅。從此，美國各地的民兵也都如此稱呼自己。就這樣，「國民警衛隊」自此取代了「民兵」，而成為民兵的一個非正式的正式名稱。

這一切我想都滿有意思，具有雙重性質的國民警衛隊也滿獨特，但還不足以構成為一個美國現象。

民兵也罷，國民警衛隊也罷，既然是武裝部隊，哪怕是志願部隊，哪怕志願兵的兵役期間（在今天）只不過是每月一個週末操練，外加每年兩個星期野外演習，也總要有個場地才行。村鎮的警衛隊不愁沒有空曠的草地操場，來練每個二等兵都必須經過的洗禮，一、二、三，齊步走。但就紐約市來說，自十九世紀初以來，人越來越多，房子越來越擠，這裏的警衛隊有時都不得不租場地來出操。

南北戰爭之後，第七團因為以前的團總部和操場不夠用（也不夠結實，室內無法出操，但別問我為什必須在室內操演），才說服紐約市捐出坐落在公園大道與六十六和六十七街之間的一塊土地。這個所在是當時所謂的「絲襪區」（silk stocking district），就是說，有權有錢有勢的人的地區，也就是說，第七團官兵的地盤。

第七團邀請了自己的一位成員，名建築師克林頓（Charles W. Clinton）來設計。這幢於一八八〇年落成的第七團總部就是今天曼哈頓這座建築物，「第七團軍械庫」（Seventh Regiment

Armory）。

因為這是一個獨特的美國現象，所以連一個普通名詞 armory（軍械庫、武器庫、兵工廠……）一旦用在國民警衛隊身上，就有了不同的意思。

第七團軍械庫（或任何師團軍械庫）當然有各式各樣的武器，但基本上它是團總部和操演場。它的外形和佈局像是一個大堡壘，但因其建築設計取自十九世紀的火車站，並使用當時先進的工程技術，才可能在一個屋頂之下容納著兩座獨立的建築物：一座四層行政大樓（團總部），一個兩層高、兩百比三百英尺的大空間（操演場）和觀眾臺。

從第七團軍械庫於一八八〇年落成到一次大戰前夕，紐約市一共建造了將近三十個軍械庫。難以想像的是，這筆龐大的投資多半來自民間。比如說，第七團軍械庫就是私有財產，今天還是。問題於是很自然地出現了，為什麼當年民間社會人士肯出這麼多錢來建造一個個不從事生產、因而也賺取不到收入的軍械庫？

用心簡單，用心良苦。以「絲襪區」為代表人物的紐約（或美國）中上和上層階級人士，在看到十九世紀下半葉各地的政治、經濟、社會動亂後，感到萬分恐懼。想想看，什麼石油大王、鋼鐵大王、鐵路大王等等財閥，都是那個時代形成的。貧富之不均，懸殊之大，在美國史無前例。而這也正是美國工會運動迅速成長的時候，罷工不斷，流血不斷，再加上一波又一波數以百萬計的東歐和南歐貧苦移民和難民，這些特權階級真怕罷工走向動亂，動亂走向革命。他們想出來的答案之一就是建造軍械庫，駐紮民兵，緊急時刻可以平亂，同時又可以做為一個法律秩序的象徵，明白地暗示新移民：你們可以來，但可別亂來。

第七團軍械庫外形也許像座堡壘，也表達了它所要表達的戒備、力量和權威，但是考慮到民兵的傳統，尤其考慮到紐約州國民警衛隊第七團當年的背景，那就不難想像第七團軍械庫的團總部的設計，可不是一般的步兵營房。第七團總部是上流社會的名建築師、名室內設計、名藝術家，來為與他們在同一社交圈來往的特權官兵設計的，一切以上流社會的所謂「男人俱樂部」為典範。因為他們都是「軍官和紳士」（officer and gentleman），所以即使在服役，他們的社交生活還是下午茶、星期六夜舞會、馬球、慈善宴會……而又因為每個國民警衛隊都在設法吸引與自己成員身份相等、至少要有同樣的價值觀念的人士加入，那就更不難想像第七團在照顧服役隊員的生活、起居、食宿方面的種種奢侈，簡直是必要的了。

這一切到了國會通過一九一六年的「國防法案」，正式將國民警衛隊併入聯邦部隊，才開始改變。首先，軍械庫建得少了，只有經濟大恐慌的三十年代，政府大力投資為失業人士安排工作，才又建了一些，可是再也不可能如此豪華了。今天，不少軍械庫因其獨特的建築結構，經常為地方活動提供場地，舉辦田徑賽、慈善宴會、義賣展覽，做為臨時影棚等等。

因為經常有這些活動，我才有機會去了曼哈頓的兩個軍械庫。一個是西十四街的「四十二師軍械庫」（麥帥曾任師長），一個就是第七團軍械庫，都是去看古董展（但從未買過，好的太貴，不好的也不便宜）。另一個著名的是列克星頓大道和二十六街的「六十九團軍械庫」，我沒有進去過，但它之享有大名是因為一九一三年在這裏舉辦的所謂的「軍械庫展覽」（Armory Show），才將已在歐洲興起的現代藝術介紹到了美國。

雖然在，比如說，布魯克林的某個軍械庫現在變成了無家可歸的人士收容所，但這個美國現象仍有跡可尋。七團軍械庫仍無比時髦，從其對外開放的餐廳和酒吧仍可感受一些當年的味道。而如果你剛好碰上它正在舉辦什麼慈善宴會的話，那你仍可看到大禮服、高級時裝、珠光寶氣的紳男仕女，以一個人一千美元的票價，為愛滋病人籌款。

搖滾還是搖滾

上個月的一個週末，我在下百老匯逛街，一場突然的陣雨逼我躲進一家我好久好久沒有去的唱片行，Tower Records。

裏面人很多，三架收銀機不停地響，前面還有一排長龍。我前前後後轉了二十幾分鐘，但只是在一樓，沒有上二樓，也沒有去地下室。在這短短的一段時間內，我發現所播放的是我從來沒有聽過的搖滾，我發現當今流行的樂手歌星至少有百分之九十我完全無知。我還發現整個一層樓幾乎沒有一張唱片，全是CDs。

雖然我很早就意識到這個現象，但如此直接而近距離地面對現實，最初的震驚一過，耳中聽著那似曾相識、卻又一片空白的一支支搖滾，我不得不告訴自己，搖滾還是搖滾，只是你老了。

人老了並不稀奇。稀奇的是搖滾還是搖滾。

就搖滾來說，有一個現象幾乎是獨特的。在美國任何其他流行文化領域，無論是時裝、髮型、電影電視、文學藝術、書報雜誌、語言文字等等，步入成年的人或多或少都可以跟上。換句話說，他可以在六十年代喜歡當時某個電視節目，或某種時裝，或某部電影，而同時在今天也喜歡九十年代某個電視節目，或某種時裝，或某部電影。他不會覺得其中會有什麼矛盾，他甚至於都不會去想這個問題。唯獨搖滾，這個人必定只喜歡聽他十幾二十來歲的時候聽的搖滾。其實，這正是為什麼搖滾還是搖滾的主要原因。

聽五十和六十年代搖滾長大的人，都會有我那天在 Tower Records 的直覺反應。怎麼搞的？怎麼當年充滿了愛情、熱情、激進、反叛的搖滾，變成了今天這個……這個……這個除了聲音大、節奏響之外，一句歌詞也聽不懂的……這個什麼？……搖滾？

怎麼搞的？怎麼當年只有我們懂的搖滾，變成了今天只有我們不懂的搖滾?!

好，Prince, Whitney Houston, Madonna, Michael Jackson, Paula Abdul……大部分人都聽過，可是什麼是2 Live Crew? 誰是 Bobby Brown? N.W.A. 又代表什麼?還有 Living Colour, Neneh Cherry, Tone Loc, New Kids on the Block, Milli, Vanilli, The Coll……他們是今天的貓王，今天的小里查，今天的Chuck Berry，今天的狄倫，今天的Aretha Franklin，今天的「披頭四」，今天的「滾石」，今天的 The Who, The Doors, Simon & Garfunkel, Supremes……他們和他們的老前輩一樣，唱的也和他們老前輩唱的一樣，十幾二十來歲青春期少男少女世界的一切喜怒哀樂。以性加暴力加憤怒為主題的 Rap 可能是個例外，但這個例外也只是在單獨與五十年代和六十年代相比的話才可能是個例外。它要比當年的搖滾更為激烈，激烈到近年來已經引起大主教、小主教、議員夫人，或任何極左極右派的反對。但這主要是因為美國社會變了。美國社會本身在八十年代末九十年代初，將五十年代和六十年代的性和暴力和憤怒升級，升級到自然地出現了Rap。所以，搖滾還是搖滾。

而今天的中年人之所以聽不懂，或無法接受今天的搖滾的原因，也和當年一樣，只不過當年是他們的父母家長聽不懂和無法接受。所以，搖滾還是搖滾，只是你老了，你變成了父母家長。而一旦做了父母家長，你就發現成年世界的喜怒哀樂，不是一首三分鐘長度的搖滾所能表達的。所以，你今天要聽的話，只有回到從前（單憑這一點，你已經不是今天的搖滾樂迷了），回到你上中學、唸大學時候愛上了的搖滾。所以，搖滾還是搖滾，只是你老了。

當然，這一切都是從個人在人生旅途上邁步前進的角度來看搖滾。而搖滾仍然還是搖滾，搖滾仍然在精力充沛地一再創造、一再突破，而永遠，至少過去近四十年來，永遠還是搖滾的另一證明，是它每隔一段時間就遭受到的咒罵。

我指的當然不是像我這種成年人因聽不懂今天的搖滾而被動地抱怨，我指的是主動地、積極地咒罵，甚至於積極到要立法查禁。然而最妙的是，今天咒罵搖滾的人和三十幾、二十幾年前咒罵搖滾的人完全一樣：教會、或左或右的保守派、道學家。不論個別人士對個別搖滾有什麼個別看法（例如，紐約樞機主教稱某些Rap宣揚撒旦主義），一般來說，最令反對搖滾的人感到恐懼的是青春與性。搖滾代表青春，搖滾代表性，而青春又是性覺醒，而青年又是性活躍。這真嚇壞不少人。雖怪年輕人認為成年人虛偽，因為這種恐懼正是來自虛偽。

至於要音樂為某個信仰服務，或敵視任何諸如搖滾之類的通俗藝術，來自這個角落的反對聲音，不是有了搖滾才出現的。從柏拉圖到法蘭克福學派，從左到右，這些真假道學家的咒罵之聲一直未曾間斷。不過，這未免扯得太遠了，而且就搖滾來說，就算在六十年代，也未免過於高估了它。畢竟至今還沒有任何一場流血戰爭是因搖滾而打，也沒有任何一個專制政權是因搖滾而垮。

不過，我個人是希望這種咒罵之聲不要斷。被咒被罵是搖滾仍具有反叛性的證明。一旦社會上上下下、左左右右，全都接受了，甚至於愛上了搖滾，那……那搖滾就不是搖滾了。

紐約（半）日記

四月底五月初的天氣令人精神不振，全是下雨天。

如果這還不夠煩人的話，連地方新聞都沒有一件是好的。殺人——今年才過去四個月多一點，已經有七個計程司機被槍殺——強姦，縱火，黑白關係惡化，種族歧視性犯罪，黑人杯葛韓國移民雜貨店……更不要提我的辦公桌上還堆著一份份文件有待我審。我知道我需要振作起來。

所以當我五月三日星期四早上出門上班，發現天是深藍，雲是雪白，氣溫七十度，濕度不高，風又輕又微，太陽金光燦爛，我告訴自己，要振作起來嗎？打電話請假吧，今天別上班了。

但這不是一個請假不上班在家休息的天，更不是請假不上班在家做事的天，這是逛街的天，沒有目標的逛街、看人、買東西的天。

我是大約下午一時再出的門。這還是上班族的午餐時刻，附近小公園和廣場全是四周政府辦公大樓的工作人員，有人在吃自己帶的三明治，有人在吃外賣，有人喝咖啡、可樂、啤酒，抽煙、聊天、曬太陽。還有兩個無家可歸的黑人和一個中國老太太在拉圾箱裏撿空可樂啤酒罐去換錢。

我在小公園找到一個空位子坐下，斜對面是一男二女，正在笑。男的接著說：「那你們大概沒有聽過這個，是真的。」那兩個女的側過臉，等著他。我也偷偷在等。

「有一天我們市長和他夫人汽車經過時報廣場，看見路邊有一個清道夫在掃街，而且這個人是當初市長夫人的老情人。市長對他太太說：『想想看，幸好你嫁給了我，否則你就是紐約市清道伕的老婆了。』市長夫人說：『如果我當初嫁給了他，那他就是今天紐約市長了。』」

我沿著百老匯北上，在紐約大學附近逛了一下「莎士比亞公司書商」，買了一本關於曼哈頓是如何建造起來的書，從荷蘭殖民時代一直到今天的摩天大樓，從第一個都市計畫到世界貿易中心，從大橋到地鐵，從電銲到鉚釘，從起重機到水泥車，從天上到地下。作者（Donald A. Mackay）除了歷史資料之外，主要將他近三十年來採訪曼哈頓各個大小工地時畫的插圖收集成這本書。很有意思，你不但看到曼哈頓近三百多年來的工程建設，你同時看到一座摩天大樓是如何一層層建造起來的。不過，離開書店不到五條街我就後悔買了，越走手提包越重。

雖然是週四工作日，但華盛頓廣場還是有不少人，也有人在表演。我坐在石階上一邊休息、一邊聽不遠處一個十來歲的小子唱「披頭四」的歌，每個人都很高興。天氣好心情好是有道理的。我背後一個大約五歲的小女孩一直在笑。

不知道為什麼，這小子唱了幾首之後就收攤了。周圍的聽眾於是也走了許多。這時我聽到背後那位小女孩兒的媽媽一直在問她女兒：「你長大了要做什麼？」「做媽媽。」「不，做媽媽之前做什麼？」「……忍者龜？」

我走出了廣場，沿著第八街向東村走。街邊是一個接一個的地攤，賣舊書舊雜誌舊器具舊鞋舊衣服和新的假珠寶手飾。過三馬路的時候，對面走來一位絕頂漂亮、打扮時髦、二十上下、兩腿修長、身材豐滿的金髮少女。我發現整個十字路口的人都立刻注意到了她。而她，當然心裏有數，但表面上完全無動於衷地、充滿信心地，迎我而來。只有在一個等紅燈的計程車司機按下了喇叭，又吹了聲口哨之後，她才微微一笑。

東八街永遠像是週末假日。本區的各類前衛已經夠奇特了，紫頭髮、銀頭髮、無頭髮不說，還有一大批年輕日本遊客，也是紫頭髮、銀頭髮、無頭髮。因為行人很多，又有很多攤子，大家都走得很慢。我不知不覺地一直跟著一對年輕男女後面走。

男的說：「她真混蛋，把我兩百現款全拿走了。」女：「沒關係，我們去把她的四個車胎都劃破！」

男：「她還跟我所有的朋友說，是我欠她的錢！」女：「那我們把她的車窗也打破！」

我真想拍他們肩膀問他們兩個人和另外那個「她」三人之間是什麼關係。新情人老情人？新妻前妻？新情人前妻？新妻前情人？還是剛解散的三角？還是他們二人正在寫劇本對話？

我在路邊攤上買了一條黑皮銀頭西部腰帶，才十五塊錢。同樣的皮帶在店裏要五十多塊錢。

省錢固然很好，但買東西的最大樂趣是在你並不一定需要這件東西的時候看上了買到了一件你喜歡的東西。為了需要一件東西而去買一件東西是件工作，而誰都知道，做一件工作是費心費力又費時。

絕對跟天氣好有關。街上的人好像都在戀愛。我看見一個男孩兒抱著他女友走出一家餐館。我還看見一個女孩兒在公寓前臺階上為她男朋友整理頭髮。走了不過六條街，竟然有三對男女在接吻。

當然，在紐約住久了，在眼前發生的全是美好事物的同時，我不會忘記在這個人吃人的大都會的某個角落，有人在吸毒，有人在搶錢，有人在謀殺，有人在打老婆，有人在偷情，有人在犯各種形式的罪。報紙上的地方新聞之所以沒有好新聞，是因為沒有一個編輯會把一對年輕男女在街邊擁抱親吻當做新聞，更不要說放在頭條，連包厘街上向開車等紅燈的人要錢的酒鬼都變成平凡得不值一提的司空見慣小事。

不過，紐約各報的都市新聞編輯沒有看見我那天下午五時在酒鬼街看到的一景。也許上不了頭條，但值得上報。

那個十字路口是討錢酒鬼的一個集中地，即下東城好士頓和二馬路交叉口，我本來沒有注意到他，是接二連三的汽車喇叭聲吸引了我。我順著聲音看過去，看到安全島上一個酒鬼舉著一個大紙牌，上書「幫助一個無家可歸的人找個家」，下面還有幾行字：「我看中了一棟才三十九萬五千美元的房子，我現在只需要三十九萬四千九百九十九元，請幫助。上帝保佑你。」

老天會不會保佑他我不知道，我只知道，在一連好幾天都在下雨，在沒有任何好新聞，在我精神需要振作的時候，來了今天這樣一個天是深藍、雲是雪白、氣溫七十、濕度不高、風又輕又微、太陽金光燦爛的一天，我就知道，老天有眼，而且我也沒有把這一天給白白浪費掉。

新店溪邊，那個切腕的女孩

當我們的車子極慢地開進古亭區新店溪邊、中正橋下的堤防公園小徑的時候，我們三人幾乎同時看到了她。只不過，在清晨一時，月亮忽隱忽現，一剎那間看到的是草坪盡頭一個像幽靈似的一閃而去的影子。

這是今年（一九九〇）七月一日半夜，或二日清晨，我在台北度假的最後一個晚上，再過十小時，我就要飛洛杉磯。我的朋友（也姓張）昨晚九點約我出去喝酒。我手邊還剩下半瓶Chivas。我說也好，可是吃宵夜太早，去酒吧又不能自己帶酒。張於是建議把酒留在車上，不如再去ROXY II看看熱鬧。

雖然應該說ROXY II是不應該我去的地方，至少就年齡來說，去那裏的人平均年紀大概是我的一半。可是，這次在臺北住了三個多星期之後，看到的是好幾位朋友的小孩為了考高中，每天唸書唸到深夜才回家，而且看到我住的附近的仁愛國小、國中，復興中、小的學生們，放學時一個個背著比我唸書的時候還沉重的書包，我就告訴自己，我情願失去青春，也不願再讓青春經受臺灣小、中學教育的折磨，而我還是師大畢業的。

所以，儘管我不跳舞，去比如像 ROXY II，至少能看到一些年輕人（當然不一定是中學生），在高興、在跳、在唱、在樂、在笑，總比看到一個個小孩兒，只不過為了趕考，眼睛都張不開地半夜還在燈下唸書，要令我心情舒暢一點。同時令我感到，青春不是白白地浪費在小孩身上，而是白白地給臺灣聯考浪費掉了。制度如此，我連可憐這些小孩的資格都沒有，更何況，我現在已經到了一個地步，連茶與同情都給不起了。

臺北的娛樂場所，年輕人能去的並不是那麼多，太多太多的地方都直接間接帶有一些色情的味道。就連正式餐廳，也非找一位年輕貌美、穿著叉開到大腿根的旗袍的女孩兒，站在進口的地方，接連不斷地重複那倒楣的「歡迎光臨」、「謝謝光臨」。至於鋼琴酒廊，花費驚人不說，什麼人去也不管，但是那些招待客人的「業務協理」小姐們，卻一個比一個年輕，有的簡直像是高中生。

那天晚上在 ROXY II，我的朋友張碰見了他的一位朋友，一位姓謝的女孩兒，還在上大學。我們隨便談了會兒，這個時候已經十二點多了。張問我，車上還有半瓶 Chivas，要不要找個安靜的地方把它喝掉。我說好，但請他帶我去一個我們沒有去過的地方。

張開車，謝前座，我後座。沒有塞車的交通不但讓我感到臺北還滿可愛，而且很快就上了中正橋。我本來以為是去永和吃宵夜，可是他一過了橋就 U-Turn，原路開回臺北。我覺得奇怪。

張說，我們要去的地方在新店溪邊、中正橋旁的堤防公園，只有回臺北方向的路可以開車進入。他還說這裏據說有鬼。

車子上了公園小徑不久，我突然感到我知道這個地方，至少這個地帶。我問張水源路在哪裏?就在後面。廈門街?在旁邊。同安街?前面一點。金門街?再前面。好，我知道了，這一帶是我從初中到高中到大學，不是每天的話，也是常常來玩的地方。

難怪張說這裏據說有鬼，我初一上唸的是板橋中學，家住龍泉街，每天天不亮就在這一帶的螢橋站搭新店萬華小火車去臺北轉車去板橋。我在溪邊目擊過不止一次的槍決，主要是政治犯。初一上被板中開除（原因下次有機會再談），之後就上了美國學校，但經常和同學來這裏划船游泳。高中去了位於同安街新店小火車軌道旁的強恕。這還不說，而強恕，完全是為了不必付工錢（零價勞力！），竟然以義務勞動為藉口，規定我們全校學生，每星期一次，到新店溪邊來搬一塊塊石頭，來填校內的一個池塘，好建造教員宿舍。我們做了一年的奴工，竟然沒有人想到告學校利用天真無知的學生非法盜用市府公產，更不要說造反了。

水源地螢橋這一帶一直非常寧靜，一直是男女小孩幽會的地方（啊！初戀！），直到我進了師大，也不知道是誰先開始的，在新店溪的小船上，準備了各式各樣滷菜、雞翅膀鴨翅膀，等等，開始了遊河宵夜。再沒有多久，溪邊有人搭了個小帳篷，開始了臺北第一家蒙古烤肉。從此，古亭區螢橋新店溪邊再也不寧靜。

直到，就我個人來說，直到那天清晨一時，好像夢一般地回到從前。新店溪水靜靜地流，永和靜靜地睡，月亮靜靜地照，我們三人靜靜地坐在堤防上。

是張首先發現距我們大約二十來步的堤上不聲不響地蹲著一個女人。我們一驚之後都有點怕，倒不是怕鬼，而是怕她跳河自殺。在當時的情況下，這是非常自然的直覺反應。張自願過去問問，三分鐘之後回來告訴我們，那個女孩兒一句話也不說。謝說女的去問可能方便一點，結果還是一樣。我們又等了大約半小時，那個女孩依然不聲不響、毫無動靜地蹲在那裏。我的半瓶Chivas已經喝完，打算回去收拾一下睡覺，趕中午的飛機，可是又覺得我們不能就這麼一走。

我慢慢地走了過去，在她旁邊坐下。月光之下，仍可看出她大約十八，絕不超過二十。淺色上衣，淺藍超級迷你裙，白色褲襪，深色高跟鞋，臉很清秀，頭髮很長，相當漂亮，口紅非常顯著。雖然蹲著，但仍然可以覺察出她的好身材。她用右手輕輕托著她那從肘裏著還有隱隱血跡紗布的左臂，兩眼毫無表情地望著遠方，好像旁邊根本沒有我這個人一樣。

我想不出一句話說。就這樣，她看前面，我看她，無言無語地過了幾乎十分鐘。

我鼓起勇氣，「你不是要跳河吧？」她沒有回答。過了一會兒，我又重複一遍。她還是沒有回答，不過她輕輕搖了一下頭，然後輕輕抬了一下左臂，「已經試過了……」

「為什麼？」她又不說話了。我點了一支煙，問她要不要。她搖搖頭，「……當然是家裏的問題了……」

「家裏是指你的丈夫，還是你的父母？」「當然是父母了……」眼淚開始順著她的臉無聲地流。「你們走吧……我要一個人在這裏安靜一下……」淚繼續在流……

我將這短短幾分鐘的對話告訴了張和謝，可是沒有人接我的話，而且好像沒有人敢去想……謝突然輕喊一聲，「你們看。」那個切腕的女孩兒慢慢地站了起來，也沒有回頭看我們，順著堤防走了幾步，穿過一些矮樹，穿過草坪，在月光下輕飄飄像幽靈似地消失在夜裏。

從北京到臺北美國學校

就我所知（而我確知），全臺灣及大陸，還有香港澳門，有史以來，除了我自己之外，只有一個半人有過這個共同經驗。是好是壞暫且不談，總而言之，只有我們這兩個半人是北京美國學校小學部最後一屆畢業生，而其中兩個同時又是臺北美國學校初中部第一屆畢業生。

也許應該先澄清什麼算是半個人。這個人是個白俄，名字是喬治．卡諾夫，但稱他為半個人並不是因為他是白俄。我們是北京美國學校的小學同班。他父親官拜將軍，是帝俄時代的貴族，因蘇聯十月革命而流亡到北平，一九四九年又因中共佔領大陸而流亡到臺北。我想就算在反共恐共到白熱化地步的五十年代初的臺灣，喬治．卡諾夫這家人也算是非常反共恐共的人了。正是這樣，韓戰一爆發，當他從收音機裏聽到美國決定派其第七艦隊防守臺灣海峽，他比誰都興奮，就在當天下午，不曉得他哪裏弄到一瓶威士忌，約我和另一個小學同班，就是前面提到「一個半人」中的那「一個」，劉岩，在校舍後面喝酒慶祝。劉沒有喝，我喝了一口，喬治・卡諾夫則一人喝了將近半瓶，不到半小時就醉倒在地。第二天，他就被開除了。

所以，他並沒有讀完臺北美國學校，所以只能算半個。之後兩三年，我偶爾會在他們家另一個白俄朋友開的臺北「明星咖啡室」見到他。再之後就失去了聯絡，至今下落不明。

當年曾經就讀過北京美國學校（即使在「北平」時代，校址在乾面胡同的北京美國學校Peking American School仍一直用「北京」），今天在臺灣肯定不止我們三人。我知道的就有世交金大哥金懋輝。不過，他比我高很多班，事實上，當我勝利之後由重慶回北平入北京美國學校的時候，他早已經高中畢業了。

我想今天還是有人不明白為什麼當年在北平，或今天在臺北，會有一個「美國學校」，也不明白為什麼竟有中國家庭送子女去那裏上學。原因很多，也很複雜。我這裏只想回憶一個我個人的經驗和感受。

坦白地說，我從幼稚園時代就開始唸外國學校了。要追問為什麼的話，就出現了一個不大不小的諷刺：為了抗拒帝國主義。

我的父親張子奇故世多年，他在參與辛亥革命之後去了日本留學，一住十年。「七七」之後，我們家雖然一直住在北平，但我父親在天津任電話局局長，因此那裏也有幢房子，在英租界。那個時候，平津早已被日軍佔領，但太平洋戰爭尚未爆發，租界是唯一安全地帶。日本人知道我父親，不但一定要他交出設在英租界的電話局，還要他加入偽政府，甚至於要以綁架我們兄弟姊妹來威脅。那時我才三歲多，我父親於是不得不送我和我兩個姊姊去上天津法國學校，聖路易。綁架真可能發生，而且出現過不只一次緊急情況。這樣一直僵持到珍珠港事變，英美正式向日本宣戰，租界地因而也成為被佔領領土，我父親已無處可躲，才只有急忙先我們而逃往重慶。次年，一九四二年，我正在法國學校唸一年級，情況越來越危險，我母親才帶著四個小孩兒，我們姊弟三人和一位朋友托帶的女兒，走旱路，逃難到了大後方。

換句話說，是因為我父親堅決不受日本人的威逼利誘，不當漢奸，我才上了外國學校。在當時的情況下，這非但自然，也是不得已的。但問題在於，在重慶唸了三年德精小學，抗戰勝利回到北平，我父親為什麼又把我送去美國學校。這有主觀客觀兩個因素。

客觀，當時北平沒有一家小學肯收我這個插班生，而只有北京美國學校肯。主觀，我父親認為，二次大戰前，日文可能是一個重要的外文，但他覺得以後必定是英文的天下。就這樣，我插班入了北京美國學校四年級。因為逃難，我的學業耽誤了一年多，一九四八年夏，我小學畢業。

好，又一個問題來了，那到了臺灣，為什麼又去上了臺北美國學校？這次非常簡單，沒有什麼主觀因素，全是客觀因素，而這個客觀因素對我來說，至今仍留有一道傷痕。

因為手上只有一張北京美國學校的小學畢業證書，臺北大部分的中學都不准許我報名。雖然有兩家准許，但我都沒有考取，美國學校出來的數學太差。最後，還通過介紹，我才以同等學力考上了板橋中學。家在臺北龍泉街而上板橋中學可真麻煩，先在水源地乘小火車去萬華，再轉大火車去板橋。反正年紀輕，也不覺得苦，倒是感到非常興奮。因為在同輩或一般人的眼中，我不「奇特」了，至少當時我這麼以為。

一學期下來，我每門課，甚至於包括數學，都是九十分以上，唯獨「品行」，學校給了我五十九分，將我開除！

五十年代初的臺灣中學教育，更不要提社會風氣，我想也不用我來介紹了。總而言之，比今天保守十倍。大陸帶來的傳統家長式教育與日本殖民者留下來的權威式教育結合在一起，變成了一座死硬的大山，就等著像我這樣一個受過幾年西方教育的卵，來擊它們的石。所以，儘管當時我毫無覺察、完全無辜，但我已經命中注定是，借用美國一個說法，一個等待發生的意外。

受美式教育的影響，我上課的時候喜歡提問題，偶爾還和老師爭論。我的打扮也比較美國化，我尤其喜歡戴棒球帽。我經常找女生講話、開玩笑，約她們一起吃午飯，或她們約我一起乘火車回臺北……在今天看來都應該是平常而正常的事，但你可以想像在一九五〇年的板橋中學訓導處看來又是一種什麼行為。偏偏我書唸得很好，但「目無尊長」（及其他）的態度和行為，對校方來說，可要比什麼都可怕。初一上結束前幾乎整整一個月，因「屢誡不改」，每天升旗之後，第一堂課之前，我要自己去訓導處，自己找出尺子，再將尺子送給訓導主任，然後請他先在我的左手打上十板，再在我的右手打上十板。

結果還是開除。理由？如果我說我不聽師長教誨，那就算我不服氣，也無話可說。但板中，混蛋的板中，給我家裏的理田竟然是——泡茶室玩茶女！

這是我第一次（但，我想你們也猜到了，並非最後一次）領教莫須有罪名的味道。我想我父親很清楚原因在哪裏，所以就讓我在家先待一陣看看，每天練練大小字、寫寫日記、讀讀《文選》、釣釣魚、打打球，偶爾看場電影……不到三個月，劉岩來電話說臺北美國學校剛成立了初中部，正在招生，於是我又從初一唸起。

當時校址是中山北路馬偕醫院對面，學生一共不到三十人。初一只有我和劉岩和稍後來的喬治·卡諾夫。我還記得我們三人第一次在台北碰面，還去了「明星」喝了一杯熱巧克力。

第二年，美國學校買了孫連仲將軍也在中山北路的三層樓房為新校址。這時，因為美援，學校一下子增加了好幾倍的學生。學校也比較上了軌道，相當於美國任何一般中學，也就是說，初二開始還要學拉丁文。喬治·卡諾夫這時已被開除，但我們班上另外多了三個外國學生，其中兩個是美國男孩，一個是父親在農復會任森林專家的哈利·弗瑞茲，另一個是父親好像任臺灣銀行經濟顧問的萊納德·戴維斯，以及父親搞進出口的韓國女孩艾琳崔。教我們的是美國老師梅麗特女士。到了初三又有了魏小蒙。因此，一九五二年，臺北美國學校初中部第一屆畢業生就是我們這六個人。我記得我們畢業典禮請的貴賓，因我們畢業班四個男生的堅持，竟然不知天高地厚地邀請了鼎鼎大名的「七虎」籃球隊，而他們也竟然莫名其妙地來了。

我就讀的那麼幾年，臺灣社會關於臺北美國學校的辯論和批評似乎未曾間斷，也無結果。有的基於民族主義，例如「崇洋媚外」；有的說這種學生都是進不了中國學校或中國學校根本不要的「不良子弟」（倒是部分形容了我的情況）；有的指責送子女上美國學校的中國家庭，不是有錢，就是有勢，就是有權等等。

前兩類批評，因為比較感情用事，所以很難辯解，但第三個指責，在相當程度上是相當有根據的，儘管並不完全適用於我和劉岩和其他一些家庭。我父親到臺灣已經半退休，但就算在大陸時代，充其量也只能算是中上級官僚。劉的父親是總領事級的外交官。至於經濟情況，我們兩家都談不上富有。然而我也知道，在當時的臺灣社會，在五毛臺幣一碗魚翅羹的臺北，無論是本省人家庭還是隨政府來臺的外省人家庭之中，能付得起初一時每月七美元到初三時漲到每月二十一美元學費的，也恐怕只能說是少數。

那五十年代初，臺北美國學校是不是算是有錢有勢有權的家庭的子女就學？當然有。無論是和我同班、低一班或更多，就有一般人眼中的大官的子女，像桂永清、黃少谷、孫桐崗、孫連仲、周至柔、黃仁霖、魏景蒙等等。真正有錢的巨富也應該有，只不過我多半不認識，我只記得有一位姓林的小學二年級學生過生日，不但請了全校一百來人參加這小子的生日宴會，還招待我們全體師生去參觀他們家在金瓜石的金礦。

所以，當時臺北美國學校的中國學生，儘管才不過上百人，在各種場合卻引起幾乎普遍的不滿和反感。一個個小小年紀、滿口英文不說，同時又是一個個喬治、瑪麗、保羅、莉莉……然後是在臺北街頭「招搖過市」的「奇裝異服」。但你說奇也好、異也好，甚至於今天說有什麼了不起也好，臺北美國學校的學生的確是臺灣第一批穿牛仔褲的，和十三太保太妹差不多同時。也許是為了這個原因，我們首當其衝地引起了當時日漸興起的青少年幫會的注意。例如，以中山北路為地盤的「十八羅漢」，就是一個喜歡找我們麻煩的幫派。這可要比當時報紙雜誌對我們的任何批評和責罵要真實恐怖得多了。

我於一九五二年初中畢業，那時美國學校還沒有高中，所以我又以同等學力考進了當時聲名不亞於美國學校的強恕中學（並恰好和堵過我很多次的「十八羅漢」老么同班！）。等到次年美國學校有了高中，我父親和我都認為我應該在中國學校（哪怕是當時的強恕！）唸完中學。結果，我一九五五年畢業參加五院校第一屆聯合招生而進入師範大學，還是我生平第一次以教育部承認的畢業文憑報的名、考的試。

基本上，我不認為小時候上了美國學校，從北京到臺北美國學校，對我，做為一個人，有什麼反面影響（我的姪女張艾嘉也唸過臺北美國學校，而我也不認對為她有什麼反面影響）。至少，我的中文並沒有受到多大影響，不過，那可能應該感激我多年的家教，葉嘉瑩老師。

至於有沒有正面影響，那我只能說，個性之外，我今天一切，從言行到舉止，甚至於到寫作等等，都是我過去全部經驗的結果，美國學校只是其中之一。而且這今天一切，是好是壞，個人怎麼看是個人問題，並非最後，還應該由別人來評價。上美國學校，對其中大部分人來說，只是比一般人早一點接觸到美國文化，但又沒有今天的「小留學生」徹底。說實話，就像唸任何學校或處於任何情況一樣，只有盲目自大的人，會因就讀美國學校被人另眼看待而覺得了不起，或者是信心不足的人因就讀美國學校被人指責而感到困擾。就讀美國學校，不必自傲，更不必自卑。它畢竟只不過是你人生旅途開始時的一個階段，而非其終站。

三項

世界上有些事情，不要說做了，聽起來就恐怖，三項就是其中之一。而且我指的是對百分之九十九，而非十分之九的人來說。

三項運動（Triathlon）是指游泳、騎車、賽跑。你可能都會，你甚至於精其中之一、之二，甚至於全精。但三項不是十項，不是一個項目一個項目比賽。三項其實只是一項，但這個一項是要你先游泳、再騎車、再賽跑。好，我想你也知道這大概不是那麼簡單的一種比賽了。那你再聽：游泳是在海上游二點四英里，接下去是一百十二英里的單車競賽，再接著是二十六點二英里的馬拉松長跑。可能恐怖還不足以形容這個三項運動。

職業運動員或嚴肅的業餘運動員多半採用「跨項訓練」（cross-training）來鍛鍊身體和耐力。例如跑一百公尺的練舉重、單車；籃球手練短跑、體操；賽車的練長跑、游泳等等。是七十年代初，加州聖地牙哥徑賽協會的成員，在又厭又煩的日常跨項訓練之餘，更可能在半打啤酒下肚之後，設想出這樣一種競賽。其中一位成員是美國海軍中校約翰·考林斯（John Collins），是他在一九七四年將這個設想帶去了夏威夷。於是，第一屆「鐵人賽」（Ironman Race）就這樣誕生了。十五人競賽，十二人完成。

在整個七十年代下半期，搞三項運動的大概總共不到三十人。但十年後的今天，根據美國三項運動聯合會的估計，全美各地已經有一百多個三項運動協會，三十多萬名三項運動員，其中將近八萬人是女運動員，今年一年就有三百五十多個經認可的比賽。當然，這三百五十多個並非都是「鐵人賽」那一類的。這項運動一開始流行，就有人為不同年齡組的業餘運動員設計出一種所謂的「迷你三項」，距離大約不到「鐵人賽」的一半。而今年八月十二日紐約市舉辦的第十屆三項競賽，距離更短（超級迷你三項？），游一英里，騎十八英里，跑一萬公尺。

發明一種新的運動並不容易，而能使它很快就流行，甚至於成為國際競賽項目，更不容易。但是目前英國、愛爾蘭、法國、德國、蘇聯、比利時、澳大利亞、紐西蘭、加拿大、日本等等十來個國家的三項運動聯合會正在積極活動，計畫把短距離「迷你三項」變成正式奧林匹克運動項目。

不過，就觀眾來說，就刺激性來說，夏威夷的「鐵人賽」是最終的競賽。就算這種刺激性不如古代羅馬競技——人同獅鬥，人同人鬥，至一方到死為止——你也緊張，你也擔心。想想看，這些超人運動家，先在太平洋裏游上二點四英里，接著換上賽車運動衫之後，就在氣溫高達華氏一百多度、寸草不生的夏威夷全是火山岩石的Kailua Kona島上騎上一百十二英里，再接著換上跑步運動衫之後，再跑二十六點二英里的馬拉松，那你在緊張之餘、擔心之餘，你大概也會問自己，為甚麼竟然有人瘋到這種地步來考驗他們的持久耐力。當然，你也必然無條件地佩服他們的勇氣，同時你也很高興你自己沒有這麼瘋。

我只在電視上看過一次夏威夷「鐵人賽」，好像是八十年代初，那也是我第一次聽說有了這麼一個三項運動。我記得我在電視前看了好幾個鐘頭，把我累死了。

每一種運動，尤其在初期階段，都有它自己的先驅和英雄人物。三項也是一樣。而三項的傳奇人物是拿過五次「鐵人賽」冠軍的戴夫・司考特（Dave Scott）。先請你們想想你們的游泳、單車、長跑的成績，再請你們看看司考特的成績和紀錄（游二點四英里，騎一百十二英里，跑二十六點二英里，前四次是夏威夷「鐵人賽」）：

一、一九八〇年，九小時二十四分；

二、一九八二年，九小時零八分三十二秒；

三、一九八三年，九小時零五分五十七秒；

四、一九八四年，八小時五十四分二十秒；

五、一九八五年（日本），八小時三十九分。

你們有誰試過走上八小時嗎?!

這就難怪三項運動，除了海上救生員、體操迷、單車迷、長跑迷，或根本就是運動迷之外，最迷它的人卻是工作從九到五或九到九、三十多歲的商業和專業人士了。想想看，游泳、單車、長跑選手所必須的技能、戰略、持久力、紀律等等條件，也正是具有強烈競爭性的專業人士職業上所必須的條件。他們把三項運動當做是他們工作的延伸。更何況，高科技——從單車到配件到墨鏡到車鞋跑鞋，還有那五光十色的運動衣衫帽，然後再加上只要你能完成三項就必然會的健康而性感的身體，三項運動員自然被認為或自認為高人一等，因而在各自專業領域也就自然覺得佔了一點上風。

三項運動，儘管這十幾年來的驚人發展，甚至於還可能成為奧運項目，但在美國卻很難成為一種「觀眾運動」（spectator sports）。

先不談人數還是太少，因為必定還會增加。也不談時間太長，因為法國單車賽更長。而且就算耐力是一種美德，而三項又將人體潛力推到極限，但最終問題還是這項運動能不能吸引一般「觀眾運動」迷，而非只是三項迷。這大概就是為甚麼今年八月十二日的紐約市第十屆三項競賽，電視連提都沒有提，更別提現場轉播了。

金三角

紐約居民，在向別人，通常是向其他紐約居民，解說自己住的地區（或鄰居區neighborhood），同時也附帶含蓄地表明自己的時候，都喜歡用很多不是正式官方都市行政劃分的區域名稱，例如某某選區、某某警察分局管轄區，而是喜歡用更為普遍、更為流行、而且具有歷史意義和傳統來界定這某一鄰居區的某一通稱。

比如說，光是曼哈頓，連一般遊客都知道的，就有哈林、上西城、上東城、中央公園西（街）、時報廣場、中城、格林維治村、西村、東村、下東城、小意大利、蘇荷、唐人街、下百老滙、下曼哈頓、華爾街、金融區、砲台公園……而同樣出名、但是一般外地人士可能不太熟悉的還有，讓我隨便舉幾個例子：還有曼哈頓最北端、像一根手指伸出去的「華盛頓山莊」（Washington Heights）、聯合國總部所在地的「烏龜灣」（Turtle Bay）、西四十二街靠哈德遜河一帶的「地獄廚房」（Hell's Kitchen）、東三十幾街的「莫利山」（Murray Hill）、西二十幾街的「切爾西」（Chelsea）、五馬路和二十三街附近的「熨斗區」（Flatiron District，因一幢熨斗型的名建築得名），以及我住了將近十二年、現在日益聞名、越來越時髦的「堅尼路下面三角地」（Triangle Below Canal，簡稱 Tribeca）。

因為「堅尼路下面三角地」這個名稱太長、太囉唆，將它縮成「堅下三」又太難聽。同時再考慮到這一地區近十幾年來變得又帥又貴（儘管近幾年房地產不景氣），所以就不如將其簡稱為「金三角」（近來有人將其音譯為「翠柏嘉」）。

我前面用的另一個英文字 neighborhood，中文沒有一個合適的名詞來表達，以「鄰居區」來形容可能較恰當。它這裏的意思不是「四鄰」或「街坊」。它比「地區」更精確，而且更親切。但它又不止是一個「住宅區」或「商業區」。它幾乎像一個個單獨的小村鎮，或一個個圍地，各有各的特色，各有各的個性，各有各的歷史、傳統、文化和含義。土生土長的紐約人很少自稱為「紐約人」，而自稱來自「哈林」，或來自「下東城」，或來自「格林維治村」，給人的感覺不但親切，而且讓人聯想到這一特定鄰居區所具有的一切意義。紐約市其實是由幾十、可能幾百個這類一群聚合在一起的鄰居區組成。把這些大大小小的鄰居區加在一起，紐約才變成了大家心目中的紐約，紐約才是紐約。

就「金山角」（Tribeca）來說，它既是紐約一個古老的社區，又是紐約最新、發展轉變最快的一個鄰居區。怎麼開始的？怎麼發展的？又怎麼轉變的？這應該從頭說起，而這個頭，始於一萬多年以前。

美國東岸一帶，現在已經有證據，遠在一萬多年以前就有人居住了。原住民是誰不清楚，總而言之，經過了無數春秋寒暑之後，「艾爾公金」族（Algonquin）的文化獨霸這個區域。這個族之下又有各種小部落，小部落之下又分成以幾家人或一個大家族為一體的幫。「曼哈頓」幫（Manhattan）就住在後來以他們的大名為名的曼哈頓島的最南端。他們漁獵耕作，與世無爭，天人合一。好，又經過無數春秋寒暑之後，到了一六〇九年九月二日，這種人間樂園似的生活開始結束。是這一天，代表荷屬東印度公司的亨利・哈德遜船長（Henry Hudson），和他率領的英荷海員，乘著「半月號」，駛入了紐約海灣。

當然，哈德遜和荷屬東印度公司後來才發現這不是東印度，他們也沒有找到去遠東的海路，於是就乾脆將公司的名稱改為「荷蘭西印度公司」，並在一六二四年於曼哈頓島上建立了一個荷蘭殖民地，命名為「新（紐）亞姆斯特丹」（New Amsterdam）。兩年後，更以六十荷盾（約二十四美元），從印地安人手中將曼哈頓「買了過來」，開始了紐約第一宗、同時也是最划得來的一宗地產交易。那曼哈頓幫呢？順我者生，逆我者死。

不過，荷蘭也守不住這個島，一六七四年因戰敗而將曼哈頓賠給了英國。英王查理二世又將它送給了他弟弟，約克公爵（Duke of York）。荷蘭殖民地現在變成英國殖民地，「新（紐）亞姆斯特丹」也改名為「紐（新）約（克）」（New York）。之後一百年，紐約成為英國在美洲殖民帝國的原料、成品和奴隸的貿易中心。

從美國獨立戰爭到十八世紀末，紐約（美國第一個首都，華盛頓即在此宣誓就職）市中心是華爾街和砲台公園一帶。華爾街（Wall Street）之所以叫做「華爾（Wall，牆）」街，並非像不少人所以為的，因街兩旁都是「牆」一樣的摩天大廈而得名，而是因為當時這裏的確是紐約市的城牆。在它之北的下曼哈頓，今天的「金三角」、唐人街、蘇荷、小意大利這一帶，當時都還是丘陵和湖泊、農場和田野，仍然是不少印地安人漁獵居住的所在。今天我家附近，當年就曾經是供應紐約市民飲水的最大的淡水湖，「蓄水池」（Collect Pond）。然而，美國工業化了，資本主義時代開始了。紐約除了買賣原料和成品之外，已經有了稍具規模的銀行系統、證券交易所、保險業等等。到十九世紀初，除了美歐貿易之外，還開始與亞洲通商。不出幾年，紐約已經是美國最大的商業貿易中心、鐵路樞鈕和終站，紐約海港更是美洲第一大港。

這麼多工商業活動是需要人力的，無論是建房築路、上貨下貨、滿足衣食的需要，還是清理垃圾等等，都需要大批勞動力。這個情況像一個大吸盤，激發了十九世紀二十年代開始的龐大的移民潮，先後來自德國、愛爾蘭、南歐、東歐和蘇俄。無論他們逃避的是政治或是宗教或是經濟壓迫，他們都來到了需要他們的美國，而紐約又是他們進入美國的城門。那可以想像，多年來以華爾街為市心中的紐約是無法承受這大批移民的壓力的。而因南邊是海，西東是河，擴張自然而然地向北發展。新移民擠進了今天的下東城，而包括今天「金三角」這一帶的下西城，就成為紐約最早、最時髦的住宅區。

這就是文明的代價。湖泊因污染而給填平（今天的「堅尼路」就是當年輸「蓄水池」的污水入哈德遜河的運河，因而名 Canal〔運河〕Street），丘陵因礙路而給剷平，印地安人小徑變成了百老匯大道。不到半個世紀，曼哈頓下西城從農莊田野轉變成為時髦住宅郊區，又轉變為工商業重地。你說它是一個歷史嘲諷也可以，總而言之，這個趨向正好是近十幾年來「金三角」發展轉變的對立。意思是說，自一九七〇年代中，藝術家們是因蘇荷已經飽和（更不要提寸土寸金！），而逐漸南下侵入工商業日益衰退沒落的「金三角」，而一個多世紀以前，正好相反，是日益擴張的工商業打進了紐約最早的一個新住宅區。

金三角從七十年代開始的這種轉變有一個老前輩，格林維治村（Greenwich Village），但此二鄰居區又有一個基本差異。

本來是農莊田園的格林維治村，於十九世紀轉交期發生的一連好幾次嚴重的瘟疫，吸引了下曼哈頓有錢人首先遷移到這裏。一八二二年爆發了最恐怖的黃熱病的時候，連華爾街各大銀行都暫時搬到格林維治村來上班。因此，這裏至今仍有一條街叫「銀行街」（Bank Street，西十一和十二街之間）。

當然，有錢人所逃離的不光是瘟疫，還有擁擠和污染和雜亂。所以，當十九世紀中意大利移民和一些黑人，因為都市擴展和人口爆增，也開始漸漸滲入到這個地區後，寧靜富裕的生活方式有了改變，房地產價格下降。除了極少數實力雄厚的財閥，仍守住華盛頓廣場（Washington Square）四周黃金地帶之外，大部分有錢人和中產階級又北移，到五馬路三十幾街和上城。到一次大戰前後，格林維治村已經像下曼哈頓任何一個定居多年的社區一樣熱鬧、一樣擁擠、一樣便宜。

但就在這個時候，一次大戰前後，格林維治村不聲不響地開始轉變，而且不出幾年，把它從只不過是曼哈頓無數鄰居區之一的地位提升到聞名全球，至少是英語所及的地方。

這個時期的美國是「拜金主義」時代的美國。不把賺大錢發大財當做人生最終目標的人絕對是少數，而且思想有問題。那可以想像，那些天真浪漫、熱愛並獻身於文學、戲劇和美術的窮藝術家們，在當時紐約的社會地位是在哪裏了，大概介乎九儒十丐之間。

這些反叛性濃厚的窮藝術家們全國各地都有。他們自我保護相互鼓勵以尋找力量的方法是形成一個個小團體，其中不少人去了大都市，然後從一個個大都市來到了紐約這個大都會。而在紐約，他們發現了黃金時代已過，但風韻猶存，而且最重要的，一幢幢歐式老屋的房租便宜，居民也不理會更不騷擾他們的格林維治村。

這些文人作家藝術家和任何反抗家長式權威、物質主義，追求自由激進派政治理想或個人主義式生活的年輕人，都以格林維治村為他們的聖地。格林維治村成為巴黎蒙馬特之後的新波西米亞。

他們在歐戰之後的美國文學、戲劇、政治思想上確實產生了影響（其中重要的有劇作家奧尼爾、女詩人聖文森・米萊、左派記者約翰・里德等等）。他們在咖啡店、茶室、酒吧、餐廳、朋友家裏，各種大小聚會，交談辯論，從藝術到創作到愛情到性愛到歐戰到佛洛伊德到十月革命到無政府主義。他們，照當時人們的評論，男的留長頭髮，女的留短頭髮。他們有的成名，有的成功，但經歷了格林維治村，全都成熟了。

而且也搬走了。到二次大戰前夕，街上逛的、吧裏喝的、店裏吃的，大半都是慕名而來的遊客。而此時住在格林維治村新高樓公寓的差不多全是中產白領階級，波西米亞人的死敵。房租當然上漲，地價上升。其實他們也是慕名而來，來趕時髦地定居，就像今天蘇荷的情況一樣。

所以蘇荷也是金三角的前輩，而且是近親。如果此兩個只隔一條街的鄰居區不是父子關係的話，至少是兄與弟。

這一片地區遠在南北戰爭時期已經是擁擠的市區了，而且是商業中心。高級百貨公司 Lord and Taylor's 就在堅尼路之北的格蘭街上。同時，這一帶也是紐約最早工業化的一個社區，而且因為這裏的建築在十八世紀中使用的是一種新工程建造技術，「鑄鐵」（cast-iron），更給人一種現代之感。鑄鐵技術雖然源自英國（鑄鐵橋樑），但是在美國卻用在建築物上。蘇荷靠近百老匯的左右好幾條街早已被定為「歷史區」（historic district），正是因為這幾條街上仍有十九世紀下半期留下來以鑄鐵為表面、現被漆成各種顏色、多半在六層之下的典型鑄鐵建築代表作。

一百多年前，這裏是輕工業中心，還有倉庫、貨運等等。鑄鐵大樓裏面沒有間隔的一層層「統樓」（lofts）擠滿了新移民，以餬口工資一天十四小時地縫、裁、裝、釘、搬。他們的工作環境和處境催生了美國工業上第一次的改革運動。這個工業區一直充滿活力，一直不斷生產，直到二次大戰之後，輕工業漸漸疏散到更廉價的外地。於是，這個輕工業區就開始沒落。

這一片低矮的工業建築，剛好被夾在下曼哈頓和中城摩天大樓之間，所以在成為藝術家殖民地之前，蘇荷一帶被稱為「峽谷」。但消防隊卻稱其為「地獄百畝」，不但因為這裏發生過無數次火災，而且一旦發生大火，很難去救，因為鑄鐵固然方便堅固，可以預製，但是卻不耐火，外層不包以石膏灰泥，遇高熱就軟化脆弱。不管怎樣，在這個「峽谷」也好，「地獄百畝」也好，還沒有轉變為時髦富有的「蘇荷」之前，是一個沒有人會來逛的所在。

於是有人主張在此開闢一條貫穿曼哈頓西東的快車公路，甚至於到五十年代末，也還有人建議市政府根本將整個這一沒落的工業區拆除，重新從地面發展，理由是這些廠房毫無建築價值，完全不值得去保護或保留。

也就在這個時候，少數一批前衛藝術家，在尋找廉價空間和陽光的時候，偷偷地搬進了鑄鐵廠房的統樓層。「偷偷地」是因為這個區域根據市政府的區域劃分法律，規定為「製造」區，表示只能在此從事生產，所有倉庫、廠房等建築，即使空著，也不得有人在其中住家生活。因此，到六十年代末，曼哈頓出現了一個異常獨特的現象，一個完全以藝術家為其居民的新鄰居區誕生了，可是完全非法。

是在市政府難得聰明一次的情況下，大筆一揮而允許「藝術家」（廣義的，包括畫家、雕塑家、攝影家、表演藝術家、導演等）在這空曠的統樓層工作與生活，但需要證明你的確以此為生、為專業。法律頒佈的第一年，就有三千多藝術家登記。

這的確是神來之筆。一夜之間，不但這批前衛藝術家有了自己的地盤，而且法律規定只屬於他們，同時這個地盤又因這些此時已成為西方藝術主流的前衛藝術家而時髦，因而身價百倍。蘇荷，無論在西方藝術史上，還是曼哈頓地產史上，都是劃時代的。

所以，如果你沒有忘記「蘇荷」到了七十年代已經是一個又前衛又時髦的鄰居區的話——也就是說，地價可以在十年之內增加十倍——那你就可以想像追求廉價空間和陽光的窮美術家們又要尋找新的未開發區域去開拓了。

他們並沒有走得很遠，從蘇荷一過堅尼路就找到了今天的「金三角」。

當然，那時候這個地區還沒有被市政府某個小官僚縮略為Tribeca，而且，它當然也不是一個尚未開發的區域。事實上，考慮到曼哈頓從十八世紀開始一直在由南端逐漸北移，那這一帶的發展比蘇荷還早。所以，金三角在社區「紳士化」（gentrification，從一個沒落區域轉變為高級區域）方面是蘇荷的小弟，但歷史上卻是它的大哥。

這個「金三角」，其形狀其實一點也不三角，而是上寬下窄的梯形，或不等邊四邊形。其領域和界線是北邊的堅尼路、東邊的百老匯（或更東一條街，拉菲耶特Lafayette）、西邊的哈德遜河、南邊的維西街（Vesey），橫豎加起來總有二十幾條街。在「金三角」這個名稱沒有於一九七四年出現之前，它是下曼哈頓「下西城」。但它還有一個至今仍被保留的歷史名稱，「華盛頓市場」（Washington Market）。它在紐約市早期發展方面扮演了一個重要角色。

從荷蘭殖民時期，再經過英國殖民而到美國獨立，已經有三萬左右人口的曼哈頓，其商業貿易和生活起居一直是在今天南端的「砲台公園」（Battery Park）到華爾街一帶。市區以外是田野和當年荷蘭殖民者劃分出來的一個個農莊。今天的「金三角」一大部分原屬於一位荷蘭農人，後來因欠債而被英國沒收，並在一七〇五年將整個這片地贈給三一教堂（Trinity Church），使其靠它賺取收入。三一教堂又在一七三五年將此一農莊租給利斯本納德（Lispenard）一家人。是這一家人將原來的農莊分割成一塊塊建築用地。今天堅尼路以南這一帶的幾條街，如利斯本納德街，以及再下面的萊納德街（Leonard）和湯馬士街等等，都是以他們的家人命名的。

一八一一年，紐約市政府公佈了有關曼哈頓的都市計畫。這個都市發展計畫將曼哈頓絕大部分地區分割成一個個長方形的「街廓」（blocks），並意圖將島上的小池丘陵等硬給填平剷平，以便於買賣、建造和發展。結果，這裏原來一個最大的天然淡水源「蓄水池」，因過度污染而被填平，輸水的運河也於事後填平而成為堅尼路，而且在它之下的一段百老匯也硬剷去了二十三英尺才由山路變成平地路。

紐約以其世界一流的天然、內陸、深水、不凍港口，不但決定了它以貿易為主的初期發展，而且到十九世紀初已經成為一大國際港口。但其經濟之所以能獨霸全國，卻因一八二五年通航的「伊利運河」（Erie Canal）而得到保證。

但伊利運河的通航和隨之而出現的經濟發展，也摧毀了當時位於這一帶的一個最時髦高貴的住宅區，即在今天荷蘭隧道出口處的聖約翰公園（St. John's Park）。取代了市郊的高級住宅的是有效而實用的新建築，並將這個住宅區改變成為一個以工商貿易為主的新區域。其實，這正是紐約十九世紀的發展史，先在北端郊區發展出一個住宅區，沒有多久又因紐約市區的往北擴展而被工商業取代。十九世紀初的金三角正是在這個背景之下發展出來的。

本來以東河之濱的南街海港（South Street Seaport）為主要碼頭所在地的紐約港，現在因伊利運河而多了哈德遜河邊的碼頭，以至於到了一八四〇年，東河之旁有六十個碼頭，而哈德遜河旁也有五十多個。伊利鐵路、賓州鐵路、大中央鐵路、巴提摩爾及俄亥俄鐵路（Baltimore & Ohio Railroad），都在這裏上下貨，因而這裏自然而然地成為紐約市各種商品產品的聚散地，吞吐著西部的糧食、南部的棉花、北部的工業產品，以及來自世界各地的進口。一八一二年將以前兩個老市場合併並擴大的「華盛頓市場」更是一大中心，批發零售著野味、乳品、糖果、雞和雞蛋、堅果、咖啡、香料、水果、蔬菜……。到十九世紀中，在「華盛頓市場」之北更發展成為全國紡織品批發中心，直到今天。

為了這些新興工商貿易活動而建造，並以磚、大理石、石灰石、鑄鐵等等為建材的一幢幢商業大廈、辦公大樓、百貨公司、商店、倉庫、廠房，其風格之多彩多姿，從聯邦式（Federal Style）、意大利（Italianate）、新希臘（Neo Grec），一直到二十世紀初的 Art Deco，使今天的金三角成為紐約市近兩百年來建築史的實地展出。而就「鑄鐵」建築來說，更在建築史上留下了光榮的一頁。

一八四八年，建築師詹姆師・波加德斯（James Bogardus）設計，並在這裏的華盛頓街和莫利街的西北角，建造了世界第一幢鑄鐵大樓蘭氏商店（Laing Store）。這幢大樓為以後的金屬結構建築打下了基礎，並且是今天的摩天大樓的前輩。從那一幢大樓開始，一直以石灰石或大理石為主的「意大利式」建築才受到這個新建築用材的挑戰。十九世紀下半期是這兩派在鬥和競爭。最後，是價廉易造而又可預製的「鑄鐵」勝利，並且影響到當時已經開始發展的蘇荷的建築。

那波加德斯的第一幢「鑄鐵」大樓呢？它在一九七〇年被拆散解體，存放在倉庫，等待著找到一個適當地點的時候，再重新安裝蓋建，做為歷史紀念。但不幸——不要忘記我們在談紐約——被人偷去當做廢鐵賣掉了。

不過，愛好建築的人仍然有機會欣賞波加德斯之現已被指定為建築「陸標」（landmark）的另一傑作，就在金三角與華埠交錯之處，堅尼路和拉菲耶特的東南角，一座波加德斯在一八五六年設計的威尼斯式鑄鐵商業大廈。香港來的人應該尤其感到溫暖，這幢大廈今天的店面，一邊是「滙豐」，而其右邊，一點不錯，是「外圍馬」。

因為工商、批發、鐵路、河運等等方面的發展，十九世紀下半期的金三角，出現了一陣建造熱潮。一幢幢電梯前以六層以下為主，並以鑄鐵、大理石、沙岩石、石灰石或磚石為表面的商用大小樓廈，不但取代了大部分住宅房舍，並逐漸佔取了幾乎所有餘下的空地。十九世紀七十年代的經濟不景氣雖然使建造暫停了幾乎十年，但是到了九十年代，整整一百年前，經濟又好轉之後，建造業也跟著復甦。今天你在這一帶，如果看到一些「新希臘式」（neo-Grecian style）的建築，那多半是這個時期蓋的。

是十九世紀末、二十世紀初，摩天大樓的問世與興起，才開始徹底改變了下曼哈頓金融區的天空線，同時也開始侵入金三角。這裏最著名的一幢摩天大樓是一九三〇年落成、現已被指定為「陸標」的 Western Union Building。這是建築師 Ralph Walker 的代表作之一，也是紐約 Art Deco 式建築的代表作之一。這個合辦公業務工作與電報技術設備於一幢摩天大樓的外部，使用了十九種不同色彩的磚，從底部的深玫瑰色一直到頂部的粉紅色，而其樓內大廳的石磚設計更加出色，是表現主義的最佳表現。

你可以說一九二九年的經濟大恐慌結束了金三角的物質發展。從三十年代一直到六十年代，金三角幾乎沒有任何具規模的建造活動和擴展。但整個這個區域仍繼續充滿活力地存在，繼續保持它的歷史地位，也就是說，各種食品蔬菜的批發中心、紡織品中心，同時還集中了不少電氣、五金、印刷等行業，直到六十年代中。

市政府為了發展下曼哈頓金融區而在六十年代擬定了一項「都市復興計畫」（urban renewal plan）。這項計畫的重點是關閉歷史悠久的「華盛頓市場」，並將蔬菜水果批發市場搬到今天的所在地——布朗士區域的 Hunt's Point。此一重新發展對這個區域的影響深遠。它一方面因關閉批發市場而迫使許多其他零售商出走，另一方面又因新的物質發展而拆除了二十多個「街廓」，其中包括無數具有建築、藝術、歷史意義的結構。但就今天這個區域的發展來說，最重要的是，它間接催生了現在我們所指的「金三角」。

拆除了金三角南端的「華盛頓市場」和另外二十幾條街之後，市政府在該地段開始興建所謂的「巨型建築」，先是七十年代的「世界貿易中心」的「雙塔」，然後是八十年代的「曼哈頓社區學院」（Manhattan Community College）及其北邊的四十層「獨立廣場」（Independence Plaza）中等收入國民住宅大樓。

自從今天哥倫比亞大學的前身 King's College 遠在兩百三十年前（一七六〇年至一八五七），在這一帶（西百老匯和莫利街附近）建立了它第一個校區之後，這個「曼哈頓學院」初級大學是下曼哈頓的紐約大學、紐約法律學院、佩斯大學之外的最新的大專學校。它有一個一流的教學舞台劇場，經常有港、臺、大陸的表演藝術家在此演出。

大約就在市政府於七十年代中指定金三角為「金三角」，並且是一個下曼哈頓特殊住宅和商業混合區的前後，許多空出來的辦公大樓、廠房、倉庫等日益沒落的所在，陸陸續續地被從事各種藝術的人士，在尋求廉價空間和陽光、但無力承擔昂貴的蘇荷的情況下，不聲不響地佔領了。

我算是這第一批「殖民者」的尾隨者。一九七七年，我從非洲回到紐約之後，正是因為住不起蘇荷而選中、甚至於可以說冒險地選中金三角定居。

但目前，金三角正面臨著一個危機。當然，稱其為「危機」是站在金三角居民的角度衡量的說法。像我們這裏已經住了十幾年的人，都希望金三角保持其特殊的建築和歷史面貌，因為這是當初吸引我們來到這裏的一個主要原因。但是，市政府和開發商，卻有意將金融區擴展到金三角。已經有幾幢摩天大樓落成了。空間早已不再廉價不說，陽光也被這一個個龐然大物竊走不少。

完全為了應付這個「危機」，金三角社區協會在一九八四年成立了「華盛頓市場歷史區域委員會」（The Committee for the Washington Market Historic District），做為我們的遊說團體，要求市政府的「陸標保存委員會」（Landmarks Preservation Commission）將金三角指定為「歷史區域」。一旦被如此指定，那區內任何建築，未經「陸標保存委員會」事先核可，不得拆除、毀壞和改動，連改變建築物外表的油漆顏色都要先得到「陸標保存委員會」的批准。

好消息是，「陸標保存委員會」已經勘察研究完畢，並將金三角內劃分出四個小分區為「歷史區域」。壞消息是，他們從一九八九年以來，已經開會聽詢了好幾年了，至今尚無結果。

我們現在唯一能做的只是等待和希望、等待和希望。

紐約陸標保存委員會

一九四一年，美國聯邦政府進行的一次深入調查發現，全美具有建築和歷史重要性的建築物，只剩下了六千四百座；而到一九六三年，其中百分之四十已經給拆除了。

這是當時美國的情況。那同一時期的紐約市呢？只能說更糟。

早在十九世紀初，關心紐約的政府官員和熱心民眾就抱怨說，市民實在很難去愛紐約。因為，很簡單，也很恐怖，每二十幾三十年，紐約市的物質建設就幾乎徹底改變一次。不少你從小生長的社區，等到你成家立業的時候，已經差不多面目全非。

這種將好好一幢建築物拆毀重建，可以說是紐約一百多年來的傳統精神。即使在房地產相當不景氣的今天，幾乎沒有一條大街不在拆、不在蓋。當然，經濟是其主要推動力，一幢新的二十五層的大樓的租金至少比原來所拆掉的五層樓的租金多出五倍。但除此之外，可能還有一個潛在的心理因素。美國人，至少紐約人，會有意無意地感覺到，美國這個國家，或紐約這個城市，永遠老不過希臘、羅馬，更老不過埃及、巴比倫、波斯、印度和中國。也就是說，毫無古蹟可言。

所以紐約的發展商經常會說，「老兄，我拆的只不過是前幾年蓋的一幢十二層樓房，又不是巴黎聖母院！」

不錯。但問題是，紐約的發展商、建造商、地主和房東，一百多年來所拆掉的，就算不是巴黎聖母院，那也不全是普通隨便的一幢十二層或二十層大樓。正是因為太多太多具有建築、藝術、歷史意義的建築物遭受被拆毀的厄運，紐約市政府才於一九六五年通過立法而設立了「陸標保存委員會」。讓我用紐約兩座名建築一百多年來的變遷來解釋。

一八七四年，紐約興建了自此聞名全球的一個娛樂場所，就是因位於麥迪遜大道和東二十三街的「麥迪遜廣場」而得名的「麥迪遜廣場公園」（Madison Square Garden）。

它名叫公園，但不是公園，而是一幢建築，供歌舞、馬戲、展覽、集會等等使用。但不到二十年，在一八九〇年就被拆除，並在原地重建了一幢新的麥迪遜廣場公園，也就是今天人們所說的「老公園」（The Old Garden）。這個「老公園」名滿四海。因為除了在這裏舉辦過無數次歷史性的重量級拳賽、政黨代表代會之外，還因為這幢大廈是名建築師史坦福．懷特（Stanford White）的傑作，而且又因為這位名建築師是在他設計的麥迪遜廣場公園的屋頂花園觀看一場歌舞演出的時候，被他情婦的花花公子丈夫，當著好幾百個觀眾的面，射殺。

這個情殺雖然發生在一九〇六年，但已被公認為紐約本世紀（儘管還剩下九年）最轟動的情殺。就憑這個情殺案早在五十年代即拍成了電影（The Girl in the Red Velvet Swing，瓊．考琳絲 Joan Collins 扮演建築師的十六歲淘金郎情婦），另外還被寫進一部當代文學名著（*Ragtime*，後來在七十年代也拍成了電影），你就可以想像此一情殺是如何壓倒其他的一切情殺。

一九二五年，麥迪遜廣場公園的地主決定在該地興建一幢辦公大樓而將「公園」拆除。新「公園」於是給搬到上城西四十九街和第八大道，但仍用原名「麥迪遜廣場公園」，雖然所在地已經和麥迪遜廣場脫離了關係，這當然是因為它的名聲遠播而響亮。

但才存在了三十五年，到一九六〇年，麥迪遜廣場公園的老闆已經覺得夠久了，應該拆除重建。這個時候，紐約的「賓州車站」的老闆「賓州鐵路局」得到了消息，感到有機可乘，認為有錢可賺，便提出了一個「精采」建議：將麥迪遜廣場公園南移十六條街，到現在的西三十二街和第七至第八大道之間的賓州車站。唯一需要做的只不過是將賓州車站拆除，將車站搬到地面之下，出售建築物上面的「空間所有權」（air rights），而在地面之上蓋建麥迪遜廣場公園。

但問題是，這個賓州車站不是隨便一個普普通通年久失修的火車站，而是一個仿照世界聞名的古代羅馬「卡拉卡拉（皇帝）浴廳」（Baths of Caracalla）於一九一〇年建成的紐約一大建築傑作，而且在建築上，比現在已指定為「陸標」的「大中央終站」還要偉大。

這個計畫震驚了全紐約。但是因為物主有權任意處置他的財產，所以儘管有社論反對、建築名流和市民的示威抗議，可是起不了任何作用，法律上外人無權干涉。交易於是談成，賓州車站的老闆以一點二億美元的代價，於一九六三年十月二十八日，犧牲了紐約一個建築陸標。

我們從這兩幢名建築的變遷可以一方面看到紐約之喜歡拆除重建的精神，而且看到紐約人對保存具有建築、藝術、歷史重要性的建築物的意識有了提高。你可以說賓州車站的犧牲，催生了一九六五年的紐約「陸標保存法」（Landmarks Preservation Act），因而通過立法而成立了「陸標保存委員會」。你可以說賓州車站是紐約今天的所有建築陸標的先烈。

那今天既非陸標而又不出色的地下賓州車站和地上麥迪遜廣場公園，也有二十多年了，應該拆除重建了吧？是，沒有錯，已經決定了，早的話今年就拆——而且沒有人反對。

自從美國到了一九四一年才恐怖地發現，由殖民地而後獨立建國至今也有三百多年了，就算它不是希臘、羅馬，但全國也只悲慘地剩下六千四百座具有建築和歷史重要性的建築物，的確像是當頭棒喝，才開始清醒地自己問自己：有形的美國史在哪裏？

主要是有了這個覺悟，國會才於一九四九年設立了「全國歷史保存信託」（National Trust for Historic Preservation）。與此同時，不少州、市也各自制定了保存古蹟的法律。

紐約上場得相當晚。但如果要問為甚麼這美國第一大城，這國際大都會，在保存古蹟和建築物方面反而落後其他五十多個城市，那只能回答說，可能正是因為紐約是美國第一大城、國際大都會，無論生活起居、創業打工、吃喝玩樂、闖江湖、跑碼頭，也就是說，賺錢發財，都遠遠領先其他大小名都名城，才使紐約人覺得，甚至於接受，為了進步，為了現代，為了新，為了走在別人前面，損失一些建築物——更何況又不是那麼古！——非但合理，而且必要——反正又不是巴黎聖母院！

但是，仍然應該可以想像得到，儘管如此，也不可能每個紐約人都這樣看紐約。遠在十九世紀下半期，直到二次大戰前夕，富有的紐約人乘豪華郵輪前往歐洲旅遊，發現在歐洲各地，連中世紀或更早的建築物，不但還在，而且還在使用之中。是這些人士回國之後首先感嘆美國一大部分重要歷史已經給無情地毀掉了。

他們之中有人寫文章，也有人演講，但影響充其量只能引起一些有同感的人士的一些同情，而達不到任何實際效果。因為，很簡單，沒有立法。而如果要靠立法來保護，那就必須得到普遍的支持，必須有一個相當龐大的選民群體來推動，將願望變成法律。

在推動和灌輸保存概念方面，貢獻最大的是一個非營利組織「紐約市藝術協會」（Municipal Art Society）。這一批人數不多、經費有限但充滿理想的成員，一直在努力耕耘，一直利用各種方式來慢慢教育群眾、提高市民的認識，使他們了解到，任何一座具有歷史、藝術、文化重要性的建築物，無論為了甚麼，哪怕是正當理由將它拆除，都是永遠無法取代的損失。在紐約市還沒有「陸標保存委員會」之前，他們已經在一九六三年出版了一部《紐約陸標》。

當偉大的「賓州車站」，甚至於在百萬民眾注視和抗議之下，幾乎一夜之間化為烏有，紐約市民才感到背上多了那最後將其壓垮的一根草。紐約的憤怒聲，無論來自覺醒的個人，還是來自奮鬥多年的民間團體，才抵達市政府。這麼多年的呼籲、抗議、遊說、聽詢、爭論，才有了實際的結果。

一九六五年四月十九日，市長羅伯特・華格納先生，簽署了一項法律，相當反高潮地題為「一九六五年紐約市地方法第四十六號」（Local Law No.46 of the City of New York）。這就是所謂的「陸標保存法」。

是這項法律授權設立「紐約市陸標保存委員會」（New York City Landmarks Preservation Commission），並就確定和管制「陸標、陸標場地和歷史區域」，修正了其他有關的法律和法規，因而將多年來有關保存建築物的毫無結果的爭論，一變而成為市政府的正式工作。

從「陸標保存法」對其所設之「陸標保存委員會」的成員條件和資格的規定，即可看出此項立法確實力求委員會的裁決盡可能地公正、平衡、切合實際。

首先，法律規定「陸標保存委員會」的成員為十一人，均由市長任命，任期為交疊之三年，以便防止在任何一年出現十一名全是新任委員的情況，來避免上下青黃不接。

其次，在任何一年或任何一段期間，委員會的委員組織，應至少有三名建築師、一名地產商、一名都市規劃者或景觀建築師、一名紐約歷史學專家。其他五名委員可以是普通市民或任何其他專業人士，但必須有一名以上為律師和對市政府的運作有了解的人。除此之外，委員會的組成必須包括紐約市五個區每個區至少一名居民，無論這名居民以何種條件和資格，如建築師、律師等等，得到任命。而且，除了委員會主席一人受領政府薪給之外，其餘十名委員全是義務性地為紐約市服務。

這十一名委員是決策者，每月定期開會，審議早已經過研究、調查、勘測、聽詢、評論而後到達他們手中的申請指定為陸標或歷史區的案件。事先的所有技術工作是由他們背後一群全時專家來進行。這些人都是市政府正式工作人員，從建築師到建築史學家，以及修復專家和各種各類的工程師等等。然後，當然，輔助這些專家的則是市政府那龐大官僚體制內的行政、法律、文書部門。除此之外，還有一大批熱心的志願工作人員、各種非營利或民間組織，以及由聯邦政府資助的半工半讀的學生。

誰都可以申請要求指定某建築為陸標。誰都可以去參與有關任何受理案件的公開聽詢。誰都可以舉手發言贊成或反對。但一旦「陸標保存委員會」做出裁決，並且得到市政府的核可，此項決定即成為紐約市的官方政策。你要告到法院——而且勝訴——才能推翻。

「大中央（火車）終站」的地產擁有人，正是不服被指定為陸標而影響其經濟利益，才告到美國最高法院，但被駁回（理由是指定為陸標合乎憲法，儘管擁有人不能因而從中取得最大的經濟回收），才得以保存下來。

那你問，自「陸標保存委員會」成立至今，除了「大中央」之外，還有多少紐約被保存下來？

好，到去年四月十五日，也就是說，「陸標保存委員會」成立二十五週年之際，紐約市五個區，被指定為陸標的有八百五十六座建築樓房、七十八處室內空間、九個公園或戶外空間、五十二個歷史區（其中共有一萬五千多幢房屋）、五座橋、七個街邊大鐘，還有兩棵樹。

被指定為陸標的種種因素之中的第一個考慮——中國人聽到會覺得很好玩——是某座建築至少存在了三十年。今天，紐約陸標保存委員會成立了二十六年。然而，就算它還不到三十歲，更不是一幢建築，可是做為影響全紐約的都市發展、市區規劃、土地使用的一個力量，這個市政府的一個小機構本身已經有足夠資格成為一個「陸標」。

當年成立陸標保存委員會的時候，最主要的反對者，可以想像，是地產商和發展商。而今天，除了若干個別情況之外，他們基本上都接受了陸標保存的原則和精神。至少他們不再公然自私地以侵害他們的產權利益來反對。從他們在這方面的態度和立場改變，即可看出陸標保存委員會二十多年來的成就。

不錯，指定陸標在理論上是為後代保存這個城市的一塊歷史，但是決定的程序卻是在當前非常現實的政治環境中進行。

一九九一年二月，曼哈頓東十七街上一幢一八五二年落成的二層樓房被指定為陸標。這幢在建築上並不十分出色的小樓房，是附近的貝絲·以色列醫療中心（Beth Israel

Medical Center）在一九八九年收購的財產。這個醫療中心本來打算將這幢房子拆除而重建一座大樓，做為「愛滋病」療養院。這不光是一個好的事業，而且紐約市更迫切需要這類設施。但是，這個醫療中心卻鬥不過將樓房指定為陸標的支持者。

這主要是因為這幢樓房是當年，從一八九二年到一八九五年，捷克作曲家安東・德伏札克（Anton Dvorak, 1841-1904）的故居。他就在這裏寫了他那受美國本土文化影響很深的《新世界交響曲》（New World Symphony），以及不少歌劇和大提琴協奏曲等等。一九四一年，在德伏札克的百歲週年紀念的時候，捷克戰時流亡政府的外交部長在樓前安裝了一個紀念牌，而且當時紐約市長拉瓜地亞（Fiorello H. La Guardia）在紀念會上保證設法將德伏札克的故居指定為美國陸標。

所以，當貝絲・以色列醫療中心宣佈要將它拆除重建，無論是為了多麼重要的理由，全世界，是的，全世界關心人士都群起反對。

首先帶頭的正是今天捷克的劇作家總統哈維爾（Vaclav Havel），另外還有布拉格大主教，以及大提琴家馬友友、紐約舞台劇製作人約瑟夫・巴普（Joseph Papp），當然還有世界各地無數音樂學者、建築師、作曲家、指揮、紐約的捷克人社區等等。

本來還想上訴的貝絲・以色列醫療中心，面對著聲勢如此浩大的抗議，只好聲明，它將設法另外找地方建造愛滋病療養院。

所以，一幢歷史意義十分重要、儘管建築上並不十分出色的三層樓房，可以說還是在全世界的壓力之下，才得以保存下來。

這一幢和我家斜對面一幢四層樓房（十九世紀攝影家布萊迪 Mathew Brady 的工作室和藝廊，他以拍攝南北戰爭聞名），大概是最近被指定為陸標的建築物了。所以，二十六年下來，紐約指定為陸標的建築、公園或戶外空間、歷史區域和橋等等，以面積來算，大約佔紐約市土地財產的百分之二，比例上並不多，但它代表有形的紐約歷史，至少一小部分。

雖然地產發展商多半都接受了陸標保存的原則，但他們的抱怨也很實際。以曼哈頓為例，考慮到自二十世紀初以來，可以說所有土地都已佔用佔滿，如果要建造新的大樓。就必須拆除舊樓，但是一個地產發展商不是買了地就能蓋大樓，他要遵守紐約市規劃委員會的一大堆土地使用法律規章不說，而且如果土地位於受陸標保存委員會管轄的某個歷史區域，他還要獲得額外的核可。但最令他們不安的是，當一位地產發展商花了三、五年的時間和三、五千萬美元的投資而收購了若干鄰接的大樓和土地之後，正要拆除重建之際，突然之間，陸標保存委員會將其中一幢指定為陸標，那他如果不破產的話是運氣，因為整個投資計畫已隨風而逝。

陸標保存委員會當然了解這方面的困難。他們也正是為了盡量減少這方面的未知因素，才於十幾年前即從事整個紐約市五個區的勘查，將每條大街小道、每幢高樓大廈平房拍照，收集有關的歷史和背景資料，來決定哪座建築在抵達三十歲的時候，有被指定為陸標的可能。這樣，至少讓地產發展商不致於在黑暗中摸索。聽說有關曼哈頓區的勘查已經完成。

但地產發展商覺得，除此之外，還應該進一步規定一個年限，即在一幢建築滿三十歲之後，譬如說五年之內做出決定，逾期無效。但這個建議恐怕很難通過。

不管怎樣，陸標保存委員會仍然不時受到批評，目前最激烈的反對倒不是來自地產發展商，而是來自宗教團體。很簡單，教堂和廟堂很容易登上陸標之榜，而靠捐獻生存的教會，如果想以賣掉某一部分土地，或增建擴建來籌資進行社會和慈善工作，就受到打擊。

目前正在談判，雙方都有重量級的代表。宗教方面有紐約的紅衣主教奧考納，替保存主義者講話的有賈桂琳．甘迺迪．歐納西斯夫人。這將是一場惡鬥。

當然，陸標保存委員會和其他關心保存紐約歷史的各界人士也都了解到，不能將紐約保存得變成為一個建築博物館城。你不喜歡現代主義冷酷無情的玻璃盒子辦公大樓是一回事，但你也不能將每幢十九世紀的磚房都指定為陸標。城市是活的，要有生命力，而且永遠隨著時間演進。今天的陸標在當年都曾經是新建築，而今天紐約應考慮的是，在保存過去的同時，設法創造，創造三十年後的陸標。

〈後記〉

五台山上，五台山下

祖籍山西五台、可是生長在北平的我，除了九年前遊覽過大同雲崗石窟以外，從未去過家鄉。去年夏天（一九八六），奉我住在加州老母之命，去看了一次五台老家。結果發現，金崗庫村和父母描寫的幾乎一模一樣，還有，我連一句五台話也聽不懂。

我們早上八點多離開太原。毛參謀開車，我坐在他旁邊。後面是我太太和小李，一位年輕漂亮的女導遊。汽車是部全新的蘇聯房車（用糧食換來的），可是儀表板上的手套櫃的門已經關不緊了，車尾的信號燈也不靈。本來我打算直奔我的老家，山西省五台縣金崗庫村，但是接待我們的朋友建議最好先上五台山去遊覽幾天，一方面有新公路，由太原直達五台山，另一方面，金崗庫村是在老公路上，下山回太原的時候再去比較方便。想到我母親土生土長在五台山下，總以為隨時都可以進山，一拖就是好幾十年，結果一輩子也沒有去成。所以我這次覺得我不但有責任代她看看老家，而且代她老人家遊山。

五台山開放觀光沒有幾年。我們在一九七八年也正是因為無法去五台才和朋友去遊覽大同雲崗石窟。去大陸觀光旅行的幾次經驗告訴我，沒有人接待是寸步難行，除非你是阿城。他跟我說他身上一毛錢也不帶也在大江南北流浪上了兩年。我的嬉皮時代已過，絕對需要人接待，不是為了逛五台山，而是為了去金崗庫村。不過所謂接待，不一定是指官方正式接待，那反而麻煩，雖然我也知道，即使是非官方接待，像我這次在山西所受到的接待，也要利用不少官方的協助，只不過是非正式的。例如我們上山乘坐的轎車、駕駛毛參謀、導遊小李等等，都是靠所謂的「關係」才有的。而這個關係不是我找來的關係，是我太太的一個朋友的朋友的朋友介紹的關係，而這個最後關係，剛好是山西省軍區司令部。毛參謀一開始還以為我在美國一定也和軍方有關係，等到我告訴他，我和軍方的唯一的一次關係是我在一九六一年在金門當陸軍預備軍官（解釋了半天他才明白什麼是預官）少尉排長的時候，他嚇了一大跳。不過他很幽默，立刻問我要不要加入「解放軍」，連我太太都笑了。

五台山是太行山的一條支脈，離太原不過兩百四十公里。公路是新擴建的，可是一過忻縣不久就開始上山，柏油路面也只鋪到入山之處，所以我們開了五個多小時才到。我們是從叫做大關的南門入山。五台山有四個關門，我們走的南門大關和西門峨峪嶺、北門鴻門塢，都在五台，只有東門龍泉關在河北。

我想不論在哪裏上過小學的人都知道，五台山是我國佛教四大名山之一，與四川峨嵋山、浙江普陀山、安徽九華山齊名。但也許不是每個人都知道的是，這四大佛山之中，以五台山的佛教歷史最久、寺廟規模最大、也最多。同時在民間也最出風頭。楊五郎、魯智深五台山出家當和尚的故事，人人皆知。而且光是清朝，就有康熙五度朝台、乾隆六次遊山。可是多少年來，尤其是自從還珠樓主寫了他那部《蜀山劍俠傳》之後，好像峨嵋才是正宗，五台（派）只是「餘孽」。不論我多麼喜歡那部小說，連我這半個五台老西兒都覺得有點冤枉。

中國四大佛山之中，每一個都是一個特定菩薩的道場。峨嵋是普賢，宣揚「大行」；普陀是觀音，宣揚「大悲」；九華是地藏，宣揚「大願」；而五台山則是文殊菩薩顯靈說法的道場，宣揚「大智」。東漢永平年間（公元五十八至七十五年）開始建廟，然後從魏齊隋唐到宋元明清，及至民國，就未曾間斷地興建、擴建、修建，規模變化之大，沒有任何其他佛山可與其並比。唐太宗一個人就蓋了十個廟。在其輝煌時代，五台山至少有三百多座寺院，散佈在周圍兩百五十公里的山峰台頂之中。我記得我看過一個敦煌圖冊，壁畫裏就已經有一幅五代繪製的「五台山圖」。今天，好像只剩下不到六十座了，而六十座之中，又大概只有不到一半經過整修，而即使整修過的，也沒有一個算是真正完工。雖然因為時間的關係，我們只參觀了以台懷為主的十來個廟（真要好好逛完五個台至少要一個月），但我們去看的幾乎每一座寺院都仍有工人在打磚、砌石、補牆、鋪地、換柱換樑、上瓦、油漆、重畫泥雕、加添木雕等等。所以，當我看到一座還沒有上任何油彩的佛像，就會有一陣突然之感，好像這不是歷史古蹟，而是在搭佈景一樣。可是，一想到這裏的廟宇基本上多是木頭蓋的（當然也有石頭），完全是靠每一個朝代的維修才能保持到今天。例如，早在一千多年前，武則天就已經需要派人修建金閣寺了，那我也只好告訴自己，這還是歷史，你只不過剛好趕上歷史的一個夾縫而已。

五台山在我們五台縣的東北角，由五座主峰（東、南、西、北、中台頂）環抱而成。五台山本來叫做清涼山，佛經之中一直如此稱呼它，道家則稱其為紫府山。五台之名，始於北齊，公元六世紀下半葉。這五座高峰，五個台，海拔都在兩千公尺以上，最高峰北台頂海拔三千多公尺，頂部平坦寬闊，面積也在百畝之上，又沒有多少樹，故稱五台。一般來說，五峰之外稱台外，五峰之內稱台內，而台內又以我們所去的台懷（現為台山）鎮為中心。五台山上的寺廟有兩種，一種叫青廟，住的是和尚，一種叫黃廟，住的是喇嘛。不過，今天五台山上的廟，非但和尚喇嘛不分，佛與道也不分，全都混在一起了。還有，和尚尼姑也住在同一座廟裏，雖然一個住在東院，一個住西院。

說實話，我們夫婦二人是糊里糊塗地跟著毛參謀和導遊小李跑。他們雖然不是五台人，毛參謀甚至於不是山西人，但都逛了好幾十回山了。對我們這種不信佛教、而且在佛教或中國佛教的藝術和建築和歷史方面的認識也只不過和一般人差不多的遊客，哪怕我還是半個五台老西兒，左一個廟和右一個廟，過了一陣之後，都差不了多少了。除了少數幾個例外，比如離我們住的一號招待所步行可到、全五台歷史最久、東漢永平年間即建成的顯通寺，和在它下方、有個大白塔的塔院寺等等，其他十來個我現在都有點分不清了。留在記憶之中的只是一大堆寺名：金閣寺、圓照寺、廣宗寺、碧山寺、殊象寺、鎮海寺……而對另外的三座寺廟（菩薩頂、南山寺、龍泉寺）的印象深刻與廟本身無關，主要是因為要逛這幾座廟，先得爬一百零八級石台階。我的結論是，五台山無論對誰都值得一逛，而對中國佛教及其歷史文物藝術建築有興趣的人，則應該是必朝之山。我回到美國之後，曾經和一位信佛的朋友談起我這次五台之遊（和你們現在看的差不多），她聽了之後氣壞了，大罵我五台山白去了，還說五台山不是五台人的，是她的，而她，生長在台南。

其實，她還是搞錯了。五台山也不光是她的，應該是所有中國人的。可能這還不夠，五台山是世界之寶，是全人類的共同遺產。

不過，維修廟宇、重建五台的物質面貌是一回事，雖然我也明白此一回事不亞於重修萬里長城，而要想把五台山在精神面貌上恢復到，不必也不可能到唐宋，即使恢復到清末民初，都無法設想。就算今天大陸上開放了點宗教信仰，而我在五台山上也看到來自各國各地、數以百千計的善男信女朝山拜佛，但基本上——我不知道應該怎麼說才對——基本上五台山也罷、靈隱寺也罷、雍和宮也罷，整個寺廟，無論修得多麼金碧輝煌，可是廟裏廟外的味道沒有了，氣氛不對了，精神不見了。如果再想到今天大陸上的寺廟內，有不在少數的和尚尼姑都是上班下班、放工之後回家抱孩子的「和尚尼姑」，儘管有的還真的在頭頂上燒了好幾個點，可是全是工作分配到廟裏來的，那就更不對勁了。

廟的實質變了。光是入佛門要先買入場券就又打破了一個幻覺。我並不是反對收票，古蹟需要保護，保護需要經費，可是我情願在入山的時候，或之前交錢。因為意義上，這究竟不同於以前進廟燒香佈施，至少前者是硬性的，後者是自願的。所以我只好從朝山拜佛的信徒身上去感受信仰的存在。我看到很多，大多是中年以上的，可是不時也會看到一些十幾二十歲的男男女女，從他們的表情上可以感覺出他們是真的有這個信仰，而不光是來抽個籤、要個兒子。但最令我感動的是一家蒙古人，一對夫婦和一個十七、八歲的女兒。他們的帽子袍子靴子，他們那金銀銅鐵錫打的耳環項鍊手鐲掛刀，完全是我們心中蒙古人的傳統打扮，連袍子上面的油跡都是真的。我們幾個和他們一家人在好幾個廟裏都碰過，已經到了見面點頭的地步了，可惜言語不通，無法交談。聽廟裏的和尚說，他每天都會看到這些蒙古人。這一家人也是一樣，翻山越嶺，從內蒙步行到了五台山，一入山就一步一伏，見廟拜廟，見佛拜佛，不拜完整個五台山的廟宇，絕不回去。他們很多人將一輩子的積蓄全都佈施給五台山的廟了。是要有這種信徒才能把一個死廟變成活廟。沒有信徒，廟的存在就失去了意義。宗教如此，政治如此，婚姻也如此。

我們在山上的時候，招待外賓的觀光飯店還沒有全部完工（這座賓館不知道是誰設計的，相當不錯，至少從外表看，造形、色彩、材料等等都很自然地配合四周的古建築。一個多月之後，我紐約的老朋友、和我同期在鳳山步校受訓、同時去金門服役、同機飛美的黃光明和他的夫人張艾女士，也去了五台，剛好住進新落成的國際賓館），所以我們就還是靠關係，被安排在「一號招待所」，是新賓館之前招待中外貴賓的所在。二號、三號、四號等招待所聽說只招待自己人。除此之外，台懷鎮主要街道兩邊還有不少像是個體戶的小旅店，給來遊山的（一九八五年，國內的大陸遊客將近五十萬人），尤其是給來趕每年陰曆六月的「騾馬大會」的善男信女、跑單幫的，以及其他各式各樣的人住的。「騾馬大會」現在已經不再以騾馬交易為主，而是趕集，有點「廟會」的味道了。

我們在山上的時間很不湊巧，剛好有一個一百來人的日本佛教協會正式訪問五台山（剛訪問過嵩山少林寺），前後左右跟著一大批記者、電視機、接待人員，把一號招待所裏面所有室內有衛生設備的房間全佔滿了。結果我們分配到的是一間牆糊著報紙、門窗也糊著報紙、水泥地、一盞燈、一個臉盆、兩張床的單人房。不過，水雖然要到前院去打，可是毛坑就在屋旁，你要是不在乎味道的話，倒是不必走遠。

上山第三天，五台山的不曉得什麼單位給這批日本人開了個晚會，還有個南京來的歌舞團表演。大概因為我們是地球那一邊的紐約去的，我們也被邀請了。南京的這個歌舞團，無論是樂器、歌舞、服裝、燈光、音響，都非常簡陋，不過倒是很賣力。兩個小時下來，有一兩支曲子聽起來很熟，想了半天才發現是電影《搭錯車》裏面的。散會之後，我帶了幾瓶酒去找這、好像是四男三女的歌舞團員聊天。除了領隊之外，全都是二十幾歲，班子是自己組成的，到處找機會登台表演賺錢，大概算是另一種個體戶吧。他們有一大堆問題：美國現在流行什麼音樂（我給他們上了短短一課搖滾樂史）？認不認識羅大佑？（認識）鄧麗君？（不認識）麥克．傑克森？（不認識）……一直到差不多清晨兩點多，毛參謀突然急急地找上門，說我太太半夜醒來發現我人不在，起來敲他的門，請他去看看我是不是喝醉了酒、掉進毛坑裏去了。

所以我覺得毛參謀很聰明。他知道我不會喝醉，更不會掉進毛坑，尤其知道我肯定在和這些唱歌跳舞的聊天。毛參謀個子不高，不過三十來歲，從駕駛兵幹起，二十幾年下來，現在好像升到了省軍區司令部一個汽車隊隊長之類的職位，可是卻掛著一個參謀之名。不過我沒有追問為什麼。小李人緣特好（這是大陸流行的字眼，不是很好，也不是非常好，而是特好），長得挺漂亮，一點也看不出已經做媽媽了。她原來在太原一家大旅店做事，前幾年才改為導遊。我們經過之處，幾乎沒有人不認識她，辦起事來，確實方便多了，連毛參謀都佩服。他們二人都很爽快，都很熱心，都不教條。因為毛參謀是軍人（都沒有官階，我問他什麼時候可以恢復，他也不知道），所以我盡量不談任何軍事問題，而且我知道，就是問了，他知道也不會說。中共要是保起密來，可以什麼都包括。不過，當他發現我是在聯合國做事的時候，他倒是有不少問題問我。然而，除了我的年薪使他感到不可思議之外，他並不對於我關於聯合國、國際形勢、美蘇對峙、核武器談判、拉丁美洲國債等等問題的解釋有任何感到驚訝之處。一個多星期下來，我發現他的確是一個誠懇努力認真的好幹部，而且車開的一流。不，特好。

離開五台山的那天清早，毛參謀已經把車子裏裏外外洗得乾乾淨淨。他說他知道現在走老路去我家金崗庫村，不出十分鐘汽車內外就又滿是泥灰，可是他還是覺得出發之前，車子應該又乾淨又明亮。

一來我把這次出發當做只是另一次遊山，二來我沒有料到金崗庫村離五台山這麼近，十幾公里，下山之後，在黃土石子路上開了才二十分鐘，毛參謀就把車子慢了下來，指著前方大約兩百公尺土路右邊一排房子說，「你老家到了，那就是金崗庫。」還處於遊山心態的我這才感到震動。我請毛參謀停一下車。這樣子不行，我需要一點時間。為什麼我也不知道，我只是覺得我不能、我無法這麼快、這麼突然地就陷入其中。

我一個人下了車。遠遠地看，金崗庫確實相當美，甚至於可以說是我沿路看到的一個個小村莊之中最漂亮的一個。上山之前和下山之後所看到的，都是在黃土崗子附近，有那麼十幾、二十幾幢零零落落的泥牆、磚牆、瓦房、水泥房，還有三三兩兩的窯洞，聚在一起。四周是幾乎寸草不生的山崗，一堆堆亂石。偶爾有那麼窄窄的一片田，這裏，那裏，有那麼一點綠色，看不到水，有山的話也多半是沒有樹的禿山。這應該是武松打虎的所在。住家種田過日子求生存的話，連從來沒有下過田的我都可以想像是什麼樣子的艱苦生活了。我從小就聽說晉北苦，五台一帶更苦，而且不是到了民國才苦，好像清也苦，明也苦，元宋唐隋一直苦到春秋戰國，好像只有五台山上的和尚不苦。要不然是宋朝哪個皇帝？一上山看到廟裏的生活比他宮裏還舒服，乾脆落髮出家。

你必須要先了解到這一帶的苦、這一帶的窮，兩千多年下來靠天吃飯、靠地穿衣，一個個小村子四周的山不明，有水的話也不秀，你才能明白我們金崗庫村之美。從我在兩百公尺之外望過去，坐西向東的金崗庫背山面水，而且後面那座並不算高的山還長滿了樹。村子前面不遠就是那條曾經是主要通道的老黃土路，再往前十來步就是那條、水少的時候是小溪、水漲的時候可以變成一兩百英尺寬的大河。我那天清早大約不到九點，太陽早已從山那邊冒出來，站在路邊看到的是一條小溪。溪的兩岸有一些三三兩兩在水邊石頭上洗衣服的姑娘。再往遠看，還有一頭頭在溪邊飲水的牛羊。我的老天！我在驚嘆的同時又拜託它，此時此刻千萬別給我走過來一個騎在牛背上吹笛的牧童！

毛參謀慢慢地走到我的身旁，「你又不是生在這個村兒裏，緊張什麼？沒人認得你。」我舒了一口氣，請他再給我幾分鐘。我太太則安安靜靜地在車裏等，完全無動於衷。也難怪，一九七四年我陪她去她蘇州老家的時候，我也是這樣。

在我這次還沒去大陸之前，就有人建議我要不要跟官方打個招呼，回了老家好有人接待一下。我說不必了。我很怕受招待。而且，如果是我八十八歲的老母回去，那或許可能需要協助，因為真要說起來，這是她的老家，雖然她生在附近的古城村。同時，就算今天我媽在金崗庫已經沒有近親，但是一個只有五、六百人的小村子，總會有那麼幾個老一輩的還應該記得她老人家。

可是這次只是我回去，於是就單憑輾轉認識的關係，像打游擊似的，獨闖金崗庫。

我還沒有進村子，可是我知道那幢房子的大概的樣子，而且找起來也不會太難。我父親老早就告訴過我們，抗戰初期，中共曾在五台設立一個邊區司令部，而且總部不但是在金崗庫，而且根本就在我家。邊區司令，中共名將聶榮臻，就住在我家後院小樓樓上那間我幾個哥哥和姊姊都用過的睡房。在紐約，我也曾看過一些有關五台山的指南，其中差不多都記載了這一段歷史。這個司令部是「七七」事變之後，國共第二次合作的時期，中共中央於一九三七年十一月七日正式成立的「晉察冀軍區」的司令部，任命聶榮臻為司令兼政治委員，司令部駐金崗庫村。這個時候我才一歲多，我好像是在重慶（還是抗戰勝利後在北平？）第一次聽我爸談起這件事。一個也認識我父親的聶榮臻的同志（李？）剛好在那個時期去金崗庫我家去看聶司令，才發現總部原來設在張子奇的家，就告訴了聶帥，並介紹了我父親的為人等等。這位好像是姓李的是個共產黨員。他對我老爸的評論是：「什麼都好，就可惜不是共產黨。」好，不管怎樣，這位李同志在聶榮臻面前的一番話的確發揮了實際作用。我奶奶當時還住在那兒，一天到晚只能吃點雜糧。可是從此以後，聶榮臻就叫人經常發給我奶奶一點油麵吃（以代替房租？）。（油麵，看起來難看，第一次吃也很少人習慣，可是對老西兒來說卻是美味。）

正是因為我們金崗庫老家曾經是中共晉察冀軍區司令部，這幢兩進四合院、後院還有一幢小樓的宅院，就變成了今天中共的革命聖地。我知道不管維修的如何，但絕對沒有給拆掉。

這幢房子是我父親為我爺爺在民國二十年左右在原地基上蓋的。我大哥（文華）、二哥（文莊）都生在那兒，雖然他們生的時候還是老房子。從我們家兄弟姊妹六人的出生地即可看出我父親早年四處奔波的生活。辛亥革命時參加了山西起義之後，就去了日本唸書：所以我最年長的大姊（文英）生在東京；一次大戰後回了山西，我媽（楊慧卿）生了大哥二哥。這時又因為我父親和閻錫山不對（儘管勝利後又成為朋友），只好離開山西，所以我二姊（文芳）生在張家口，三姊（文芝）和我（文藝）生在北平。反正是這樣，自從我們家於三十年代初遷往北平之後，除了我爺爺出殯那次之外，就再也沒有回過金崗庫村……直到現在，我代表已故的父親和二哥，還代表我媽和大姊大哥二姊三姊，探望老家。

我們慢慢往前開。老公路上一個車子也沒有，行人也很少，偶爾一輛自行車迎面而來，或者因為我們實在開的很慢，反而會有一輛從後面超我們的車。路兩邊的界線是很整齊地堆起來的石頭，界線的兩邊就是田，剛耕好可是還沒有種的田，一片黃土。路左邊的田再過去就是那條溪，路右邊的田再過去就是金崗庫村。一幢幢的白牆灰瓦或磚牆灰瓦的民房，雖然沒有什麼格局，可是看起來還蠻舒服。我們在右邊第一條街道轉彎，一開過田就進了村。有幾個小孩子看見有部汽車來了，就開始跟在旁邊跑。毛參謀問他們有沒有聽說這兒以前有個司令部什麼的，可是沒有反應，直到在第一個橫叉的小胡同口看見有一個老頭兒蹲在一棵樹下抽煙袋鍋，毛參謀才停車。小李說毛參謀的五台話不靈，由她下車去打聽。只見二人說了一會兒，又指劃了一下，小李才上車，「現在是衛生局啦……就順著這條胡同走，前面第一個巷口左轉……」

我太太問我興不興奮、緊不緊張。我沒有說話。如此陌生的一個所在，如此陌生的一種經驗，與其說是興奮緊張，不如說是好奇。也許好奇的同時又有點無可如何之感。我用手捏了自己一把，怎麼如此沒有感情，一點也不激動？一陣輕痛過了之後，我發現我的感受還是一樣。

車子一轉進那條巷子，十來步的前方就正面迎來一座開著的大門，大門屋簷之下一顆紅星，大門裏面一座白色磚屏……我知道這就是了。

我們四個人邁進了大門。一繞過磚屏就發現到了前院。院子並不大，但也不小，八百來平方英尺左右。站在中間談話的幾個人一看到我們出現，就全停住了。我也不知道下一步該怎麼辦。還是小李，她走上去解釋。

我借這幾分鐘的時間觀看四周的屋子。因為現在用來辦公，保持的還可以，玻璃窗、紙窗，都好好的，只是院子地上的水磨磚有不少地方有點損壞。柱子和樑大概很久沒漆了。屋子牆上看得出來曾經寫過不少口號，但是現在只是隱隱約約地可以看出「勤儉建國」四個字。其他的字大概是文革時期的口號，已經都給塗掉了。

小李和一位年輕的同志走了過來，大家介紹了一下。我只有請小李做口譯，請她轉達我的來意和謝意。我說我只是來看看，拍幾張照片，絕不打擾他們，也不會耽誤太多時間，而且不必陪。那位同志的名字我不記得了，不過他表示非常歡迎，請我們隨便逛，但同時叫住一個小孩，跟他說了幾句話。那個小孩拔腿就跑，經過小李的翻譯，我才明白是去找一位應該知道我們家的老鄉。

前院顯然是辦公室，可能還有診所，因為我看到一位姑娘帶著白帽子，可能是護士。他們沒有請我進屋看，我也沒有要求。這時，大門口上已經擠上一大堆人了。從前院到後院要再穿過一道門。這道門上的「屋頂」相當講究，是我爸在蓋這幢房子的時候知道有個村子的宅院在拆房重蓋，特意把它買回來安上去的，因為我父親覺得當時的工匠已經沒有這個手藝了（而今天的工匠又做不出三十年代的手藝了。所以，千萬別和前人比古）。一穿過這道門就進了後院。第一眼看到的是曬的衣服毛巾，同時也立刻發現後院左右廂房和正房都全空著，門上著鎖，紙窗上全是洞。後院和前院一樣大小，我們沿著四周繞了一圈，紅色的柱子也不太紅了，藍色的大樑也不太藍了，還有些木頭也開始壞了，油漆到處都有剝落……這個時候我才有點傷感。可是這好像與老家無關，而是人們看到任何老東西未經善加保存的反應。

我知道內院在正屋大廳左邊。我就繞了過去。內院盡頭靠著院牆有一座上二樓的石階。這並不很高的樓上就是我哥哥姊姊們在老家時候的睡房，也就是後來聶榮臻的睡房。我是知道，可是那個同志也說了一遍。樓下有三個圓形拱門，裏面是當年的煤屋。現在可能還是放煤，不過內院石階旁邊也都堆著煤。我沒有上樓，我也沒有進內院。

那位同志說，這幢房子在六十年代以前是五台縣政府，後來縣政府搬到五台城，才改成五台縣的衛生局。村子裏不少人都知道從前這是我們張家的房子（沒錯，但金崗庫村有一半姓張），老早就離開老家到外面闖去了（沒錯），還做了國民黨的官（沒錯），還發了大財（沒有）。他也問了我一些問題，哪個單位的，住在哪裏，怎麼是軍方招待，為什麼不早通知，讓他們有時間早做點安排，好好歡迎我回老家……我和他走到擠滿了男女老幼的大門前，往外一看，整個巷子，還有前面那條胡同，都擠滿了老鄉，我就說這個歡迎就已經夠了。

大概因為這是個政府衙門，看熱鬧的人都擠在外面和大門口，沒有走進院子裏來的。我們回到前院，發現那個小孩已經帶來了一位中年人士在那兒等。我起初不知道他們是從哪裏進來的，後來才發現，二進院正房右側院牆有個缺口。但或許是以前就有的側門，只不過現在少了個門和門框。

那位中年人也姓張，通過小李的翻譯，一代一代名字追問上去，我發現他的祖輩和我父親同輩，他可以算是我八竿子打得到的遠房姪子，但是我沒好意思讓他叫我叔叔。他也只是模模糊糊地知道有我們這樣一個張家，早已經在北平定居了。不過，我這位本家說，這裏有個街坊，一位八十多的姓楊的老奶奶，認識我們家，問我要不要去找她聊聊，他已經打過招呼了。我說當然。

那位老奶奶（我也跟著這麼叫，雖然後來我才知道她比我媽還年輕好幾歲）的家就在我家後面一條小胡同裏。一個小四合院，好像住了好幾家人，而且已經有人在家門前的院子裏生火做飯了。我們進了一間西屋，看見一位老太太，還是小腳（使我更佩服我從未見過面的外婆外公家，一九〇〇年生的我媽，居然沒給她裹小腳），一身傳統鄉下打扮，還戴了些首飾，坐在炕邊等我。她一見我們進屋，就要下炕。我們趕快上去攔住了她。她於是就拍了拍炕，示意我坐在她旁邊。老規矩我全忘了，我也不知道該不該坐，就給她老人家鞠了個躬。屋子很小，一進門沒幾步就是炕。炕邊一個台子，台子上面有個小櫃，還有些日用品。屋子的活動空間只能容上兩三個人，所以我們談話的時候，就只是坐在炕上的老奶奶、我、我那位遠房姪子，和沒她不行的小李。毛參謀陪著我太太在外邊和別人聊天。

老奶奶頭一句就問我是不是文莊。我兩秒鐘之後才明白她的意思。我二哥是她當年見過的我們家人裏面最小的一個。她以為文莊現在長大了，就是我。我通過小李的翻譯（道地的五台話可真難懂，連在山西住了這麼多年的毛參謀都聽不懂），慢慢一句一句告訴她，文莊是我二哥，我的家離開山西之後，我媽又生了二女一男，我最小。她記得我爸、我媽、大姊、大哥和二哥，一個個問起。我一直在猶豫，不能決定要不要告訴她二哥已經去世三十多年了。後來決定還是不講，只告訴她我父親十年前在台灣故世，其他人都住在美國。她雖然和我母親同姓楊，但好像扯不上親。我回美國之後給媽看這位老太太的相片，我母親也想不起她是哪一家的。

老太太停了一會兒又說話了，而且面帶微笑，我在還沒有聽到翻譯之前也只好陪著點頭笑，可是我發現小李一下子紅了臉。問她怎麼回事，半天小李才吞吞吐吐地說，老奶奶很高興我離家這麼久，到頭還是回老家娶了個本地姑娘。我不好意思笑，打算叫我太太進來給老奶奶介紹，結果發現她已經和毛參謀去逛村子去了。我臨時叫小李乾脆別拆穿老奶奶的想像，她既然這麼樂，就讓她這麼以為、這麼樂一樂吧。小李沒說話，我們就這樣在楊老太太面前扮演了一次夫妻。

她要留我們吃飯。我怎麼敢打擾（而且又冒出一個老婆來又怎麼交代？）就動身告辭。老奶奶又跟小李說話。我發現小李面部表情又有了變化，突然深沉下去。頓了一會兒，我看她眼圈兒都紅了，她才說，「老奶奶要送你一個雞蛋……」

……總有一兩百個老鄉目送我們車子出村。開了半個多小時，車上沒人講話。我在點菸的時候，毛參謀才打破這個靜默，「你這次一來，村子裏可有的聊了……我看會聊上半年一年……這麼個小村子，我都沒來過……好傢伙，這是件大事……我看他們會聊上一輩子……」

那個雞蛋使我有了一點回老家的感覺。這是家鄉的味道，而且是窮的家鄉的味道。

我明白這次如果不是我，而是我媽，或在老家住過幾年、還在這兒上過學的大姊，或生在那兒的大哥二哥，要是這次是他們回來，感受肯定比我沉重。我二哥因為是空軍，所以每年都得立一份遺囑，我記得他死了之後（他是一九五五年奉命駕「美齡號」專機飛馬尼拉接葉公超的時候，剛從台北起飛就在新竹附近失事），我們才知道他希望最後安葬在五台金崗庫的祖墳。我父親當然也是如此希望，而我這次都忘了問我家祖墳，如果還在的話，到底在哪兒。我向我母親道歉。

可是她老人家很爽快，但沒有出我意料之外，「什麼祖墳。我很喜歡碧潭空軍公墓，地都給我留下了，離你二哥不遠，就在你爸旁邊。」

我們在五台附近公路邊一家個體戶麵館吃的午飯，現做的刀削麵、西紅柿醬。小老闆很年輕，帶著母親媳婦兒和兩個兄弟一塊幹，像是發了點小財，一直向毛參謀打聽一部汽車要多少錢、怎麼去買。飯後上路，還是老公路，路面窄，黃土厚，不幸又趕上一部卡車拋錨，堵住了整個南北交通，等了兩個多小時才通車。這麼在老公路上又走了好幾個鐘頭才到忻縣，上了柏油路。就這樣，回到太原的時候，太陽都快下山了。

文章出處

篇名	原載	日期
曼哈頓故事	九十年代（香港）	一九八六・一
應召女郎	九十年代（香港）	一九八六・二
有它也不是，沒有它也不是	九十年代（香港）	一九八六・四
歷史時間表	九十年代（香港）	一九八六・五
汽車與我	知識份子（紐約）	一九八六・春
搖滾與革命	當代（台北）	一九八六・六
自由女神的誕生	九十年代（香港）	一九八六・七
太平洋樂園	知識份子（紐約）	一九八六・秋
紐約一大頭痛——停車	九十年代（香港）	一九八六・十一
紐約的冷天	九十年代（香港）	一九八六・十二
美國國債	九十年代（香港）	一九八七・一
烏鴉炸醬麵	九十年代（香港）	一九八七・二
自然的呼喚，生理的要求	九十年代（香港）	一九八七・三

藝術家的道德權利　九十年代（香港）　一九八七．四
良心基金　九十年代（香港）　一九八七．五
的士出租計程車　九十年代（香港）　一九八七．六
黃色計程車　九十年代（香港）　一九八七．七
小城故事　知識份子（紐約）　一九八七．春
大中央　九十年代（香港）　一九八七．八
三K黨　九十年代（香港）　一九八七．九
夏日與狗　知識份子（紐約）　一九八七．秋
報紙太厚，草紙太薄　九十年代（香港）　一九八七．十
烏士托國　時報周刊（紐約）　一九八七．八
酒戒　九十年代（香港）　一九八七．十二
曼哈頓日記　九十年代（香港）　一九八八．一
啊！蔻士兒！　九十年代（香港）　一九八八．二
這是不解自明的　九十年代（香港）　一九八八．三
一分鐘一個笨蛋　九十年代（香港）　一九八八．四
為吃而吃　九十年代（香港）　一九八八．五

八七外史	知識份子（紐約）	一九八八・春
……七六〇八……七六〇九！	九十年代（香港）	一九八八・八
日落日出	九十年代（香港）	一九八八・九
希臘咖啡店	九十年代（香港）	一九八八・十
香港那獨一無二的夜景和燈光	九十年代（香港）	一九八八・十一
吃在紐約	九十年代（香港）	一九八八・十二
美國咖啡？	九十年代（香港）	一九八九・一
一分錢的故事	女性人（台北／紐約）	一九八九・二
你也來ＦＡＸ，我也來ＦＡＸ	聯合報（台北）	一九八九・一
東河大橋的故事	報告文學（北京）	一九八九・二
一塊錢和一個夢	九十年代（香港）	一九八九・二
感謝上帝，禮拜五了！	九十年代（香港）	一九八九・三
還沒有被日本人發現的紐約一景	九十年代（香港）	一九八九・四
鑽石不朽！	九十年代（香港）	一九八九・五
等待和希望	九十年代（香港）	一九八九・六
後現代旅遊	九十年代（香港）	一九八九・九

方便之餘的煩惱	九十年代（香港）	一九八九・十
從土中來，到土中去	九十年代（香港）	一九八九・十一
訃聞	九十年代（香港）	一九八九・十二
回顧九十年代	九十年代（香港）	一九九〇・一
動物權利	九十年代（香港）	一九九〇・二
一個美國現象	九十年代（香港）	一九九〇・三
又一個美國現象	九十年代（香港）	一九九〇・四
搖滾還是搖滾	九十年代（香港）	一九九〇・五
紐約（半）日記	九十年代（香港）	一九九〇・六
新店溪邊，那個切腕的女孩	九十年代（香港）	一九九〇・八
從北京到台北美國學校	時報周刊（紐約）	一九九〇・八・四
三項	九十年代（香港）	一九九〇・九
金三角	九十年代（香港）	一九九〇・十一—一九九二・二
紐約路標保存委員會	九十年代（香港）	一九九二・三
後記：五台山上，五台山下	人間副刊（台北）	一九八七・十・五—六

麥田出版

廣	告	回	郵
北區郵政管理局登記證			
北台字第 10158 號			
免	貼	郵	票

城邦文化事業(股)公司
100 台北市信義路二段213號11樓

請沿虛線摺下裝訂，謝謝！

麥田出版

文學・歷史・人文・軍事・生活

編號：RL1186　　書名：美國郵簡

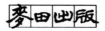

BILLY 王. 012-8244255
019-8707474

cité 城邦

讀者回函卡

謝謝您購買我們出版的書。請將讀者回函卡填好寄回，我們將不定期寄上城邦集團最新的出版資訊。

姓名：＿＿＿＿＿＿＿＿＿＿＿　電子信箱：＿＿＿＿＿＿＿

聯絡地址：□ □ □ ＿＿＿＿＿＿＿＿＿＿＿＿＿＿＿＿＿＿

＿＿＿＿＿＿＿＿＿＿＿＿＿＿＿＿＿＿＿＿＿＿＿＿＿＿

電話：（公）＿＿＿＿＿＿＿＿＿（宅）＿＿＿＿＿＿＿＿＿

身分證字號：＿＿＿＿＿＿＿＿＿＿＿＿＿（此即您的讀者編號）

生日：＿＿年＿＿月＿＿日　性別：　□ 男　□ 女

職業：□ 軍警　□公教　□ 學生 □ 傳播業

□ 製造業　□ 金融業　□ 資訊業　□ 銷售業

□ 其他 ＿＿＿＿＿＿

教育程度：□ 碩士及以上　□大學　□專科　□ 高中

□ 國中及以下

購買方式：□ 書店　□ 郵購　□ 其他 ＿＿＿＿＿＿＿＿

喜歡閱讀的種類：□ 文學　□ 商業　□ 軍事　□ 歷史

□ 旅遊　□ 藝術　□ 科學　□ 推理　□ 傳記

□ 生活、勵志　□ 教育、心理

□ 其他 ＿＿＿＿＿

您從何處得知本書的消息？（可複選）

□ 書店　□ 報章雜誌　□ 廣播　□ 電視

□ 書訊　□ 親友　□ 其他 ＿＿＿＿＿＿＿＿

本書優點：□ 內容符合期待　□ 文筆流暢　□ 具實用性

（可複選）□ 版面、圖片、字體安排適當　□ 其他 ＿＿＿＿＿

本書缺點：□ 內容不符合期待　□ 文筆欠佳　□ 內容平平

(可複選)　□ 觀念保守　□ 版面、圖片、字體安排不易閱讀

□ 價格偏高　□ 其他 ＿＿＿＿＿

您對我們的建議：

＿＿＿＿＿＿＿＿＿＿＿＿＿＿＿＿＿＿＿＿＿＿＿＿＿＿